Annalena McAfee
Blütenschatten

ROMAN

Aus dem Englischen von
pociao und Roberto de Hollanda

Diogenes

Titel der 2020 bei Harvill Secker,
London, erschienenen Originalausgabe:
›Nightshade‹
Copyright © Annalena McAfee 2020
Covermotiv: Foto von Charlotte Wales
Copyright © Charlotte Wales /
Trunk Archive

Alle deutschen Rechte vorbehalten
Copyright © 2021
Diogenes Verlag AG Zürich
www.diogenes.ch
100/21/44/1
ISBN 978 3 257 07113 9

*Für Jane Maud
und Mary Kane Shilling*

Wie ein Mann ist, so sieht er.

*William Blake, Brief an
Reverend Dr. J. Trusler (1799)*

I

Nacht. Winter. Eine Straße in der Stadt. Das Echo von Eves Schritten hallt über den breiten Bürgersteig, als sie an den düsteren georgianischen Häusern mit Stuck und Säulengängen und dem privaten Garten in der Mitte vorbeigeht. Grüne Kränze an allen Haustüren stellen guten Geschmack und ein festliches Gemeinschaftsgefühl zur Schau, doch die meisten Häuser liegen im Dunkeln. In Nummer 19 verleihen die Lampen des großen Schlafzimmers im zweiten Stock den geschlossenen roten Vorhängen einen feurigen Schimmer. Drei Türen weiter flimmern die Fenster im Erdgeschoss blau – jemand hat die Spätnachrichten an, döst gemütlich vor den katastrophalen Berichten aus einer zerfallenden Welt –, und im Souterrain fällt der matte bernsteinfarbene Schein einer Nachttischlampe durch die Ritzen der Jalousien.

Wenige Schritte weiter in Nummer 31 ist der Salon im ersten Stock schamlos erleuchtet – hässliche abstrakte Gemälde und unförmige Skulpturen grell zur Schau gestellt. Ein großer Ficus, dessen grüne Blätter glänzen, als wären sie künstlich, ist mit bunten Lichterketten und schillernden Weihnachtskugeln geschmückt – silberne Planeten, die in einem funkelnden Sonnensystem kreisen. Der Raum gleicht einer leeren Kulisse; die Schauspieler haben die Bühne verlassen. Es ist eine arbeitsame Straße, und man geht hier früh zu Bett. Aber in Nummer 43 ist man sicher noch wach. In Anlehnung an den Jazzpianisten Thelonious Monk behauptete Kristof immer, dass die Welt gegen Mitternacht interessanter wird.

Und da ist er, eingerahmt vom rechten Teil des erleuchteten Fenster-Tryptichons im Erdgeschoss. Sie sieht sein Profil in einem Ledersessel vor dem Bücherregal aus geschnitztem Eichenholz, das Eve und er in Berlin gekauft haben. In einer Hand ein Glas Rotwein, in der anderen die auf die Stereoanlage gerichtete Fernbedienung, mit der er Monk, Coltrane oder Evans aufruft. In den Regalen über seinem Kopf reihen sich Dutzende von Weihnachtskarten aneinander – das übliche Sammelsurium von billig gedruckter schlechter Kunst und einfallslosen, auf die Schnelle verfassten Festtagswünschen, Zeugnisse eines regen Soziallebens und einer weitverzweigten, überwiegend funktionalen Familie. Ihm gegenüber, im linken Fensterpaneel, ebenfalls im Profil und mit Weinglas, seine neue Geliebte: die Rothaarige, zufrieden im Sessel zusammengerollt wie eine orange Katze, die sich uneingeschränkt zu Hause fühlt. Zwischen ihnen, im mittleren Fenster, leuchten aus einem großen Terrakotta-Topf auf dem Schreibtisch die vollen, blutroten Zungen eines Weihnachtssterns.

Der Kranz an der Eingangstür – Stechpalme, rote Beeren, silbern besprühte Tannenzapfen – erinnert sie an Blumengestecke auf Beerdigungen im East End, Chrysanthemenkissen mit der Aufschrift »Dad«, »Mum« oder »Nan«. Auf diesem, schießt es ihr in einem Anflug makabrer Phantasie durch den Kopf, könnte »Eve« stehen, ein stacheliger

Blumengruß für sie, die nicht so heiß geliebte, noch nicht ganz Verblichene. Es ist kaum fünf Monate her, dass sie dieses Haus und ihre Ehe verlassen hat. Kristof hat keine Zeit verschwendet.

Sie schaudert in der Dunkelheit der Straße, und ihr Atem bildet eine eisige Wolkenlandschaft in der Nachtluft. Das Kinn im Schal vergraben schaut sie durch das Fenster auf das stilvolle Tableau. Es könnte ein Vermeer sein, ein leuchtendes, häusliches Interieur. Ihr Mann, ihr Haus, ihr Leben. Vorbei. Sie wendet sich wieder der Dunkelheit zu, geht um den verschlossenen Garten mit seinen schattigen immergrünen Büschen und kahlen Bäumen hinter dem mit Speerspitzen bewehrten Zaun herum. Wie alle Anwohner dieser Straße besaß auch sie den Schlüssel zu diesem Privatgarten, und zu Beginn des Frühlings saß sie gerne auf der Bank unter den prallen Blüten der Magnolie. Jetzt ist ihr der Garten ebenso verschlossen wie das Haus, in dem sie zwanzig Jahre gelebt hat.

Es dauerte ein ganzes Leben, um es aufzubauen, und nur eine Sekunde, um es zu zerstören. Familienleben. Das ging als Erstes flöten. Dann die Würde, und mit ihr der gute Ruf. Alles andere folgte in den Strudel. Nur ihre Arbeit ist geblieben. Der Junge fing ihren Blick ein und hielt ihn fest. Standbild, dann Rücklauf. Wenn sie könnte, würde sie bis zum Anfang vor mehr als drei Jahrzehnten zurückspulen – noch ehe der Junge geboren und sie selbst erst um die dreißig war –, zum Beginn des Familienlebens, das sie so resolut zerstört hat.

Sie ballt die behandschuhten Fäuste in der Wärme ihrer Taschen, streckt sie dann wieder und läuft weiter, in der Hoffnung, dass diese Inventur – alles, was sie verloren hat, alles, was bleibt – ihren hektischen Geist beruhigen wird.

In der fernen, intensiven Zeit nach der Kunstakademie, als sie sich in New Yorks fiebriger Lower East Side herumtrieb und entschlossen war, sich in der Kunstszene zu behaupten, war ihrem jungen Ich die Beziehung mit dem zehn Jahre älteren Kristof, damals bereits ein aufstrebender Star in der Architekturszene, ebenfalls wie ein Ende vorgekommen – wie ein Happy End nach Verwirrung, Unsicherheit, Einsamkeit und chaotischen Ablenkungen, die sie als Teenager und junge Frau beinahe aus der Bahn geworfen hätten. Dass sie sich damit auch von Freiheit und Spontaneität verabschiedete, schreckte sie nicht. Davon hatte sie genug gehabt. Wählen zu können war nur eine andere Art von Tyrannei. Steckte denn nicht auch im Gebundensein ein Fünkchen Freiheit? Weniger Optionen bedeuteten mehr Klarheit. Es wurde allmählich Zeit, Glück und Partnerschaft eine Chance zu geben.

Jetzt fängt es an zu regnen. Sie kramt in ihrer Handtasche nach dem Regenschirm, einem Objekt, das sie als junge Frau verschmäht hätte. Zu uncool. *Let the hard rain fall*. Doch an diesem risikoscheuen Ende des Lebens in einer unwirtlichen Landschaft sucht man Schutz, wo immer man ihn findet.

Besser an die Vergangenheit denken, wo die wenigen Fallen, in die man stolperte, höchstens Fleischwunden verursachten. Als Kunststudentin hatte sie sich ausschließlich dem Vergnügen und der Arbeit gewidmet. Ein kreatives, hyperaktives Chaos war ihr Medium. Der Umzug nach New York – drei wilde Postpunks aus dem heruntergekommenen London der siebziger Jahre, losgelassen in einer Stadt, in der man mit Ideen und einem gewissen kämpferischen Stil noch überleben konnte – war der Beginn des Tohuwabohus gewesen. Doch als sie mit Kristof nach Europa zurückkehrte, wurden Fleiß und Ordnung zur Regel. Mit der Schwangerschaft hatte sie Glück gehabt – ein paar Monate lästiges Unwohlsein, gefolgt von einem Kaiserschnitt und kaum negativen Auswirkungen auf ihre Arbeit.

Eine Kritikerin und marxistische Feministin schrieb später, die »Mutterschaft« habe Eve beflügelt, sie von einem formalen Stillleben-auf-Leinwand-Abklatsch – »einer obsessiven Imitation, die der Natur den Spiegel vorhält und eher abbildet als erzählt« – mittels »eines indirekten Dialogs mit botanischer Illustration« und »kunstvollem Flirt mit dem Genre« zu einer dynamischen »multi-medialen Erforschung des Lebens« geführt, »indem sie die Zeit anhält und das Empfinden über die Analyse, das Sein über das Tun stellt«. Eve tobte, als sie die Rezension las: Nahmen Kritiker je das Wort »Vaterschaft« in den Mund, wenn sie das Werk männlicher Künstler besprachen? Trotzdem stand diese Expertin anscheinend wenigstens auf ihrer Seite. Und letztlich hatte die Rezension ihrer Reputation auch nicht geschadet.

Das Baby jedoch tat sein Bestes, um alles durcheinanderzubringen. Nancy war gierig und wählerisch, seit sie ihren zornigen Blick zum ersten Mal auf die wartende Welt gerichtet und losgebrüllt hatte. In den ersten Jahren machte sie ihnen nachts die Hölle heiß, und Eve beobachtete hohläugig, schuldbewusst und verzweifelt, wie ihre gleichaltrigen Freundinnen sich aus verbissenen, auf die Arbeit fixierten Feministinnen in verträumte, träge, kindernärrische Madonnen verwandelten. Selbst Mara, der kurzgeschorene Hitzkopf aus ihrem Kunstakademie-Triumvirat, hatte der Versuchung nicht widerstehen können. Kaum war sie zurück in London und hatte die kleine, mit Hilfe ihres bereitwilligen schwulen Freundes gezeugte Esme an der Brust, wurde Mara Novak zu einer sanften Ernährerin, die von Raffael hätte stammen können. Hatte sie ihr Leben lang Transparente gemalt, die Nacht für sich reklamiert und gegen das Patriarchat demonstriert, um so zu enden? Doch ihre Esme schlief jede Nacht durch. »Sie meldet sich erst gegen sieben«, prahlte die neuerdings zu Wiederholungen neigende Mara, als wäre diese Fähigkeit ihrer Tochter irgendwie der Beweis für ihre eigene moralische Überlegenheit.

Was sagte das über Eve aus, die wegen ihres schreienden Kindes mindestens sechs Mal die Nacht aufstehen musste? Nicht umsonst setzen repressive Systeme Schlafentzug als Folter ein. Eine Zeitlang hatte sie sogar die unausstehliche Wanda beneidet, ihre reizlose, neurotische, untalentierte Mitbewohnerin, die in New York blieb, um ihre fragwürdige Karriere voranzutreiben, und behauptete, ihr Nachwuchs bestehe aus Kunstwerken und Performances – einer wirren Ansammlung von ich-besessenen Happenings, »Aktionen« und Installationen. Sie ringe »mit der Stellung der

Frau im Universum«, hatte sie erklärt. Ein Kind zu haben würde sie nur ablenken. Vielleicht hatte sie recht. Sie blieb als Einzige von ihnen kinderlos. Sie war auch die mit der geringsten Begabung. Man musste sich nur ihre Karriere ansehen und dann die ihrer Freundinnen.

Die Scheinwerfer eines auf sie zukommenden Wagens glühen im heftigen Regen, als er in einem Schwall von Licht und rhythmischem Wummern vorbeizischt. Drum 'n' Bass? Grunge? Worin besteht das Vergnügen, sich in einer Blechbüchse vor der Außenwelt zu verbarrikadieren und sein Gehör markerschütternden Dezibel auszusetzen? In zehn Jahren ist der Fahrer stocktaub. Eve wird sich ihrer Gereiztheit bewusst – sie klingt wie eine wütende Matrone aus dem Umland – und reißt sich zusammen. Vielleicht ist es für den Fahrer ein Mittel, sich wieder an der Macht zu fühlen. Die Kontrolle zurückzugewinnen, wie es dieser verlogene politische Slogan propagiert. Und mit dem zwanghaften Bedürfnis, sich von der Welt abzukapseln, kennt Eve sich besser aus als die meisten anderen.

Während der ersten Jahre ihrer Beziehung heuchelte Kristof Verständnis für ihre Bedürfnisse und sorgte dafür, dass sie stets ein Atelier zur Verfügung hatte. Doch als das Baby kam, hatte Eve keine geistige Kapazität mehr, geschweige denn Zeit und Energie für kreative Arbeit.

Das waren die Jahre der Wut. Während Kristof sich in der Öffentlichkeit profilierte, hatte sie das Gefühl zu schrumpfen. Sie wurde zwischen den nicht enden wollenden Anforderungen des Familienlebens derart aufgerieben, dass sie genauso gut in Nancys Puppenhaus hätte ziehen können. Würde Kristof es überhaupt merken? Schließlich griff er ein und schickte ihr eine Reihe von hübschen unbedarften Aupair-Mädchen zu Hilfe, eine parfümierte Reiterattacke, aus deren vollgestopften Satteltaschen sich Wimpernbürstchen, Lippenstifte, benutzte Papiertaschentücher und alberne Illustrierte ergossen. Die Mädchen hielten Nancy so gut unter Kontrolle oder zumindest außer Hörweite, dass man manchmal das Gefühl hatte, nicht das Kind, sondern das Personal behindere mit leidenschaftlichen Telefonaten und tränenreichen Rückzügen in das jeweilige Zimmer den Frieden und Fortgang des Haushalts.

Es gibt so viele Arten, ein Leben zu vermessen. Es heißt, die meisten Menschen, die auf dem Sterbebett eine Bestandsaufnahme machen, zählten ihre Beziehungen auf – gewonnene oder verlorene Liebe. Für Eve ist das in dieser erschütternden Zeit eine zu schwierige Rechnung. »Was von uns übrig bleibt, ist unsre Liebe nur«, lautete die wenig überzeugende Zeile eines Dichters, der ungleich präziser festgestellt hatte: »Der Mensch gibt das Elend an den Menschen weiter.« Geschwindigkeit machte eine andere Art der Kalkulation auf. Von der wohligen Zeitlupe der Kindheit über das sich langsam beschleunigende, erfrischend rosige Super-8-Narrativ der Jugend und die zunehmend atemberaubende Verwischtheit des Alters bis zum Schnell-sonst-ist-es-weg-Abspann am Ende. Das war's, Leute! Und dann gab es noch die Höhen. Gipfel, die man erklommen hatte, Abgründe, in die man gefallen war, in puncto Karriere, Gefühle oder Beziehungen, über die sie im Moment einfach nicht nachdenken konnte.

Für Kristof, der sein ganzes Leben wie eine akribisch ausgearbeitete, maßstabsgetreue Zeichnung geführt hatte, wäre das wahrscheinlich die bevorzugte Methode. Seine Kurve war von dem Post-Hippie-Büro, das preiswerte Wohnhäuser und Gemeindebauten entwarf, bis zu globalen Hochhaus-, Finanz- und Regierungsprojekten nach oben verlaufen, genauso wie das damit verbundene Gehalt.

Und auch Wohnungen waren ein Maßstab – für Eve verlief die Entwicklung vom Haus ihrer Kindheit, einem Pseudo-Tudor-Kasten, der in einem Londoner Randbezirk nichts als Langeweile und Kleinkariertheit ausbrütete, über schmuddelige Studentenbuden im Stadtzentrum, eine turbulente Haus-WG im ehemaligen Hugenottenviertel vor dem Umzug nach New York bis zu einem schäbigen Apartment mit Wanda und Mara über einem Bestattungsunternehmen in Alphabet City. Von da waren es nur ein paar Häuserblocks in Richtung Südwesten zu ihrer ersten Bleibe mit Kristof, einem ehemaligen »Dime-Museum« in der Bowery, wo sie sich mit neun anderen Künstlern und Musikern ein spärlich möbliertes Loft teilten. Nach diesem Maßstab war Delaunay Gardens mit all seinen Annehmlichkeiten ihr persönlicher Höhepunkt gewesen. Von hier ging es kopfvoran abwärts.

Ein Vibrieren schreckt sie aus ihren Gedanken auf. Das Handy. Sie bleibt stehen und nimmt es aus der Handtasche. Ein verpasster Anruf von Ines Alvaro in New York. Eve schaltet es aus und lässt es wieder in die Tasche zurückfallen. Zu spät, Ines.

Obwohl die Jahre in New York nervenaufreibend waren – kreativer Tatendrang und Ehrgeiz, die auf eine gleichgültige Welt prallten; der verwirrende Zauberwürfel von Beziehungen –, kämpfte Eve gegen die Rückkehr nach London an. Kämpfte und verlor. Am Ende tauschten sie das unkonventionelle New York gegen das ausgeleuchtete Aquarium eines perfekt gewarteten Doppelhauses in London, einem von Kristofs ersten Serienwohnblöcken am Ufer der Themse, und von da war es nur ein Katzensprung – besser gesagt eine lange Fahrt mit der Tube – zu diesem georgianischen Einfamilienhaus, das besitzergreifend über den gemeinschaftlich genutzten Garten wacht.

Sie geht weiter durch die menschenleeren Straßen, die schwarz im Regen glänzen, weg von der erstickenden Sicherheit ihrer Vergangenheit auf eine ungewisse Zukunft zu. Zu spät, um umzukehren.

Im Lauf der Jahre hatte es noch andere Erwerbungen gegeben: das Cottage in Devon, ihre gemeinsame Wochenendzuflucht, inzwischen schon längst wieder verkauft, das Chalet in Chamonix, dem sie keine Träne nachgeweint hatte (Skifahren hatte sie nie wirklich gelernt, und die Kälte war unerträglich), das Penthaus in Tribeca im obersten Stock des Gebäudes, das Kristof zum Hauptquartier seiner Firma in den Vereinigten Staaten gemacht hatte, und – bei dem Gedanken daran zuckt sie unwillkürlich zusammen – die umgebaute Scheune in Wales, ihr persönliches, abgeschiedenes Paradies. Das aufzugeben war ihr am schwersten gefallen.

In dieser Scheune, die sich in einem Eichenwald unterhalb der walisischen Black Mountains versteckte, beschäftigte sie sich zum ersten Mal eingehender mit ihrem Thema, züchtete in einem edwardianischen Treibhaus einjährige Pflanzen aus Samen, pflanzte sie in dem fünf Morgen großen Landbesitz aus, pflückte sie, genoss die göttliche Seligkeit genauer Prüfung und Auslese, sortierte minderwertige Exemplare aus und trug die erlesensten zu einem viktorianischen Zeichentisch unter dem Nordfenster. Hier zeichnete oder malte sie sie, fing ihre Unsterblichkeit in akribisch vollendeten Abbildern ein und hielt ihre vergängliche Schönheit in der Zeit fest, ehe ihre zarten, gebrochenen Formen auf den Komposthaufen bei ihren unzulänglichen Artgenossen landeten.

In Wahrheit war sie keine besonders gute Gärtnerin. Die Ausfallquote zwischen Samen und Setzlingen war hoch. Es fehlte ihr an Geduld und Hingabe – ihre Erfahrungen als Mutter hätten ihr eine erste Warnung sein sollen –, und die Suche nach jemandem, der sich während ihrer Abwesenheit zuverlässig um die Stecklinge kümmerte, hatte sich als ebenso schwierig erwiesen wie die nach einer verlässlichen Kinderbetreuung. Trotzdem gab es Erfolge. Duftwicken, Cosmos, Rittersporn, Feuernelken. Diese Bilder, durchscheinende Aquarelle auf Pergament, befanden sich inzwischen alle in Privatsammlungen in Japan. Heute kümmert sich jemand anders um Eves Stück Land in Wales. Sie fragt sich, ob die blasierte Rothaarige am Fenster jemals Kompost unter den Fingernägeln hatte.

Eve hatte sich, wie ihre Namenspatronin, selbst aus dem Paradies verbannt und Arkadien den Rücken zugekehrt, um mit einem entsprechenden Mann nackt durch die Wildnis zu wandern. Es war eine Entrümpelung von existenziellem Ausmaß. Sie hatte alles hinter sich gelassen, bis auf das Londoner Atelier. Kristof hatte die baufällige Fabrik am Kanalufer im Osten der Stadt vor zehn Jahren, als ihre Ehe noch tragfähig war, gekauft und umgebaut: ein Geschenk zu ihrem fünfzigsten Geburtstag, nachdem sie – das zumindest gab er zu – die Rolle einer gefälligen, wenn auch nicht gänzlich klaglosen Geisha für seine erfolgreiche Karriere gespielt hatte.

Das umgebaute Gebäude war groß genug, um die im Werden begriffenen Werke zu beherbergen – riesige Leinwände, die Videoausrüstung, Kanister mit Konservierungsmitteln, Industriekühlschränke und Pigmentbehälter. Und was früher einmal ein Labyrinth von Hinterzimmern gewesen war (die Buchhaltungs- und Verwaltungsräume von Barlett's Sweet Factory), ist jetzt ihr Zuhause. Das winzige Schlafzimmer hatte Kristof für die wenigen Nächte entworfen, die sie dort verbrachte, wenn die Arbeit es erforderte. Nicht gerade eine Nonnenzelle – allein das Doppelbett widerspricht dieser Ästhetik –, und in den vergangenen acht Monaten war es die perfekte Kulisse für ihre Affäre gewesen. Außerdem gab es eine anständige Dusche, eine brauchbare Küchenzeile, ein Büro, eine Waschküche und einen kleinen, aber gut ausgestatteten Fitnessraum. Die räumliche Aufteilung des Gebäudes ist genau richtig: neunzig Prozent Arbeit, zehn Prozent Leben.

Nachdem sie heute Abend ihr altes Leben aufgesucht hat – das parallele Universum, nur einen Wimpernschlag entfernt, in dem sie zusammen mit Kristof noch über ein schwankendes, mit Gütern, Besitz, Freunden, Verbindungen und öffentlichem Ansehen vollgestopftes Reich präsidiert –, eilt sie nun, wenige Tage vor Weihnachten, dieser Zeit schamloser Exzesse, in die strenge Nüchternheit des neuen Lebens zurück.

Auch das Exil hat seine Annehmlichkeiten, wie Adams Eva sicher am eigenen Leib erfahren hat. Das Paradies mit seinem endlos wiedergekäuten Glück muss stinklangweilig gewesen sein, und der plötzliche Fluch der Sterblichkeit wird ihm eine frische und süße Intensität verliehen haben. Nur die Dummen und Gleichgültigen blieben ungerührt angesichts der Gefahren, die in der Wildnis lauern. Die erste Eve hatte die säuselnden Argumente der Schlange gehört, sie abgewogen und ihre Entscheidung getroffen. Adam spielte dabei keine große Rolle. Auch er hatte sich als Langweiler entpuppt.

Die Eve aus dem einundzwanzigsten Jahrhundert musste nicht überredet werden. Es ist reiner Zufall, ein glücklicher Fehltritt oder eine fatale Entgleisung, dass sie hier ist – das Auge ans Guckloch gepresst, um das Diorama ihrer früheren Welt zu betrachten, nicht dort, als friedliche Statuette in einer vertrauten Kulisse, die nicht ahnt, dass sie da draußen, im Dunkeln, ein Publikum hat. Ein verhängnisvoller Schritt, eine köstliche, taumelnde Kapitulation, und das alte Leben war Vergangenheit, rauschte an ihr vorbei, als sie fiel. Wie einfach es ist, loszulassen.

2

Wozu diese Eile? Sie verlangsamt ihre Schritte. Wozu diese Eile? Das Unheil kann warten. Sie fühlt sich seltsam entrückt, als ginge sie durch eine leere Filmkulisse, und sehnt sich nach einem Umweg. Nach irgendetwas, das sie von dieser allumfassenden Panik ablenkt. Sie biegt in die lange Straße mit Handwerkerhäusern ein, deren Bewohner im neunzehnten Jahrhundert – Werktätige, Ammen, Verkäufer, Köche – für die angemessene Bequemlichkeit in den Häusern der Bewohner von Delaunay Gardens verantwortlich waren. Heute wohnen in der Crecy Avenue junge Akademiker – Ärzte, Finanzberater, Anwälte –, die im einundzwanzigsten Jahrhundert über die Gesundheit der neuen Bewohner von Delaunay Gardens wachen, ihre Vermögen verwalten und Scheidungsvereinbarungen aushandeln.

Es ist ein hübscher Anblick – schlichte Landhäuser, die von einem philanthropisch angehauchten viktorianischen Gutsherrn mit einem Faible für Neugotik in die Stadt verpflanzt worden sind. Nancy und ihr blöder Ehemann Norbert hatten eins davon kaufen wollen. Kristof, der sich leicht beschwatzen ließ, wollte ihnen dabei helfen, doch Eve hatte es ihnen ausgeredet. Es wäre zu nah gewesen. Erwachsenwerden hat etwas mit Abstand zu tun. Für Eve hatte Altwerden offenbar auch etwas mit Abstand zu tun.

Der Regen hat aufgehört. Sie schüttelt den Schirm aus, rollt ihn zusammen und steckt ihn in die Handtasche. Dann beschleunigt sie ihren Gang wieder und erkennt, dass sie entgegen aller Vernunft nicht in ihre Zukunft eilt, sondern versucht, ihre Gedanken hinter sich zu lassen.

Abgesehen von den diskreten Kränzen, dem kitschigen Ficus in Nummer 31 und diesem scheußlichen Weihnachtsstern würde man in Delaunay Gardens nicht merken, dass Weihnachten vor der Tür steht. In der Crecy Avenue dagegen haben die jungen Akademiker die Saison mit offenen Armen begrüßt und ihren Kindern zweifelsohne jeden Wunsch erfüllt, wenn auch nicht ohne eine gewisse Ironie. Bunte Lichterketten blinken, Weihnachtskugeln glänzen, und in einem Fenster grinst, gefangen in einer erleuchteten Schneekugel, der Kopf des Weihnachtsmanns: Inbegriff unbekannter Gefahren, die sich in die Häuser ahnungsloser Schläfer schleichen.

Eve konnte Weihnachten noch nie ausstehen – aufgesetzte Freude, kitschiges Dekor, Konsumzwang und Völlerei – und hat Nancy schon früh über den Mythos des Weihnachtsmanns aufgeklärt. Einige Eltern im Kindergarten warfen ihr vor, den anderen Kindern »das Fest zu verderben«, nachdem Nancy vorübergehend zu einer missionierenden Rationalistin mutiert war. Laut gängiger Ansichten galt: Je liebevoller die Eltern, desto ausgeklügelter und beständiger die Lüge. Doch wie Eve schmerzlich hatte lernen müssen, gibt es Lügen, und es gibt Lügen.

Jetzt nähert sie sich der Tube Station, wo die Straßen vor Leben sprühen. Das schmale Lowry House, ein von Feuchtigkeit durchsetzter dreißigstöckiger Monolith, ragt wie das Stein gewordene schlechte Gewissen aus dem wohlhabenden Viertel auf. Heute bildet es das Gegenstück zu den Häusern der Ammen, Köche und Verkäufer des neunzehnten Jahrhunderts. Betreuerinnen von Jungen und Alten anderer Leute, jene, die in Fast-Food-Lokalen bedienen, oder Lagerarbeiter, die in den riesigen Hallen des Internethandels Waren verpacken und verschicken. Manche Frauen, die in den Häusern von Delaunay Gardens und der Crecy Avenue saubermachen, wohnen ebenfalls hier.

Eve und Kristof waren einmal hier gewesen auf der Suche nach Marie, einer jungen Vietnamesin, die zwölf Jahre bei ihnen in Delaunay Gardens geputzt und fast ihr ganzes Gehalt an ihre Eltern in Hanoi geschickt hatte. Vor zweieinhalb Jahren, unmittelbar nach der Abstimmung über den Brexit, war Marie, die sich zuvor nie auch nur einen einzigen Tag freigenommen hatte, drei Tage lang nicht zur Arbeit gekommen und nicht an ihr Handy gegangen. Zur gleichen Zeit verschwand auch ein ziemlich wertvolles Weintablett von Georg Jensen aus dem Haus. Eve wollte sofort zur Polizei gehen, doch Kristof meinte, sie sollten Marie nach jahrelangem, tadellosem Dienst die Chance geben, sich zu erklären und das Tablett zurückzugeben. So waren sie zusammen zum Lowry House gegangen, um sie zur Rede zu stellen.

Das Hochhaus stand in dem Ruf, nachts ein Tummelplatz für Drogenhändler und Jugendbanden zu sein. An diesem

Morgen am Wochenende begegneten Kristof und Eve lauter saubere und fröhliche Kinder, die in dem schäbigen Gemeinschaftsgarten Fußball spielten und Fahrrad fuhren. In der wie zu erwarten mit Graffiti übersäten Eingangshalle waren noch mehr kleine Fahrräder und Rollstühle abgestellt. Auf dem schwarzen Brett des Anwohnerverbands wurde in fünf Sprachen zu einem Gemeindeessen eingeladen. Es gab einen Ferienbetreuungsplan und für ältere Bewohner Konzerte in der Musikhalle, außerdem handschriftliche Anzeigen, in denen Möbel und Babysachen zum Verschenken angeboten wurden. Zumindest tagsüber war es keineswegs Fagins Höhle, sondern die vielschichtige, kinderfreundliche und funktionale *cité du ciel*, von der Le Corbusier geträumt hatte.

Maries Wohnung, die sie sich laut eigener Aussage mit drei Kusinen teilte, befand sich im einundzwanzigsten Stockwerk. Kristof und Eve hatten den nach scharfen Desinfektionsmitteln riechenden Aufzug zusammen mit zwei Teenagern betreten, beide um die fünfzehn, hübsche schwarze Mädchen, eine mit Hijab und knöchellangem Rock, die andere mit ungebändigter Afro-Frisur, abgeschnittenen Jeans und einem rosa Sweatshirt mit dem Aufdruck »Love«.

Soweit Eve verstehen konnte, schwatzten und kicherten sie über einen bestimmten Jungen ihrer Schule: »Er hält sich für so sexy…«, bis zum achtzehnten Stock, wo sie den Aufzug verließen und sich noch einmal zu Kristof und Eve umdrehten. »Bye«, sagten sie wie aus einem Mund, kicherten weiter und winkten den beiden Fremden mittleren Alters zum Abschied, ehe sich die Aufzugtür schloss.

Vor Maries Wohnungstür standen ordentlich aufgereiht

sechs Schuhe. Zwei Paar Männerturnschuhe und ein Paar Ballerinas. Eve und Kristof klingelten. Aus dem Innern drangen Stimmen, panisches Flüstern, wie es schien. Sie warteten volle fünf Minuten, bis die Tür endlich aufging. Durch einen zehn Zentimeter breiten, mit einer Kette gesicherten Spalt starrte sie das furchtsame Gesicht einer älteren Frau an.

»Nein, Marie ist nicht da«, sagte sie. »Weggegangen.«
»Wohin?«, fragte Kristof.
»Urlaub«, sagte die Frau, dann schloss sie die Tür.

In den zwölf Jahren, die sie sie gekannt hatten, war Marie kein einziges Mal in Urlaub gefahren. Eine Woche später erfuhr Kristof, dass sie von der Einwanderungsbehörde in der Tube verhaftet und nach Hanoi abgeschoben worden war. Sechs Monate später fanden sie das Jensen-Tablett im Keller. Es war hinter das Champagnerregal gerutscht.

Heute Nacht ist der Betonklotz festlich erleuchtet, ein pulsierender, aufrechter Vegas-Strip. Es wirkt, als feierten alle hier die Geburt Christi oder sehnten die Ankunft des Weihnachtsmanns herbei. In den Fenstern der unteren Etagen sieht Eve flackernde, zweidimensionale Glocken, leuchtende Rentiere, schimmernde Schneemänner, neonfarbene Stechpalmenkränze. Weiter oben verschwimmen und verschmelzen die Umrisse dieser funkelnden Symbole von Geselligkeit und verwandeln das Lowry House in eine vertikale Stadt aus Licht.

Jetzt fällt ihr wieder ein, wie sie in der New Yorker Zeit hörte, dass die ganzjährige Weihnachtsbeleuchtung der Fassaden in der Lower East Side Bedingung für einen Mietvertrag in den entsprechenden Häusern war. Die Besitzer waren Hell's Angels, eigentlich völlig unglaubwürdige Verfechter des Festes der Liebe. Heute sind diese Gebäude verschwunden, die Biker haben sie an Spekulanten verkauft, die sie entkernt und zu eleganten Stadthäusern und Eigentumswohnungen umgebaut haben. Die ganzjährige Festbeleuchtung ist ebenfalls Geschichte.

In einer ungleichen Welt erfordert der soziale Aufstieg ein gewisses Maß an Diskretion. Je mehr man auszuposaunen hat, desto leiser sollte man flüstern. Ein früherer Liebhaber von Mara, der als Dialekt-Coach für Filmschauspieler tätig war, hatte Eve einmal die Physiologie des Akzents erklärt und behauptet, der gedehnte Tonfall der englischen Oberschicht entstünde durch den minimalen Einsatz von Lippen und Zunge, vergleichbar etwa der Bauchredekunst. Aristokraten mussten keine Energie für Artikulation oder Stimmresonanz aufbringen, ihr Personal beugte sich vor, nahm die Anweisungen entgegen und lauschte auf jedes gemurmelte Wort.

Seit Eve und Kristof vor drei Jahrzehnten mit der frisch geborenen Nancy nach Delaunay Gardens gezogen waren, hatte das Viertel einen beachtlichen sozialen Aufstieg hingelegt. Damals gab es kleine Geschäfte, die Obst, Gemüse, Fleisch, Fisch und Haushaltswaren verkauften. An ihrer Stelle stehen nun professionell geführte Boutiquen mit teuren Klamotten, Duftkerzen und Yogamatten in punktuell beleuchteten Schaufenstern, die an Kunstwerke einer Galerie in der Cork Street erinnern.

Gentrifizierung. Oder Re-Gentrifizierung. Eve und Kristof waren Teil dieser Wiederbelebung am Ende des zwanzigsten Jahrhunderts. Als sie hierher zogen, war Delaunay Gardens heruntergekommen und chaotisch, kurzzeitig ein Hausbesetzerkollektiv mit Graffiti drinnen wie draußen, und in einem Winkel des verwahrlosten Gartens verbargen sich die Reste eines Baumhauses über einer kleinen Marihuanaplantage.

Neben der U-Bahn-Station gibt es einen letzten Überlebenden der alten Ordnung. Der familiengeführte Tante-Emma-Laden hat noch geöffnet und verkauft Lebensmittel, Spirituosen und Lotteriescheine. Die Familie hat gewechselt – früher waren es Bangladeschi, heute Afghanen –, doch die schmalen Gänge mit Dosen und Schachteln und die zweckmäßigen Schaufensterauslagen, die man den lokalen Bräuchen der Saison entsprechend mit kupfernen Raupenspuren aus verstaubtem Lametta aufgemöbelt hat, sehen noch genauso aus wie damals, als Eve und Kristof hier ankamen.

Auf der anderen Straßenseite vor dem *Bull and Butcher*, heute in *Bull and Broker* umbenannt, ist die letzte Runde eingeläutet worden. Gruppen von Rauchern bibbern draußen in der Kälte und ziehen an ihren Kippen und E-Zigaretten. Wann war sie das letzte Mal in einem Pub? Auf jeden Fall vor dem Rauchverbot.

Eve hatte nie geraucht, abgesehen von einem gelegentlichen Zug an einem Joint. Sie hatte sich nie darauf einlassen wollen. Wanda, die Gauloise-Zigaretten rauchte, weil sie glaubte, dass sie ihr den geheimnisvollen Nimbus einer Françoise Hardy verliehen, hatte nachts immer einen Riesenwirbel gemacht, wenn sie in einem rund um die Uhr geöffneten Kiosk Nachschub besorgen musste. Eve hatte andere Laster. Doch aus Gründen der Liberalität hält auch sie nichts vom Rauchverbot – wenn Leute ihre Gesundheit ruinieren wollen, bitte sehr. Sie zahlen genügend Steuern auf ihre Drogen, um ihre eigene Gesundheitsversorgung und auch die der scheinheiligen Nichtraucher zu finanzieren. Eve bewundert David Hockney weniger für seine Kunst – die späten Gemälde sind zu grell, die Linienführung bewusst ungenau – als für seine hartnäckige Angewohnheit zu rauchen, egal wo.

Der Gruppe vor dem Pub nach zu urteilen haben die jungen Leute das Rauchen nicht aufgegeben, für sie ist es noch immer gelebte Chancengleichheit.

In Eves Jugend waren Pubs vorrangig Männern vorbehaltene Orte und unbegleiteten Frauen gegenüber nicht gerade gastfreundlich. Dann verwandelte sich die *Railway Tavern* in eine Art Erweiterung der Kunstakademie. In ihrem holzgetäfelten Dämmerlicht wurde bei einem Pint Cider über Liebesaffären, Hochschulpolitik und zeitweise, so schien es, sogar die Weltpolitik entschieden. Damals war das Rauchen in Innenräumen noch erlaubt, und der gelegentlich von einem Hauch Marihuana gewürzte blaue Dunst galt als ein ebenso wesentlicher Bestandteil der Kneipenatmosphäre wie der Weihrauch im Hochamt oder Trockeneis bei einer Inszenierung von *Phantom der Oper*.

Die alten Stammgäste, viele von ihnen ehemalige Soldaten, die den Zweiten Weltkrieg überlebt hatten, beäugten die bunte Mischung von Kunststudenten mit Verachtung. »Die wissen gar nicht, wie gut sie es haben«, lautete die Anklage. »Die wissen nicht, dass alles irgendwann ein Ende hat«, hätte es besser getroffen, fand Eve. Die Veteranen verschwanden, als der neue Besitzer Live-Bands engagierte, um eine junge, konsumfreudigere Kundschaft anzulocken. Das war in der aufregenden Punk-Ära, als Pöbeleien, die man zu drei Gitarrenakkorden brüllen konnte, noch als Stil durchgingen. Die alten Soldaten, die Hitler und Mussolini in der Normandie und Catania standgehalten hatten, kapitulierten am Ende vor den Sex Pistols und X-Ray Spex.

Dieses Demo-Band von Erinnerungen scheint ihre einzige Abwehrstrategie gegenüber dem schleichenden, vagen Gefühl von Angst zu sein. Sie steigt die Stufen zur Tube hinab und hält ihre Fahrkarte an die automatische Schranke, die sich bereitwillig öffnet. Noch so eine Innovation. Und keine schlechte. In gemessenem Tempo befördert die Rolltreppe sie nach unten auf den Bahnsteig, wo es stinkt wie im Grab einer Mumie. Zumindest daran hat sich nichts geändert, hier ist es genauso wohltuend widerlich und vertraut wie damals, als sie ein Teenager war und vor der Enge ihres Zuhauses in die Galerien, Clubs und Konzerthallen im Zentrum von London flüchtete.

Ein Windstoß kommt auf, wie ein warmes Gebläse, das ihr das Haar zerzaust. Die Bahn rattert an ihr vorbei, jedes Fenster ein einzelnes Bild auf einer Filmrolle, mit eigener Starbesetzung und einer komplizierten Hintergrundgeschichte, ehe sie quietschend zum Stehen kommt.

So viel Zeit hat sie in ihrer Jugend in diesem unterirdischen Labyrinth verbracht, dessen Venen und Arterien Teile der Bevölkerung in das pulsierende Herz von London pumpen. 1979 inspirierte es sie zu ihrem ersten größeren Werk, *Underground Florilegium*, das im Lauf der Jahre immer wieder reproduziert, kopiert und raubkopiert worden war. Darin hatte sie auf Harry Becks klassischer Tube-Map aus den 1930er Jahren die Namen der Stationen mit ihren botanischen Bildern ersetzt.

Was ihre persönliche Reputation angeht, so ist Eve mit dem Fluch von Verbindungen und Bezügen geschlagen – angefangen bei Florian Kiš und seinem unauslöschlichen, allgegenwärtigen Porträt von ihr, über Kristof bis hin zu der abscheulichen Wanda Wilson. Ruhm ist, wie Florian immer sagte, eine billige optische Täuschung. Wenn Eves Werk überhaupt einer breiten Öffentlichkeit bekannt ist, dann ist das *Underground Florilegium* der Grund dafür. Aber ebenso wie die demütigende Assoziation mit den »Berühmtheiten« wurmt – wie blöd muss ein Publikum sein, das einer Betrügerin wie Wanda Wertschätzung entgegenbringt! –, ärgert es Eve, dass sie lediglich für eine Arbeit bekannt ist, die sie gleich nach dem College beendet hat. Die Lizenzgebühren, die weiterhin ein anständiges Einkommen bringen, sind nur ein schwacher Trost.

Leicht benebelt von Angst nimmt sie im Abteil Platz. Angesichts dieser verletzenden öffentlichen Wahrnehmung war es schwer, weiterzumachen, ihrer Vision treu zu bleiben und ihre Fähigkeiten weiterzuentwickeln. Sie weiß nicht mehr, wie oft Menschen, die ihr bei einem von Kristofs

Events vorgestellt wurden, sagten: »Oh, ich liebe Ihr Florilegium!« Oder schlimmer noch: »… Ihre Tube-Map!«

Doch jetzt, auf dem nächtlichen Heimweg zu ihrem Atelier und dem großen Werk, das sie gerade fertiggestellt hat, ist sie zumindest von ihrer kreativen Rehabilitation überzeugt. Der jahrelange Kampf hat sich gelohnt. Sie hat einen schrecklichen Preis zahlen müssen, aber niemand wird mehr die bahnbrechende Qualität ihrer letzten Arbeit in Zweifel ziehen: ein Aufbruch, sicherlich, doch auch die Summe einer lebenslangen Suche. Alle Wege, egal ob intellektueller, technischer, ästhetischer oder emotionaler Natur, haben sie hierher geführt.

Vor all den Jahren benutzte sie im *Underground Florilegium* eine lachsrosa Dahlie, um diese Tube-Station darzustellen. Dieselbe marxistisch-feministische Kritikerin, die ihr späteres Werk so gepriesen hat, argumentierte, dass die Dahlie »den körperlichen Verfall und eine Parodie der bürgerlichen Konformität darstellt, die das materiell wohlhabende, geistig verarmte Viertel definierte, in dem die Künstlerin lebt«. Diese Kritikerin hatte von London genauso wenig Ahnung wie von Eve. Aber es wäre sinnlos und auch ein wenig rüde gewesen, darauf zu antworten, dass das Florilegium mehr als ein Jahrzehnt vor Eves Umzug in diese Gegend fertiggestellt worden war, dass sie damals keinerlei Verbindung zu Delaunay Gardens hatte, dass Lachsrosa die einzige Farbe war, die ihr in diesem Moment zur Verfügung stand und eine stilisierte Dahlie eine willkommene Herausforderung für eine junge Künstlerin war, die dabei war, ihre Fähigkeiten auszuloten.

Sie war damals einundzwanzig, frei und ungebunden nach dem Abschluss an der Kunstakademie und wohnte in Londons East End. Nur selten fuhr sie nach Westen, in den langweiligen Vorort, wo ihre Mutter nach der Scheidung allein in dem Fachwerkhaus lebte, das zuvor das Heim der ganzen Familie gewesen war. Es schien, als wären in diesem trostlosen Randbezirk ganze Jahrhunderte verstrichen, Zivilisationen aufgestiegen und untergegangen, während ihre Mutter sich bis zum Tod kaum veränderte und höchstens ein bisschen kleiner wurde.

Eve war immer eine Außenseiterin gewesen und hatte gegen die Grenzen in der Familie aufbegehrt. »Genau wie dein Vater«, hatte ihre Mutter gesagt, kurz bevor sie starb. Doch das war nur die halbe Wahrheit. Ihr Vater war vor der Familie geflüchtet – vor Eve, ihrem jüngeren Bruder und ihrer Mutter –, nur um in einem anderen Vorort von London, sechzehn Meilen nordöstlich, mit seiner ehemaligen Sekretärin ein ähnliches Arrangement aufzubauen.

Sandra, die Sekretärin, war vorlaut und vollbusig, eine der gröberen *serveuses* von Toulouse Lautrec, in einen Londoner Bezirk des zwanzigsten Jahrhunderts verpflanzt. Sie trug hochhackige Lackschuhe, ein süßliches Parfüm und einen knalligen, kirschroten Lippenstift, der auf den großen gelben Zähnen schmierige Flecken hinterließ, wie Spuren von Zahnfleischbluten. Als direkte Replik an die ehemalige Familie ihres neuen Mannes setzte sie auf die Schnelle einen Sohn und eine Tochter in die Welt, doch trug die Mutterschaft keineswegs zur Verfeinerung ihres Stils bei. Eve war von der neuen Frau ihres Vaters nicht aus Loyalität zu ihrer Mutter abgestoßen, sondern weil diese Frau einfach nur peinlich war. Nicht einmal als Erwachsene ertrug sie es, in der Öffentlichkeit mit ihr zusammen gesehen zu werden.

Als sich ihre Eltern scheiden ließen, war Eve noch ein Teenager, doch die Generalprobe hatte Jahre gedauert – das Geschrei, die Tränen, das ewige mürrische Schweigen, in dem Eve und ihr Bruder Brieftauben spielten und Botschaften zwischen den zwei stummen Lagern hin und her trugen, ehe die Schlacht erneut aufgenommen wurde. Beim Auszug ihres Vaters war sie erleichtert, und dass ihre Mutter sich wochenlang schluchzend und klagend ins Bett zurückzog, nahm sie kaum zur Kenntnis. Sie selbst war bereits ganz woanders, entweder in der Schule – sie war schon immer eine hochkonzentrierte Schülerin gewesen –, bei ihrem Samstagsjob in einem Plattenladen, bei ihrem Freund oder den Attraktionen von London; ständig war sie unterwegs nach Osten, ins Herz der Stadt.

Auf der Kunstakademie dehnte sie ihr Revier noch weiter nach Osten und Norden aus (wenn auch nur selten bis in die neue Heimat ihres Vaters). Die abgelegenen Randbezirke im Westen und Norden waren im *Underground Florilegium* kaum vertreten, und der Süden der Stadt war ein weißer Fleck, auf ihrer Karte als »Terra Incognita« verzeichnet. Und so war es bis heute.

Damals glaubte sie, dass Reisen eine notwendige Bedingung für ein erfülltes Leben sei, dass es einen direkten Zusammenhang zwischen zurückgelegter Entfernung und angeeignetem Wissen gebe. Sie wurde schnell eines Besseren belehrt, bei ihren kurzen Ausflügen auf dem Hippiepfad und der Begegnung mit zahllosen Schwachköpfen, die in ihrem solipsistischen Nomadentum, einem Privileg der Jugend, quer durch Europa bis nach Griechenland trampten oder durch Indien wanderten, Millionäre im Vergleich mit den Einheimischen, aber extra barfuß, und auf der Suche nach einem Ich, das die Mühe kaum wert war. »*We are stardust, we are golden ...*«

Sie suchte nach Splitt statt Glitter, so wie die Musik von akustischer Introspektion über bombastischen Stadionrock zum Punk überging – roh und durch und durch authentisch, wie es damals schien. So machte sie sich nach New York auf, hungrig nach transformativer, urbaner Erfahrung, begierig, Grenzen zu sprengen, angetrieben von universellem Zorn und überzeugt, dass diese Transplantation sie zu einer besseren Künstlerin machen würde. Das Experiment brachte jedoch nur begrenzt kreative Resultate. Sein vorrangiger Nutzen bestand darin, eine psychische und geographische Distanz zwischen sich und ihrer Familie zu schaffen. Und auch, wie sie jetzt erkennt, sich dem Einfluss von Florian Kiš zu entziehen.

Später, als ›Plus eins‹ oder Anhängsel eines erfolgreichen Gatten, folgten Reisen in isoliertem Luxus – Plätze in der First Class, Übernachtungen in Fünfsternehotels –, die für ihr Selbstbild merkwürdigerweise schädlich und in ihrer Erinnerung austauschbar waren. Manchmal fragte sie sich, ob sie dabei war, den Verstand zu verlieren, die bevormundete Patientin in einer geschlossenen psychiatrischen Anstalt zu werden, wo die Bettwäsche aus exquisitem Leinen bestand und sie jeden Abend ein Schokolädchen auf dem Kopfkissen erwartete.

Jetzt spürt sie, wie ihr Fokus sich verengt, sich auf die kindliche Begeisterung für das Unmittelbare und Winzige richtet, die stille Erregung kleiner Schritte, die man aufmerksam beobachtet. Eine Blüte, die sich schützend kräuselt, den sanften Bogen von Faden und Staubbeutel, den dicken Fruchtknoten eines Blütenstempels und sein eichelähnliches Staubgefäß. Auch darin lässt sich Weisheit finden.

Welche Blume würde sie in einem aktualisierten *Underground Florilegium* für die Dahlie benutzen? Keine Magnolie. Die war schon von dem tristen Vorort ihrer Jugend besetzt. Eine rostrote Chrysantheme – die langweiligste Blüte von allen, heimisch auf Garagenvorplätzen und in Hospizen? Die grobe Fackellilie, rotglühender Schürhaken mit feurigen Stacheln? Dann fällt es ihr ein, und sie lächelt. Aber ja doch, die grellen Zungen des Weihnachtssterns. Vermutlich hat Kristofs neue Flamme diese ordinäre Pflanze ausgewählt. Kristof hat einen besseren Geschmack. Was wird es nächstes Jahr sein, wenn sie sich erst richtig eingenistet hat? Eine blinkende Lichterkette und das glitzernde Abbild einer Krippe?

Auch heute Nacht bringt die U-Bahn Eve wieder nach Osten, zu ihrem Atelier – irgendetwas in ihr sträubt sich gegen das Wort »Zuhause«. Es gelingt ihr einfach nicht, sich auf das Grauen zu konzentrieren, das ihr bevorsteht. Stattdessen denkt sie an die Zeit vor vierzig Jahren zurück, als sie Stratford, die Tube-Station, die dem Atelier am nächsten lag, im *Underground Florilegium* mit einem lieblichen Veilchen darstellte. »Als Verweis«, lautete die absurde Beschreibung eines Kritikers, »auf den Barden des anderen Stratfords, 130 Meilen weiter westlich am Fluss Avon: *Ich weiß 'nen Ort, wo wilder Thymian steht: ein Abhang ganz mit Veilchen übersät.«*

Damals war das Atelier noch eine Fabrik, in der eine Heath-Robinson-Anordnung von Röhren und Trichtern zuckerduftenden Rauch ausstieß und lange Reihen von Förderbändern, überwacht von Arbeitern in Overalls und mit Haarnetzen, kariesfördernde Süßigkeiten für die Jugend der Nation ausspuckten. Eve hatte die Archivbilder gesehen. Heute ist es still in ihrem asketischen Kunsttempel, ihrem Allerheiligsten: eine Mahnung gegen Gier, Mittelmäßigkeit und die ostentativen Klischees der Weihnachtszeit.

3

Eingelullt wie ein Baby in der Wiege schließt sie die Augen, und das sanfte Schwanken des U-Bahn-Wagens hält ihre Alpträume in Schach.

Im Februar dieses Jahres, zwei Monate vor ihrer Ausstellung in der Sigmoid Gallery, bemerkte ein Journalist, der für das Magazin einer Zeitung arbeitete und Eve im Atelier interviewte, dass es hier für jemanden, der die Natur malt, »wenig Natur gibt«. Gewiss, da war der aktuelle Schwerpunkt, schmetternde Zwillingstrompeten eines Rittersterns in einem Zinktopf gegenüber seinem riesigen Abbild, Öl auf Leinwand, das an der Ostwand lehnte. Doch der Besucher zeigte auf das viele Glas, den rostigen Stahl, die freiliegenden Backsteine und nackten Glühbirnen; auf die Assistenten-Teams, die wichtigtuerisch mit Leinwänden hin und her liefen, Leitern verschoben, Kabel verlegten, mit Farbtuben und Pinseltöpfen vollgestopfte Wägelchen durch die Gegend rollten und mit Kameras hantierten, auf die Computer und Drucker, die Bottiche mit Gesso und Leinöl, Terpentin und Konservierungsflüssigkeiten, Mikroskop und Vergrößerungsglas, und schließlich die Tabletts mit Seziermessern auf dem langen Refektoriumstisch aus Eiche, der den Raum unterteilte. Draußen, hinter den dreistöckigen

Glasfenstern, schimmerte der Kanal mit seiner zähflüssigen Ölpatina im Morgenlicht.

»Nicht gerade der natürliche Lebensraum einer Pflanzenkünstlerin«, sagte er.

Eve warf ihm einen ihrer durchbohrenden Blicke zu und sagte ruhig: »Wirklich?«

Sie verabscheute die Bezeichnung »Pflanzenkünstlerin« mindestens so sehr wie »Blumenmalerin«, den anderen herabsetzenden Ausdruck. Warum nicht einfach »Künstlerin«?

Später hatte der Journalist geschrieben: »In diesem Moment fühlte ich mich, als würde ich auseinandergenommen, wie ein Gegenstand, der einer kalten Prüfung durch die Künstlerin ausgesetzt ist. Kelch, Staubgefäß, Stempel ... vom Samenkorn bis zur Seneszenz mit einem einzigen forensischen Blick aufgespießt.«

Sechs Monate später, im August, hatten alle Mitarbeiter bis auf einen gehen müssen. Niemand außer der Gerstein-Kuratorin Ines Alvaro, einer forschen, aufdringlichen jungen Frau, die Eves große Retrospektive in New York organisierte, und Hans, Eves Kunsthändler und Besitzer der Rieger Gallery in der Cork Street, durften das Atelier betreten. Und auch das nur auf Einladung.

Ines verfolgte ihre eigene, rein geschäftliche Agenda. Bei dieser Retrospektive ging es ebenso um den Aufbau ihres Rufs als Kuratorin wie um das Werk von Eve Laing. Hans trug herbstfarbene Tweedanzüge und blinzelte hinter einer Brille mit Schildpattrahmen, ohne jemals indiskret zu werden. Falls er sich überhaupt für Eves Privatleben interessierte, so ließ er es sich nicht anmerken, und wenn doch einmal ein intimes Detail ans Licht kam, verzog er widerwillig den Mund und tupfte sich mit einem seidenen Paisley-Taschentuch über die Mundwinkel. Lüsternheit war geschmacklos. Für Hans Rieger wie auch für Eve zählte nur das Werk.

An der nächsten Station steigt ein Teenager-Paar ein, eng umschlungen, und lässt sich auf den Sitz ihr gegenüber fallen. Das Mädchen lehnt den Kopf an die Schulter des Jungen. Unsterbliche Jugendliche, die auf ihre Schönheit und Liebe vertrauen und nicht ahnen, welche Hölle vor ihnen liegt.

Eve denkt zurück an ihren ersten Freund. In letzter Zeit haben die Erinnerungen an diese Tage holpriger Unschuld sie wie Fetzen einer Schnulze verfolgt, die ihr nicht aus dem Kopf geht. Ein Ohrwurm. Nur bohrt sich dieser Wurm in die Seele.

Als Eve ihn auf einer Wochenendkunstmesse kennenlernte, waren beide sechzehn, gingen zur Schule und hatten noch nie Sex gehabt, gaben sich aber derart weltläufig, dass man unweigerlich das Gegenteil vermutete. In der Öde ihres trostlosen Vororts erkannten sie beide den zögernd nonkonformistischen Stil des jeweils anderen sofort. Der Parka war zu groß für seine schlaksige Figur, und die schmalen Füße in den Plateaustiefeln wirkten wie eine übertriebene Karikatur. Sie war ein Wildfang mit einer Vorliebe für Rockmusik, pechschwarz geschminkten Augen, einer Lederjacke aus dem Secondhandladen und geflickten Jeans.

Beide hatten Wochenendjobs – er bediente im Restaurant seines Vaters, sie arbeitete in einem Plattenladen –, aber sonntags streiften sie zusammen durch die Galerien und Museen von London. Es war, wie ihr jetzt klar wird, eine noch unausgegorene Sehnsucht nach Grandezza. Sie inspirierte sie zu regelmäßigen Wallfahrten in die National Gallery, die Tate, das V&A, das Geffrye Museum, das Museum of Childhood (zwei coole Teenager, die anthropologisches Interesse vortäuschten, als sei ihre eigene Kindheit ein fernes Land), die Wallace Collection (er liebte die Rüstungen, und sie heuchelte Interesse, zog aber die holländischen Stillleben vor).

Sie sahen sich die Schaufenster der Modeboutiquen an, die an jenen nominell gottesfürchtigen Tagen geschlossen waren, durchstöberten die Straßenmärkte und gingen ins Kino oder zu Rockkonzerten, wenn sie es sich leisten konnten. Hatten sie Fahrtkosten und Konzertkarten bezahlt, war ihr Budget derart geschrumpft, dass sie sich nur noch eine Cola oder einen Saft teilen konnten, an dem sie sich dann den ganzen Abend festhielten. Manchmal gingen sie, im Unterschied zum Rest ihrer Generation, in die Albert Hall, wo sie fasziniert auf den billigen Plätzen saßen und die großen Symphonien hörten. Mehr Grandezza. Anschließend stieg er mit ihr in die Tube und brachte sie bis an die Haustür, bevor er zu seinem eigenen Elternhaus zurückfuhr, das fünf Haltestellen entfernt war. Wie altmodisch und galant!

Der kürzeste Weg von der U-Bahn-Station zu ihrem Zuhause führte durch einen großen Stadtpark. Zu Beginn ihrer Beziehung war es Winter, und der Park schloss früh. Er half ihr, über den Zaun zu klettern, und statt die Peinlichkeit zu riskieren, vor dem Haus erwischt zu werden, küssten sie sich zum Abschied lange unter einer Magnolie am nördlichen Ausgang des Parks, ehe sie sich durch eine Lücke im abgeschlossenen Eisentor zwängten und sich vor ihrer Haustür offiziell verabschiedeten.

Anfangs waren die Küsse unter den kahlen Zweigen des Baums etwas unbeholfen. Sie wusste, was sie bedeuteten, oder zumindest dachte sie, dass sie es wüsste, aber was genau sollte sie fühlen? In den folgenden Wochen platzten kleine pelzige Knospen durch die Zweigspitzen, hellgrüne Triebe spalteten die graue Rinde, und die Blätter begannen, sich langsam zu entfalten, während das Paar zu einem Ritual experimentellen Fummelns überging. Sie wehrte sich nicht, als er ihre Brüste durch die Lederjacke massierte. Es war ein seltsames Gefühl, dieses drängende Betatschen. Sie war nicht sicher, wie sie darauf reagieren sollte.

Später saß sie mit ihm in der hintersten Reihe des Prince Charles Cinema am Leicester Square und ließ dieselbe Routine über sich ergehen, während sie sich *Emmanuelle* ansahen. Sie fand den Film widerlich und abstoßend, so viel feuchtes, rosiges Fleisch und die animalischen Geräusche, irgendwie komisch, wenn nicht gar beängstigend – selbst wenn sie sich den feuchten Küssen und knetenden Händen ihres Freundes hingab.

Als die Magnolie blühte, erweiterten sie ihr Abschiedsritual. Er knöpfte ihre Jacke und Bluse auf, schob seine Hände unter den BH und betastete ihre Brüste, Haut auf Haut, als prüfe er Obst in einem Gemüseladen. Seine Hände waren kalt, und sie machte sich ganz steif, um nicht zusammenzuzucken. Bald wollte er mehr. Sie schämte sich wegen ihrer Unschuld und wusste, dass sie sich fügen und so tun musste, als fände sie Gefallen an ihrer Unterwerfung, wenn sie die volle Reife erlangen wollte. Von erfahreneren Schulfreundinnen – Mädchen, die montags mit blassen Knutschflecken am Hals zur Schule kamen – hatte sie gehört, dass das der Preis für einen Freund und die damit verbundene Freiheit und Unabhängigkeit war.

Und so führte er eines Abends bei Vollmond unter dem rosa Kandelaber des Baums, an dem jede hervorbrechende Blüte eine dicke Speerspitze war, ihre Hand zu seinem Reißverschluss. Die Stoffschicht darunter öffnete sich, und sein Penis, ebenfalls eine rosa Knospe, prall und fleischig, platzte hervor. Sein gedämpftes Stöhnen wurde lauter, als sie den seidigen Schaft berührte. Inzwischen wusste sie, was sie zu erwarten hatte – sie hatte die Bücher gelesen, die Erzählungen gehört –, aber als er geräuschvoll zum Höhepunkt kam und sich seine klebrige Wärme in ihre Hand ergoss, musste sie würgen.

Jetzt sitzt sie in der Tube, verliert sich in Erinnerungen und starrt das Pärchen vor sich an. Als das Mädchen aufsieht, erwidert sie Eves Neugier mit offener Verachtung, und Eve reagiert ihrerseits mit einem vernichtenden Blick. Jugendliche kommen gegen den gorgonischen Blick der Alten nicht an. Die Kleine wendet sich ab und schmiegt sich tiefer in die Arme ihres Freundes, der nichts davon mitbekommen hat.

Der Sex musste geübt werden. Es war nicht wie Crack oder was man sich darüber erzählt – eine Kostprobe, und schon ist man süchtig. So wie man sich den Geschmack für Alkohol oder Zigaretten erarbeiten musste, brauchte man Geduld und Disziplin, um die anfängliche Abscheu zu überwinden, ehe man auf die Zwischenstufe von Toleranz vorstoßen konnte. Lust folgte erst im Fortgeschrittenen-Niveau. Und Verlangen, das lernte sie von ihren routinierten Schulfreundinnen, ehe sie selbst dahinterkam, war noch mal eine ganz andere Liga. Irgendwann hatte sie es begriffen, allerdings nicht mit dem Magnolien-Freund. Armer Kerl. Er war geduldig, nett, ehrlich. Er hatte nicht die geringste Chance.

Mit der Kunstakademie fing alles an. Zuerst hatte Eve Angst, man könnte sie durchschauen. Ihre Verruchtheit war nur vorgetäuscht. Sie war ein schüchternes junges Ding aus der Vorstadt, das sich als Freigeist ausgab und mit igelmäßig abstehendem Haar, eigenwilligem Outfit, schwarz umrandeten Augen und ständig mürrischer Miene herumlief. Doch die Zeit des Vortäuschens war bald vorbei. Sie war authentisch, wenn auch in einer Kunststudentinnenversion, sprich einschließlich intellektueller Überheblichkeit und penibler Hygienevorstellungen. Im Übrigen zog sie verklemmte junge Dichter den großmäuligen proletarischen Nihilisten vor, obwohl sie sich auch mit einigen von ihnen vorübergehend amüsierte.

Wie viel Zeit und Energie hatte sie auf ihre Suche nach Zweisamkeit verwendet? Heute ist ihr klar, dass gierige jugendliche Hormone am Werk waren, die so getarnt waren, dass es wie ein Bedürfnis nach Austausch aussah. Was immer dahintersteckte, das endlose Streben und die Flucht waren destabilisierend, das Verlangen wie eine hungrige

Bestie, die einen Großteil ihrer späten Teenager- und frühen Zwanzigerjahre verschlang. Im Rückblick kam ihr das alles hektisch und dämlich vor, schiere Zeitverschwendung. Und was war mit Florian Kiš? Nun ja, daran arbeitete sie sich heute noch ab.

Florian Kiš, jener charismatische Wilde in der Kunst des zwanzigsten Jahrhunderts, *monstre sacré* und Hüter der Flamme der figurativen Malerei, war fast vier Jahrzehnte älter als sie. Sie war eine arglose Studentin, die ehrfürchtig an seinem Aktzeichenseminar teilnahm. Er bat sie, Modell für ihn zu stehen, und wer konnte einer solchen Einladung zur Unsterblichkeit schon widerstehen? Mit einer zielgerichteten Kampagne, die man in jenen Tagen Verführung und heutzutage sexuelle Belästigung genannt hätte, lockte er sie in sein Bett. Als Liebhaber war er energisch, fordernd, zuweilen auch grausam. Außerdem war er geradezu fanatisch darauf bedacht, nicht greifbar zu sein – nie rückte er seine Telefonnummer heraus, bestellte Eve jedoch gelegentlich auch mitten in der Nacht mit einer gekritzelten Botschaft, die er von einem seiner Jünger unter ihrer Tür hindurchschieben ließ, in sein baufälliges Haus in Mornington Crescent.

Sexuelle Untreue oder Ausschweifung waren für ihn ebensolche Glaubensgrundsätze wie das Primat der Porträtmalerei.

»Der menschliche Lehm ist der einzige, der zählt«, spottete er angesichts der Vorstellung, Eve in eine Keramikausstellung zu begleiten.

Und in seinen rauhen, geschickten Händen war Eve formbarer als Ton. Er erzog sie, erklärte ihr, wie sie sich zu kleiden hatte (architektonische Linien, exquisite Stoffe), was sie lesen sollte (Gombrich, Doerner, Shakespeare, Rochester, die französischen Symbolisten, die Kriegsdichter, Metaphysik), worauf sie achten musste (den menschlichen Körper in all seinen Variationen, das von Leidenschaft und Erfahrung gezeichnete Fleisch) und wie sie es betrachten sollte (verräterisches Licht, kaschierende Schatten und die Leere dazwischen). Abstrakte Malerei war »kindische Schmiererei«, Konzeptkunst das leere Getue talentloser Einfaltspinsel, Keramik bezeichnete er als »Handwerk, reine Frauenarbeit«, und Videokunst, wie auch die gesamte Popkultur als »Bildersammelei oder technologiegestützten Diebstahl«. Eve fragt sich, was er aus Wandas neuer »relationaler Kunst« gemacht hätte. Ein Schwerverbrechen? Einen Raubüberfall mit Gewaltanwendung?

Eve war von Florian fasziniert, und er hielt ihre Unterwerfung in seinem berühmten Gemälde *Mädchen mit Blume* fest, einem indirekten Selbstporträt, an dem er während der neun Monate ihrer Beziehung arbeitete. Nackt, das blonde Haar strähnig und ungewaschen, die Augen riesig, feucht und verletzt, liegt sie auf dem Boden, zu Füßen des Künstlers, die sorgfältiger und zärtlicher gemalt sind als ihr junger schlanker Körper. Ihre Haut wirkt durch dicke, pastos aufgetragene Pinselstriche fahl und fleckig. An der Wand hinter ihr lehnen Dutzende von fertigen Gemälden. Wenn es nicht auf einem seiner regelmäßigen Scheiterhaufen minderwertiger Werke landet, wird sich ihr Porträt ihnen dort anschließen, im Archiv von König Blaubarts Geliebten, die seinen Ansprüchen genügten. In der rechten Hand hält sie ein wildes Stiefmütterchen.

Mittlerweile verabscheute sie das Gemälde, das nach Schlachthof roch und ihrem hübschen jugendlichen Ich nicht etwa Unsterblichkeit verliehen hatte, sondern nur eine Zeit der Orientierungslosigkeit und idiotischen Verletzlichkeit widerspiegelte. Sie hasste die Tatsache, dass der Ruhm, Florians Ruhm, all ihre eigenen Leistungen in den Schatten gestellt hatte. Bis jetzt, vielleicht.

Das Pärchen, immer noch eng aneinandergeschmiegt, schwankt im Rhythmus des Zuges, wie ein nachgestelltes urbanes *Der Frühling, Liebespaar auf der Schaukel* von Pierre-August Cot. Der gepolsterte Sitz mit Karomuster ersetzt die vom Wald umgebene Schaukel. Wer weiß, wie es dem entrückten Pärchen zur Winterzeit gehen wird.

Eve denkt an die Mappe, die es niemals gab. Jeder Liebhaber muss sie mindestens ein ordentliches Gemälde gekostet haben. Sie hatte ihr Werk den Anforderungen ihres rastlosen, gierigen Körpers geopfert. Derselbe Hunger hatte ihre alte Freundin Mara die Karriere gekostet, was allerdings kein echter Verlust war. Mara war eine retro-abstrakte Expressionistin, die ihre Farben mit einem derartig angeekelten Elan auf die Leinwand klatschte, als sickerte eine seelische Verletzung durch, als hätten andere das nicht schon vor ihr ausprobiert und genauso schlecht gemacht. Später wandte sie sich der Bildhauerei zu und stellte riesige geometrische Rätsel aus zusammengeschweißtem Stahl her. Noch mehr abstrakter Expressionismus. Die technische Herausforderung und der schiere Aufwand waren bewundernswert, doch sorgten ihre Arbeiten nie für Gesprächsstoff.

Aber immerhin war es eine Möglichkeit für jemanden, der nicht wirklich zeichnen konnte.

Wanda Wilson hatte den anderen Weg eingeschlagen. Nach einem wackligen Start mit ihrer ersten Performance in New York, der geistlosen Rummelplatz-Attraktion *Love/Object,* machte sie ihren geschundenen, gemarterten Körper, seine Bedürfnisse und Wunden zu ihrem Thema, dargestellt anhand ihrer eigenen Sekrete. Man brach ihr das Herz und tat ihr damit einen Gefallen. Jede Kränkung wurde in einer masochistischen Inszenierung verewigt: Initialen, in die blutende Brust geritzt, während sie fünf Stunden lang nackt und stöhnend auf einem Nagelbett in einer Downtown-Galerie lag; ein fünftägiger Hungerstreik – ebenfalls nackt – in der Plexiglasbox eines Uptown-Museums; sie schor sich öffentlich den Kopf oder hielt eine Totenklage an einem leeren Sarg auf den Stufen der City Hall.

Jetzt knutscht das Pärchen, und seine hemmungslose Fummelei hat etwas von einer Zurschaustellung. Eve erschauert und wendet sich ab. Hier gibt es nichts zu sehen. Ihr Blick verschwimmt, als sie sich stattdessen auf die Bildergalerie ihrer Erinnerungen konzentriert.

Wer könnte, selbst wenn er es wollte, Wandas »bahnbrechende« Ausstellung *The Curse* vergessen – der Geruch blieb einem tagelang in der Nase hängen – oder *He Loves Me/He Loves Me Not,* bei der sie filmte, wie sie sich die Schamhaare auszupfte? Sie stilisierte sich selbst zum Archetypus der missbrauchten Frau. In Eves Augen noch lange nicht missbraucht genug.

4

An der nächsten Station lösen sich die Teenager voneinander und steigen aus. Die Türen schließen wieder, und in der Sicherheit des Bahnsteigs, außerhalb des hermetisch abgeschlossenen Abteils, dreht sich das Mädchen um und wirft Eve zum Abschied einen feindseligen Blick zu. Als die U-Bahn anfährt, lächelt Eve, und jetzt starrt sie auf die Fensterscheibe und sieht ihr Spiegelbild auf den vorbeigleitenden rußigen Wänden des Tunnels.

Auch sie hatte ihren Liebeskummer gehabt. Wer nicht? Doch Florian Kiš war ein guter Lehrmeister gewesen. Die schmerzlichen nächtlichen Besuche anderer Frauen hatten einem Zweck gedient. Wer weiß, wie viele während ihrer Abwesenheit dort auftauchten, trotzdem war es ein Trauma für Eve, als er zum ersten Mal eine andere Geliebte beglückte, während sie im Atelier war.

Er arbeitete an ihrem Porträt, sie posierte nackt auf dem Boden, als es an der Tür klingelte. Er reichte ihr einen wollenen Umhang und schickte sie ins Badezimmer, wo sie die Tür abschloss, sich auf den Klodeckel setzte und wartete. Als sie das Murmeln und die halb erstickten lustvollen Schreie hörte, schlug ihre Verwirrung in entsetzte Ungläubigkeit um. Florian vögelte seine Besucherin auf der Couch des Ateliers – der Couch, auf der zuvor Eve mit ihm gelegen hatte und wenige Stunden später, nachdem er die andere weggeschickt hatte, wieder liegen würde.

Sollte Florian bemerkt haben, dass Eve zitterte, als er sie schließlich aus dem Badezimmer holte, damit sie ihre Pose wieder einnahm, führte er es vermutlich auf die Kälte zurück. Sie sagte nichts, und als er genug vom Malen hatte, legten sie sich noch einmal auf die Couch, die noch immer nach einer anderen Frau roch und von deren Körper erwärmt war. So fühlte es sich jedenfalls an. Um drei Uhr früh verließ Eve das Atelier, verletzt und verzweifelt. Wie sollte sie mit einer solch quälenden Erniedrigung fertig werden? Doch dann beruhigte sie sich. Außergewöhnliche Männer halten sich nicht an gewöhnliche Regeln. Sollte sie den unergründlichen, launischen Florian gegen einen durchschaubaren, treu ergebenen Trottel austauschen? Das war der Preis, den man für die Nähe zu einem Genie zahlen musste.

Beim zweiten Mal hatte sie sich damit abgefunden und tröstete sich mit der Tatsache, dass es *ihr* Porträt war, das er malte, *ihr* Körper, auf den er seinen kreativen, entschlossenen Blick richtete. Die anderen Frauen waren bedeutungslos, nicht der Rede wert. Sie wusste von ihnen, war sich ihrer schnöden Existenz in Florians Leben bewusst, sie aber wussten nichts von ihr, denn er schickte sie anschließend immer ins untere Badezimmer. Eve hatte das Gefühl, dass diese Komplizenschaft ihr einen besonderen Status verlieh. Sie war Florians Mitverschwörerin, und sie gewöhnte sich daran, empfand nur ein vorübergehendes Missbehagen über den feuchten Fleck auf der Couch, den seltsam vertrauten, animalischen Geruch, den perlenbesetzten Ohrring einer

Fremden auf dem Fußboden, den Anblick fremder Haare: lange blonde Strähnen, blasser und feiner als ihre, mittellange braune Haarbüschel oder krause Locken, die entfernt an Schamhaar erinnerten.

Gelegentlich nahm sie sich, wenn es klingelte, eine Zeitung und einen Stift mit ins Badezimmer, um sich zu beschäftigen. Bis sie das Kreuzworträtsel gelöst hatte, war die Besucherin schon wieder weg. Manchmal stellte sie sich Florians andere Frauen vor, schloss aufgrund ihres Parfums auf ihren Charakter oder ihre Biografie. Bei Jasmin dachte sie an eine einsame Intellektuelle, eine Professorin am Royal College, die sich Katzen als Gesellschaft hielt; bei Rosenwasser an ein beschränktes junges Ding aus dem Umland mit eigenem Pony und einem Gefälligkeitsjob bei einem Auktionshaus; bei Moschus an ein Vollweib mit künstlerischen Ambitionen und dubioser Körperpflege. Doch diese nächtlichen Besucherinnen – Eve wurde mindestens ein Dutzend Mal ins Badezimmer verbannt und beschwerte sich nie – waren nicht mal eine flüchtige Skizze wert; sie hatte den Löwenanteil an ihm, und die Nachwelt würde es erfahren.

Natürlich nahm sie ihm im Nachhinein dieses Porträt übel; es hielt sie in einem Augenblick fest, der nicht den geringsten Hinweis auf die Künstlerin enthielt, zu der sie sich entwickeln würde. Doch die Lektionen fürs Leben waren nützlich gewesen: Es würde immer eine andere Geliebte geben, die auf ihre Chance wartete, bereit, die Bühne zu betreten, um sie für die nächste kurze Szene aus dem Weg zu räumen. Da blieb keine Zeit zum Wundenlecken.

Das Streben nach Liebe, besser gesagt Lust, bildete den

Hauptteil von Eves Karriere in New York, die sie mit dem *Underground Florilegium,* diversen Jobs als Kellnerin und einer kurzen Tätigkeit als Barfrau in einem Underground-Club finanzierte. Dort verliehen ihr die Kenntnisse der aktuellen Indie-Musik, die sie – obwohl sie es nie zugegeben hätte – bei ihrem Samstagsjob im Plattenladen eines Londoner Vororts erworben hatte, eine gewisse Autorität in puncto Gegenkultur. Eine Zeitlang wurde sie in Andy Warhols Spätphasen-Factory-Clique aufgenommen, die ihren britischen Akzent liebte, ihr die falschen Punk-Qualifikationen abkaufte und sie zu einer vierundzwanzigstündigen Party einlud, bei der man wie im Karneval verkleidet in wilden Inszenierungen die Plünderung Trojas und den Untergang Roms nachspielte. Keine Party seither hatte mehr diesen Namen verdient.

Dazwischen gelang es ihr, irgendwie zu arbeiten. So entstand auf dem Küchentisch ihrer chaotischen Wohnung in der Avenue B wie durch ein Wunder eine Serie mit fleischfressenden Pflanzen. Ein Kritiker behauptete später, sie habe sich ins Reich der Erinnerungen begeben; die prallen, sich selbst befeuchtenden Schlauchwindungen der fleischfressenden Kobralilie, *Darlingtonia californica,* oder die haarigen Fallen der *Aldrovandra vesiculosa* stellten die Fallstricke der Liebe dar. Eine Zeitlang fragte sie sich, ob er recht haben könnte. Inzwischen schien es klar: Die fleischfressenden Pflanzen waren ein kalkulierter Kotau vor der New Wave und spiegelten die Befürchtung wider, dass ihre anspruchsvollen botanischen Studien für die hippe New Yorker Sensibilität nicht ausgefallen genug sein könnten.

Nachdem sie sich endgültig von Florian losgeeist hatte,

taumelte sie von einem Abenteuer, zuweilen auch einem Missgeschick ins nächste, doch damals gab es in Eves Liebesleben keine langen Schatten. Nach der Trennung war sie unverwundbar, sie besaß weder Maras Anfälligkeit für noch Wandas Appetit auf theatralische Inszenierungen des Elends. Erstaunt stellte sie fest, dass einige ihrer New Yorker Freunde, die sie ebenso mühelos fand, wie sie sie wieder verließ, in Wanda, die sie gern ganz für sich beansprucht hätte, einen tiefsitzenden Groll hinterlassen hatten – Jorge, der amphetaminsüchtige kolumbianische Gitarrist, oder Bradley, der wundervolle Schauspieler mit einem entsprechend wundervollen Bild von sich selbst, den Eve zum Dank für seinen hinreißenden Hamlet flachgelegt hatte, nur um dann festzustellen, dass Bradley ohne Shakespeares Einflüsterungen ein muffliger Dummkopf war. Und dann gab es noch Mike, den glücklosen, mutlosen Mike, den kein Mensch ernst nahm, er selbst am allerwenigsten.

Die Sache mit Mike entpuppte sich als Fall von retrospektiver Leidenschaft. Nachdem er an AIDS gestorben war, dichtete Wanda, der er Jahre zuvor den Laufpass gegeben hatte, ihn zu ihrer großen Liebe um, einem unentbehrlichen Seelenverwandten, den man ihr geraubt und auf den Müllhaufen der Geschichte geworfen hatte. Kristof, ein weiteres Objekt aus Wandas romantischen Wahnvorstellungen, verschlimmerte das Elend. Jeder Künstler braucht ein Narrativ, selbst ein schlechter Künstler. Kürzlich hatte Wanda in einem Interview behauptet, sie sei Opfer einer posttraumatischen Belastungsstörung. Eve musste lachen, als sie das las; narzisstische Persönlichkeitsstörung hätte die Sache besser getroffen.

Die Warnzeichen waren von Anfang an da gewesen, lange bevor Eve mit Wanda und Mara nach New York aufgebrochen war. Gleich nach dem Schulabschluss hatten sich die drei Achtzehnjährigen kennengelernt, als die Akademie ihnen Unterkünfte im gleichen Studentenheim zugewiesen hatte. Drei junge weiße Frauen aus der Mittelschicht, die in jener fernen monokulturellen Zeit körperlich und charakterlich so unterschiedlich waren, dass man beinahe von Vielfalt hätte sprechen können.

Mara, klein, knabenhaft und dunkel, war eine zielstrebige Macherin im Overall, die geborene Unternehmerin, Eve, großgewachsen, blond und grüblerisch, eine coole Perfektionistin in schwarzen Rockerbrautklamotten, und die notleidende, manipulative Wanda, ein untersetztes, wuschelhaariges Geschöpf mit einem Faible für Ethno-Schmuck und knallige Schals, deren schussliges Wesen man in jenen Tagen freundlich als »ausgeflippt« beschrieben hätte. Eve und Wanda taxierten sich wie zwei Boxer vor einem Kampf. Mara war ihr Schiedsrichter. Wanda war auf Eves Freundschaft mit Mara eifersüchtig und hatte ständig Angst, ausgeschlossen zu werden. Wanda war eifersüchtig auf Eve, Punkt. Aus, wie man in New York sagte.

Als Eves Beziehung zu Florian Kiš publik wurde und sie zum Gegenstand lüsterner Medienaufmerksamkeit machte, war Wanda unausstehlich – es kam zu Wutausbrüchen und Tränen, als hätte Eves unfreiwilliges Streben nach Ruhm Wanda zu noch größerer Bedeutungslosigkeit verdammt. Wandas erster Selbstmordversuch – ihre nicht ansprechbare, auf dem Bett zusammengebrochene Gestalt, daneben die leere Pillendose – erfolgte kurz nach Eves Erfolg mit dem *Underground Florilegium*. Eve und Mara schafften ihre schwankende Freundin ins Krankenhaus, wo man ihr mit einer Magenpumpe drohte. Der Anblick der Schläuche, die aussahen, als wären sie für die Reinigung von Industrie-Abflüssen bestimmt, wirkte wie ein intravenöser Schuss Adrenalin. Wanda gab zu, nur zwei Pillen genommen und den Rest ins Waschbecken gekippt zu haben, das Delirium war eine Täuschung, die den Ton für ihre zukünftige Karriere setzte.

Eve sieht zu der Tube-Map hoch – *ihrer* Tube-Map, nach Ansicht einiger Idioten, die Becks ursprüngliches Werk ihr zuschrieben. Die grafischen Anforderungen zumindest hätte sie erfüllt.

Und welche Expertise hätte Wanda für sich beanspruchen können? Ein Gespür für banale Grand-Guignol-Szenarien? Als Mitbewohnerin hatte sie ein Talent für Geiz, sogar was die Lebensmittel betraf. Sie markierte ihre Milchflaschen, um Besucher zu überführen, die es wagten, heimlich einen Schuss in ihre Kaffeetasse zu kippen. Sie versteckte Käse und Kekse unter dem Kopfkissen, falls eine ihrer Mitbewohnerinnen nachts hungrig nach Hause kam.

»Hast du schon mal dran gedacht, daraus eine Installation zu machen?«, hatte Eve ihr vorgeschlagen. »Eine Ausstellung von halb leeren, mit schwarzen Strichen markierten Milchflaschen? Oder ein standortspezifisches Werk hier in deinem Zimmer, wo das Publikum aufgefordert wird, die Schublade mit deiner Unterwäsche nach versteckten Leckerchen zu durchwühlen?«

Mara, deren Freundlichkeit, wie Eve jetzt verstand, im Grunde nur als Deckmantel für die Weigerung diente, schwierige Entscheidungen zu treffen, war die Schiedsfrau im Haus, die während des Kalten Krieges rund um die Uhr Bereitschaftsdienst schob, falls es knallte. Als Eve in London nach der Trennung von Florian an einem körperlichen und emotionalen Tiefpunkt angekommen war, redete Mara ihr ein, dass ein gemeinsamer Umzug nach New York eine gute Idee wäre.

»Das Patriarchat ist das Problem«, sagte sie. »Teilen und herrschen … das brauchen wir nicht. In der Solidarität liegt die Kraft. Wir sind ein Team, wir drei.«

Es war von Anfang an zum Scheitern verurteilt. In den Orgien der späten siebziger Jahre waren Lebensmittelvorräte in der Lower East Side das geringste Problem. Eve verwandelte ihre Trauer in Wut und stürzte sich in das sexuelle Getümmel, als wollte sie Rache nehmen. Sie setzte die halbe Stadt in Flammen und machte sich ohne einen Blick zurück aus dem Staub. Wanda dagegen verbrachte ihr ganzes Leben damit, nach hinten zu gucken und all jene zu verfluchen, die sie ihrer Meinung nach nie genug geliebt hatten. Dieses überwältigende Gefühl von Bitterkeit gab sie als Kunst aus.

Sobald Eve Florians Belehrungen abgeschüttelt hatte – »Blumen?«, hatte er gefragt und spöttisch die buschigen Brauen hochgezogen. »Schon wieder? Wo ist das Fleisch? Wo ist das Blut und die Scheiße? Das *Leben*?« –, kam sie wieder auf die richtige Bahn. Ihre Thematik ging über das rein Persönliche hinaus. Warum sollte man sich verrenken, das Auge starr auf den eigenen Nabel gerichtet, wenn man sich ausdehnen und die gesamte Biosphäre erkunden konnte? Dasselbe galt für die Liebe, warum den Fokus einengen? Eve hatte gelacht, als sie von Mara hörte, dass ihre Tochter Esme mit achtzehn, also sieben Jahre bevor sie ihren Kurs änderte und ihr radikales Körpermodifikationsprogramm in Angriff nahm, erklärte, sie sei für »freie Liebe«. Waren wir das nicht alle in den sechziger und siebziger Jahren?

Dann kamen die Pestjahre und das brutale Gemetzel unter Freunden und Liebhabern. Mike starb – und löste einen weiteren egozentrischen Auftritt Wandas aus, die seit drei Jahren kein Wort mehr mit ihm gewechselt hatte. Eve wusste, dass es an der Zeit war auszusteigen. Genau zum richtigen Zeitpunkt lernte sie Kristof kennen. Es war Wanda, die sie miteinander bekannt machte – sie hatte ihn auf einer Party in einem Warenlager vernascht und sich ihn für ihre eigenen Zwecke vorgemerkt; er hatte ein paar Mal mit ihr geschlafen, leicht amüsiert über ihre Arbeit, und Eve später gebeichtet, dass er sie abstoßend fand. Als dann Kristof und Eve zusammenkamen, war Wanda am Boden zerstört. Nachdem Eve ihr offen von Kristofs Gefühlen erzählt hatte, folgte ein zweiter Selbstmordversuch – ernsthaft diesmal –, inklusive ausgepumptem Magen. Vielleicht war Eve, wie Mara meinte, tatsächlich zu brutal gewesen. Doch Wanda suchte nach frischem Stoff für ihr Werk, und Eve hatte geliefert. Seitdem hatten sie nicht mehr miteinander gesprochen – der einzige Kontakt in all den Jahren waren Wandas knappe, stichelnde Weihnachtskarten gewesen – bis zu dem Treffen vor einem Monat in der Hayward Gallery.

Eves spontane Bemerkung einem *Village-Voice*-Reporter gegenüber in den frühen achtziger Jahren hatte die Funkstille zwischen ihnen noch verstärkt. Da stand sie nun, für alle Zeiten: »Wanda Wilsons einziges Talent ist ihr monströses Selbstmitleid.«

Wäre es möglich gewesen, hätte Eve diese Bemerkung ungeschehen gemacht. Es war zwar richtig gewesen, was sie gesagt hatte, aber sie hatte damit das Kunst-Establishment gegen sich aufgebracht, und diese Worte wurden wie alle unüberlegten Beleidigungen, die man besser für sich behält, dank des Internets immer wieder von der Presse breitgewalzt und damit verewigt. Im Licht der Öffentlichkeit bildeten sie obendrein einen weiteren vertrackten Link zu Wanda. Wie Atheisten, die schon durch ihren Namen gezwungen sind, sich über einen nicht existierenden Gott zu definieren, wurde Eve zu einer für immer mit Wanda verbundenen »Anti-Wilsonistin«. In Wirklichkeit hatte Wanda Wilson wie Gott bei Ungläubigen keinen Platz in Eves Universum. Wanda jedoch war ganz offensichtlich anderer Meinung.

Ihre alljährlichen Weihnachtsgrüße, die zuerst nur an Kristof und in den letzten fünfzehn Jahren noch irritierender an »Mr und Mrs Kristof Axness« adressiert gewesen waren, sprachen für sich. Auch die diesjährige Karte – sicher wieder ein großspuriges Foto von einer ihrer Ausstellungen oder Werbung für ihr letztes »immersives« Kunstwerk – würde sich heute Abend auf dem Bücherregal von Delaunay Gardens ins Rampenlicht drängeln.

Für Eve war Kristof, der sanfte Däne, der ihr so aufrichtig den Hof gemacht hatte, ein rezessiver Wikinger – ein friedlicher Seefahrer, wie er in der beschönigenden Geschichtsversion der Skandinavier dargestellt wird. Er bot ihr bei Bedarf sicheren Sex, und er mochte sie, im Gegensatz zu den zornigen Londoner Punks, die aufgrund ihrer Klassenzugehörigkeit vor Ressentiments nur so strotzten, den selbstverliebten, jungen Dichtern oder den schmollenden Narzissten aus Warhols Factory, die mit ihrer sexuellen Identität kämpften und sich kaum vom Spiegel losreißen konnten. Anders auch als Florian Kiš, der ihr nie verziehen hatte, dass sie sich gegen ihn gewandt und an ihrem eigenen kreativen Kurs festgehalten hatte, der nicht *seiner* war. Kristof trat in ihr Leben, als AIDS ihre Welt verwüstete, und damit war Eves Suche beendet. Ihre Domestikation oder eine unkonventionelle, vergleichsweise luxuriöse Version davon war eine Erleichterung, versüßt von Sex, wenn sie und ihre hungrigen Hormone danach verlangten.

In ihrer ersten Zeit als Paar gab es noch eine sexuelle Zügellosigkeit, eine gewisse Abneigung gegen die Konventionen heterosexueller Paare. Experimente gehörten zum Pflichtprogramm, so wie hastiger Sex an verbotenen Orten oder die Erkundung der Randbezirke des Fetischismus (mehr komisch als erotisch, wie sie fanden). Es gab auch Affären, auf beiden Seiten. Doch am Ende schien sich die Bestie, das geile Monster, das nach sofortiger sexueller Befriedigung verlangte, verzogen zu haben. Das Primat der Arbeit war wiederhergestellt.

Doch dann, vor acht Monaten, zu einer Zeit, in der die meisten Frauen ihres Alters sich darauf vorbereiteten, gelassen in die gute Nacht zu gehen, war das Monster zurückgekommen. Es hatte sich die ganze Zeit im Dunklen verborgen, herumgelungert und gewartet, um nach zwei Jahrzehnten wieder zuzuschlagen. Doch nicht einmal jetzt, angesichts der Trümmer, bedauerte sie seine Rückkehr. Es war zur richtigen Zeit aufgetaucht, ehe sich Selbstzufriedenheit breitmachte, und hatte alles aufgemischt, hatte ihr Leben in die Luft geworfen, um zu sehen, wo es landete. Wenn überhaupt.

5

Sie sieht sich im Abteil um. Ein Wechsel in der Besetzung. Man spielt mit dem Smartphone oder starrt mit leerem Blick zur Tube-Map auf, genauso in Gedanken versunken wie Eve. Die Konsequenzen der abgesagten Gerstein-Ausstellung haben sie gezwungen, Bilanz zu ziehen. Ja, wenn es überhaupt eine Möglichkeit gibt, ihr Leben zu beurteilen, dann muss ihr Werk genügen.

Wie es sich gehört, hatte sie klein angefangen. Bei ihr, so lautete die Version der Familie, war es Ehrenpreis gewesen. Männertreu: *Veronica chamaedrys,* Wildes Vergissmeinnicht. Winzige Punkte Sommerhimmel auf dem weichen Rasen unter ihren Sandalen. Die kindliche Liebe zum Kleinen. Später machte sie dieselbe Beobachtung bei ihrer Tochter, nur war Nancy nicht von der Natur fasziniert, sondern von den Geschicken menschlicher Lebensgemeinschaften: dem Puppenhaus. Nancy verbrachte Stunden damit, es immer wieder neu einzurichten und umzuräumen. Sie betrachtete die Welt aus einer viktorianischen Perspektive und einer Vorliebe für Ordnung und Anstand.

Die junge Eve dagegen verfiel der geheimnisvollen, kühnen Schönheit des Ehrenpreis, der sie in seinen Bann zog. Später erfuhr sie, dass die Blüte ein Eindringling aus der

Ferne war, im neunzehnten Jahrhundert von emsigen Sammlern aus der Türkei und dem Kaukasus nach Britannien gebracht. *Hier* hatte sie ein Argument, mit dem sie die fremdenfeindlichen Briten herausfordern konnte, die auf der Suche nach Souveränität danach trachteten, sich von der großen weiten Welt abzukapseln – seht euch die englischen Gärten an, die hochgeschätzten Blumen in den Beeten und Rabatten von Englands Cottages, dort findet ihr Argumente für Diversität und Globalisierung: Rosen, Pfingstrosen, Lavendel, Stockrosen, Rittersporn – alles Migranten aus Europa, Afrika und Asien, die hierher gefunden und die Farbpalette unseres pastellfarbenen Paradieses bereichert haben.

Manchmal fragt sie sich, ob Ehrenpreis sie in einem frühen Akt der Rebellion angezogen hatte. Ihr Vater, der den Garten mit dem nüchternen Eifer eines Labortechnikers in Schuss hielt, hätte die kleine Pflanze, die sich so gut an das englische Klima und den englischen Boden angepasst hatte, dass sie nun als Unkraut galt, samt Wurzel ausgerissen, wie einen himmelblauen Schandfleck auf seinem weichen, grün gestreiften Rasenteppich.

Keine einzige Zeichnung der Blüte aus ihrer Kindheit hatte überlebt. Ihre Eltern behaupteten, sie hätte sie tatsächlich gepflückt, in einen Eierbecher gestellt und zugesehen, wie sie innerhalb von Minuten verwelkten. Eine nützliche Lektion fürs Leben. Florian zufolge nannte man die Blume in Deutschland Männertreu. Soweit sie wusste, gab es so etwas wie Frauentreu nicht, falls aber doch, würde sie vermutlich langsam wachsen, nicht so tiefe Wurzeln und blasse Blüten haben, die die Farbe ihrer Umgebung annahmen, wenn man sie in eine Vase steckte, um ihre fleischfressenden Neigungen zu verbergen.

Das Abteil füllt sich. Rauhe Männer aus Osteuropa oder Vorderindien in schmutzigen Klamotten, so steif wie Behänge aus Marmor, auf der Heimkehr von der Spätschicht; erschöpfte Frauen, aus Rumänien vielleicht, Reinigungskräfte, die möglicherweise in einem von Kristofs Firmengebäuden putzen und Plastiktüten aus Supermärkten umklammern, als wären es Handtaschen.

Wäre Nancy hier, würde sie irgendeine Bemerkung über Ausbeutung machen, und Eve würde entgegnen, dass die Migranten hier zehn Mal mehr als bei sich zu Hause verdienen und von Sozialleistungen profitieren. London ist eine Stadt von Zugezogenen. Das macht sie so interessant. Lass den englischen Garten blühen. Wie vom Wind verwehte Disteln fallen manche auf fruchtbaren Boden und gedeihen, andere gehen zugrunde. Die Natur diskriminiert nicht. Warum dann *sie*?

Was erwartete ihre Tochter denn, dieses liberale Dummchen mit ihrer Glutenunverträglichkeit und ihrer Schwachsinnstoleranz? Ihre Putzfrau, die wahrscheinlich illegal hier war, bekam kaum mehr als den Mindestlohn. Hatte Nancy etwa vor, sie alle zurückzuschicken? Eve wollte sehen, wie sie ohne die bei ihr lebende Hausangestellte zurechtkäme. Diese Arbeiter stimmten mit den Füßen ab. Sollten sie selbst entscheiden.

Eve ist sich ihrer Heucheleien bewusst und lässt sich in der Regel nicht davon irritieren. Sie gehören zu ihrer Persönlichkeit, verleihen ihr Farbe und Tiefe. Anders als ihre Tochter hat sie sie nicht zu einem Grundsatzprogramm erhoben. Doch jetzt, aufgewühlt von Angst, erscheint ihr die Betrachtung persönlicher Widersprüche wie eine beruhigende Ablenkung, so ähnlich wie Schäfchen zählen. Sie hat ein professionelles Interesse am Schutz der Biosphäre und einen langjährigen Dauerauftrag für Friends of the Earth. Aber weder das eine noch das andere konnte die vier Häuser, die regelmäßigen Interkontinentalflüge und den persönlichen CO_2-Fußabdruck eines kleinen multinationalen Unternehmens ausgleichen.

Hin und wieder fragt sich Eve, ob sie ihren Bruder als ihren privaten CO_2-Ausgleichsplan anführen könnte. John war der Inbegriff besorgter Moral, der unabhängig vom öffentlichen Versorgungsnetz auf seinem feuchten Hof in den schottischen West Highlands lebte. Seine stille Askese war ein unablässiger stummer Vorwurf an Eves lärmende Welt des Überflusses und Nancys Heuchelei.

Selbst dieses reduzierte Leben, nach der Trennung und vor der Scheidung, war, verglichen mit Johns Einsiedlerexistenz, ein vorrevolutionäres Versailles. John, der mit fingerlosen Handschuhen und zerfransten Wollpullovern im Schein einer Kerze saß, war schon immer viel zu gut für diese Welt gewesen. Aber Nancy? Aus dem raffgierigen Kind war eine raffgierige Frau geworden, ein verhätscheltes Milleniumsgör mit Mission, eine selbsternannte Fürsprecherin der Verdammten dieser Erde. Wenn das nicht kulturelle Aneignung war, was dann?

In ihrem Haus in Shoreditch, einer ehemaligen Buchbinderwerkstatt, das Eve und Kristof ihr gekauft hatten, war Nancy ebenso gewissenhaft konsumgeil und verschwenderisch wie jeder andere nichtsnutzige Spross wohlhabender Eltern, mit dem einzigen Unterschied, dass sie Fair-Trade-Produkte und kleine Boutiquen gegenüber großen Ketten bevorzugte, auf Plastiktüten verzichtete und ein sogenanntes nachhaltiges Leben predigte. Nachhaltig nur, weil die Zuwendungen der Eltern die eigenen Rechnungen bezahlten. Ihren Kaufrausch rechtfertigte sie mit der Begründung, er sei für die Recherche ihrer Arbeit als »Influencerin« und »Lifestyle-Bloggerin« notwendig, für die sie Stunden vor dem Spiegel verbrachte und sich in einer Reihe von nicht zu unterscheidenden Outfits ablichtete.

Trotz der abgelehnten Plastiktüten wäre Nancys Vermächtnis ihre persönliche Mülldeponie – höher als jeder schottische Munro, den ihr Onkel John von seiner nördlichen Festung aus gewissenhaft bestiegen hatte. Sucht man ihr Denkmal, muss man sich nur umsehen. Eve räumt ein, dass vor der Trennung auch ihre eigenen Schränke mit teuren Kleidern vollgestopft gewesen waren. Doch sie war wählerisch und qualifizierte das Niveau von Haute Couture als Kunst, als Verweis auf die Tradition oder deren Herausforderung, als das Produkt von Gedanken, Phantasie und Können.

Florian Kiš hatte ihr etwas beigebracht: Als Künstlerin stand sie in der Pflicht, ihren Körper wie ein Medium für die Erforschung der Ästhetik zu benutzen und ihren scharfen Blick auf alle Bereiche des Lebens zu richten. Sie musste eine »Marke« repräsentieren, obwohl sie bei diesem Ausdruck, der zu Nancys Lieblingsvokabular zählt, zusammenfährt. Zum Glück hatte sie die Mittel gehabt, um in die genialen Pioniere der Form zu investieren: die Japaner, Vivienne, Miuccia und die ikonenhaften französischen Häuser. Es gab nichts, was sich mit ihnen vergleichen ließ. Nancy hingegen handelte mit Ephemera und trug mit ihrem unvergänglichen Ramsch zur Vermüllung der Welt bei.

Allein ihr Hund, dieser lächerliche Mops, hatte wie jeder Schoßhund einen größeren CO_2-Abdruck als ein SUV. Was sollte das? Es sei denn, wie Eve einmal aus reiner Boshaftigkeit gesagt hatte, das Tier sei aus Gründen angeschafft worden, die Psychologen als »spaltende Normalisierung« oder weniger taktvolle Experten als »Fetter-Freund-Faktor« bezeichneten – ein Phänomen, durch das Menschen in Gesellschaft eines weniger begehrenswerten Gefährten attraktiver erscheinen. Mit dem glupschäugigen hechelnden Zwerg auf dem Arm wirkte selbst die hoch aufgeschossene Nancy mit ihrem unvorteilhaft fliehenden Kinn wie Botticellis Venus. Noch so ein Streit, der sich über Wochen hingezogen hatte. Danach hatte Eve sich zurückgehalten; die Gefechte mit ihrer Tochter waren vertane Mühe. Warum den Schwachen die Wahrheit sagen? Beim nächsten Nervenzusammenbruch würde Nancy noch mehr Sitzungen bei ihrem Therapeuten fordern, und wer kam dafür auf? Mittlerweile gab es keinen Bedarf mehr an Offenheit oder Diskretion. Nancy blockierte ihre Anrufe. Seit einem Monat hatten sie nicht mehr miteinander gesprochen. Dieser Streit war der Schlussstrich gewesen.

Ruckartig hält die U-Bahn an. Zwischen zwei Stationen. Jedes Mal ein Grund zur Sorge. Ein Unfall?

Sie war alt genug, um sich an den Moorgate-Unfall in den siebziger Jahren zu erinnern; der U-Bahn-Fahrer war einfach weitergefahren und schließlich gegen die Prellböcke geprallt, wo der Zug sich wie eine Ziehharmonika vor der Wand der Endstation zusammenfaltete. Mehr als vierzig Tote. Siebzig Verletzte. Bei dem Unfall verlor die Kusine einer Schulfreundin beide Beine, und ihr Kollege starb auf dem Sitz daneben. Unfall oder Fremdeinwirkung? Das wusste kein Mensch. Manche sagten, der sonst so gewissenhafte Fahrer hätte eine Nervenkrise gehabt, eine verhängnisvolle Form von Amnesie. Aber es kursierte auch eine andere, schrecklichere Version der Geschichte, die natürlich von der Presse favorisiert und von der Wut der trauernden Hinterbliebenen geschürt wurde – demnach war es ein vorsätzlicher Massenmord und Suizid gewesen, obwohl es dafür keine Hinweise gab.

Der Brand in King's Cross 1987, zwölf Jahre später, schien tatsächlich einen persönlichen Hintergrund zu haben. Sie war gerade mit Kristof aus New York zu Besuch. Er war auf dem Weg zu einem abendlichen Treffen in Camden und bot Eve an, sie am Bahnhof abzusetzen. Sie war zum Abendessen in Maras neuer Londoner Wohnung eingeladen und hätte um die Zeit, als das Feuer in der Halle ausbrach, ihre Fahrkarte gekauft. Ein Raucher hatte achtlos ein Streichholz auf die hölzerne Rolltreppe geworfen. Dreißig Menschen waren umgekommen, es hatte hundert Verletzte gegeben. Sie verdankte ihr Leben allein ihrer Abneigung gegenüber kleinen Kindern: Bei der Aussicht auf eine Unterhaltung, die von Töpfchentraining beherrscht und von Babygeschrei unterbrochen wurde, das wie der krächzende Ruf eines Muezzins zum Gebet aus dem Babyphon schallte, hatte sie Mara in letzter Minute abgesagt.

Wenigstens minderte die derzeitige, lächerliche Gesundheits- und Sicherheitskultur – Abi, eine von Eves ehemaligen Assistentinnen, hatte deswegen eine geradezu absurde Neurose entwickelt – die Wahrscheinlichkeit von Verkehrsunfällen im öffentlichen Raum. Doch heutzutage waren Unfälle nicht die größte Sorge.

Eve sieht sich im Abteil um. In diesem Querschnitt moderner großstädtischer Vielfalt fehlen nur die Superreichen. Alle geben sich trotz ihrer Nervosität über den unerwarteten Halt des Zugs ungezwungen, dabei sehnen sie sich nach der Sicherheit der Straßen über ihnen. In solchen Augenblicken stummer urbaner Angst lasten vierzig Meter kompakter Kalkstein und Londoner Lehm schwer auf den Fahrgästen.

Mit einem Ruck setzt sich der Wagen wieder in Gang, und der Zug kriecht auf die nächste Station zu. Unversehrt geht Eves Leben weiter, und sie versinkt erneut in ihrer Erinnerung und anderen Schrecken.

Sie hat ein schreckliches Chaos angerichtet. Keine Frage. Doch was immer jetzt geschieht, welches Grauen auch vor ihr liegt, ihre künstlerische Hinterlassenschaft ist gesichert. Das ist keine Arroganz, sondern eine Tatsache. Was hat ihre Tochter schon aus ihrem Leben gemacht? Fortpflanzung ist einfach, das können alle, selbst die niedrigsten Lebensformen, ohne nachzudenken oder großes Trara. Nematoden – noch primitiver als Ohrwürmer oder nervtötende Gedächtnismaden – sind darin sehr geschickt. Jede Sekunde kommen neue zur Welt.

Doch drei Monate nach der Geburt des Babys schien selbst Nancy, die auf die Niederkunft gewartet hatte, als ginge es um die Wiederauferstehung Christi, Konsumrausch inklusive (die fürchterliche »genderneutrale« Babyparty!), ihre Illusionen verloren zu haben. Zumindest in dieser Hinsicht war sie ganz Tochter ihrer Mutter.

Für Eve versprach die Reproduktion der gestengelten, stummen Natur in all ihren exquisiten Variationen auf Papier, Pergament, Leinwand oder Film eine Stringenz und brachte ein kontrollierbares Ergebnis hervor, beides undenkbar für das unordentliche menschliche Leben. Eves früheste noch erhaltene Zeichnung zeigt eine Wiesenkerbel-Dolde, *Anthriscus silvestris* – eigentlich ein Unkraut, in England paradoxerweise aber mit Queen Annes Klöppelspitzen assoziiert. Sie hatte sie mit HB-Bleistift auf ein DIN-A4 großes Blatt Millimeterpapier gezeichnet, als sie etwa zwölf war. Aus dem argwöhnischen Kleinkind war eine selbstbeherrschte Göre geworden, die sich unter Menschen nicht wohl fühlte und von der Natur fasziniert war – vor allem von Pflanzen, deren Komplexität sich leise ausdrückte und erfassbar war. Damals hatte sie wie besessen die nicht animalische Welt so naturgetreu wie möglich auf dem Papier abgebildet. Autarke Autotrophen, die ihr lebenserhaltendes CO_2 bekommen, indem sie einfach existieren, nicht gierige Heterotrophen wie die Menschen, die zum Überleben anderes Leben zerstören müssen – das war der wissenschaftliche Unterschied.

Zuerst hatte die undifferenzierte Gegenwart des Wiesenkerbels sie verwundert. Aus der Ferne glichen die zusammenstehenden Blütenköpfe einem schimmernden Dunst. Aus der Nähe, etwa auf Armeslänge, waren sie kaum erkennbar, nicht mehr als blasse, leicht vergrößerte Grashalme. Doch Eve hatte schon immer den Drang gehabt, genauer hinzusehen. Sie bewunderte die Komplexität der farnähnlichen Blätter, studierte die komplizierten weißen Konstellationen auf den spröden Stengeln, registrierte die strukturellen Unterschiede zwischen den Spitzenblüten am äußeren Rand und den fein gezeichneten Blüten in der Mitte und bewunderte die nach Heu duftende Milchstraße in ihrer Hand. Man musste nur hinschauen.

Jahre später fand sie die frühe Zeichnung zu ihrem Erstaunen zwischen den Seiten eines Buches – *Down the Garden Path* von Beverley Nichols –, als sie nach dem Tod ihrer Mutter das Haus ausräumte. Die Entdeckung war schockierend und verurteilte Eve dazu, ihre Kindheitserinnerungen im verstörenden Licht dieser neuen Erkenntnis zu revidieren: Ihre Mutter hatte ihre Arbeit also doch geschätzt.

Die Beziehung zwischen ihnen war immer angespannt gewesen. Eve empfand die emotionale Labilität ihrer Mutter als Kränkung und reagierte empört, als sie versuchte, sie auf eine Sekretariatsfachschule zu schicken statt auf die Kunstakademie. Höhere Bildung war etwas für Jungs. Johns Bewerbung an der Universität hatte ihren Segen. Darauf konnte John immer zählen. Egal, ob es ihm gut tat, für sie war es ein Fluch. Er hatte sein Philosophiestudium sausenlassen und sich davongemacht, um sich irgendwo im Norden einem schäbigen Friedenscamp vor einem Militärstützpunkt anzuschließen. Eves späterer Erfolg schien ihre Mutter eher zu verblüffen als zu erfreuen. Aber diese Zeichnung aus ihrer Kindheit hatte sie behalten, in ein Stück Seidenpapier eingeschlagen und in einem Buch auf ihrem Nachttisch aufbewahrt. Eve war sicher, dass ihre Mutter nicht gewusst hatte, dass man Wiesenkerbel in England gelegentlich auch »*motherdie*« nannte.

Ines Alvaro, die Gerstein-Kuratorin, hatte sich auf diesen Papierfetzen gestürzt, als wäre er ein frühes, verloren geglaubtes Fragment von da Vinci. Mit einem Buchenholzrahmen und einem kadmiumgrünen Passepartout sollte er im ersten Saal der Ausstellung neben der Einführungstafel – Eves sterilisiertes, auf zweihundert Wörter in Times New Roman 42 Punkt geschrumpftes Leben – platziert werden, gegenüber der breiten Wand mit ihrem *Underground Florilegium,* einer Leihgabe des Dallas Museum, und daneben das besser erhaltene Aquarell des *Amaranthus caudatus* mit seinen purpurroten Quasten, dem Fuchsschwanz, den sie in ihrem zweiten Semester an der Kunsthochschule vollendet hatte.

Die Erläuterungen des Museums enthielten den routinemäßigen Hinweis auf sie als »Florian Kiš' Muse« – »einer der bedeutendsten Porträtmaler des zwanzigsten Jahrhunderts« –, doch es war ihr gelungen, ein Veto einzulegen, damit nirgendwo in der Ausstellung *Mädchen mit Blume* gezeigt oder auch nur erwähnt wurde. Dies würde Eves Retrospektive sein, und zugleich eine Richtigstellung – sie war nicht bloß ein Anhängsel, das mit zahllosen anderen nackten Dummchen Schlange stand, um den Saum von Florian Kiš' farbverschmiertem Overall zu küssen, rot wie die Schürze eines Metzgers. In *ihrer* Geschichte war er nur eine Fußnote.

6

Endlich schien Eves Augenblick gekommen, passend zum Klimawahn der ökobewussten Gurus in den sozialen Netzwerken, darunter ihre Tochter, die ihre Sorge um den Planeten ausposaunten, während sie ihn gleichzeitig verwüsteten. Ihr Werk hatte die Wissenschaft auf seiner Seite und obendrein die edle Gesinnung, die gerade in Mode war. Eve hatte dem Journalisten, der sie im Februar interviewt hatte, den Fall erläutert.

»Jede achte Pflanzenart ist vom Aussterben bedroht, während die Bevölkerung sprunghaft wächst«, erklärte sie. »Es gibt neue Bedenken bezüglich Blindheit gegenüber Pflanzen. Das Weltbild des modernen Menschen beschränkt sich auf einen Level von null bis fünfzehn Grad unter der Augenhöhe, und der anthropozentrische Fokus auf die Tierwelt ignoriert zunehmend die Bedeutung des pflanzlichen Lebens in der Biosphäre.«

Zwar machte er sich gewissenhaft Notizen, doch es war klar, dass er sich nicht im Geringsten dafür interessierte.

Sie gab nicht auf. »Das menschliche Auge braucht Bewegung, auffällige Formen, sucht die Umgebung unbewusst ständig nach Nahrung, Sex – nach Fortpflanzungsmöglichkeiten – oder Gefahren ab. Unbewegliche Pflanzen sind trotz ihrer Schönheit, ihrer kaleidoskopischen Vielfalt und ihres Nährwerts bescheiden; sie sind nicht niedlich, man muss sie nicht jagen oder Gewalt anwenden, um sie in den Kochtopf zu kriegen, sie sind keine großartigen Kumpel, und sie haben selbst in den äußersten Randbezirken menschlichen Fetischismus keinerlei Sexappeal.«

Die Sache mit dem Sexappeal weckte ihn auf. Er lächelte, schlug die Seite in seinem Notizblock um und schrieb weiter, als nähme er ein Diktat auf.

»Zoo-Chauvinismus und Technikwahn haben dazu geführt, dass die Namen allgemein bekannter Blumen wie Glockenblume oder Löwenzahn aus dem Vokabular der Jugendlichen verschwinden und Wörtern weichen, die die zeitgenössische Realität widerspiegeln wie etwa Bullet Points, Mailbox, Smartphone oder Blog. Wie lange wird es dauern, bis auch die Pflanzen selbst von der Bildfläche verschwinden?«, fragte sie.

»Wenn die Glockenblume ausstirbt, sind auch wir dran. Nach dem Löwenzahn die Sintflut. Dann geht alles in die Luft, wie in den wildesten Träumen psychopathischer Einzelgänger und blutrünstiger Ideologen. Wir werden deren Arbeit machen, das Dynamit einpacken, die blaue Lunte anzünden, einen Schritt zurücktreten und zusehen, wie der Planet explodiert, so wie der Schuppen in der Tate Gallery. Allerdings werden wir nicht bloß zugucken, sondern gleich mit hochgehen.«

Eve hatte schon immer den auf Augenhöhe beschränkten Blick verachtet: Sie sah gern hinab, volle neunzig Grad, suchte nach allem, was diskret und verborgen war. In den Augen ihrer neuen Anhänger ist ihre Kunst ein leidenschaftliches Propagandainstrument. Das sieht sie nicht so. Sie wollte immer nur alles so genau wie möglich in Ruhe beobachten und reflektieren. Dafür musste sie lange Jahre in der Wildnis ausharren, sich von Kritikern als »Laura Ashley der Kunstszene« disqualifizieren und mit Cicely Mary Barker, einer altjüngferlichen lllustratorin zuckersüßer Blumenfeengeschichten für Kinder, vergleichen lassen. Unterdessen wurden Wanda Wilson und ihre Vasallen von denselben Kritikern hochgelobt. Nicht nur »pflanzenblind«, sondern auch »kunstblind«. Jetzt aber ist Eves Augenblick endlich gekommen. Sie wird ihn ergreifen, und die anderen können ihre Absichten interpretieren, wie sie wollen.

Doch die Vergleiche mit Georgia O'Keeffe oder auch Mapplethorpe und Matson schmerzen, und Florians Porträt kann sie nie wieder entkommen. Jeder Artikel über Kristof, jede Besprechung, jeder Hinweis auf ihr eigenes Werk (darunter auch dieses neue Interview in dem Magazin der Zeitung) dient als Vorwand, um *Mädchen mit Blume* abzubilden. Als wäre sie an den nackten Körper ihres dummen Teenager-Ichs gekettet. Luka hatte gelacht, als er in dem Artikel einer Boulevardzeitung über das Sternchen einer Seifenoper, das auf der Sigmoid-Party aufgekreuzt war, einen Verweis auf Eve als »Blumenlady« entdeckt hatte. Eve war ausgerastet. Es hörte sich an, als verkaufe sie Blumensträußchen auf der Straße, eine Eliza Doolitle, die vorbeigehenden Kunden fröhlich ihre Veilchensträuße anbot. Einer ihrer ersten Streite. Und nicht der letzte. Solche leidenschaftlichen Auseinandersetzungen hatten zugenommen, waren heftiger geworden. Trotzdem, so sagt sie sich, sind sie der lauwarmen Höflichkeit ihrer Ehe vorzuziehen.

Die U-Bahn hat in Earls Court gehalten. Die Station ist in Anerkennung der vielen Australier, die in den siebziger Jahren hier lebten, im *Underground Florilegium* mit einer violetten Waratah, *Telopea speciosissima,* gekennzeichnet.

Zwei Arbeiter rappeln sich müde auf und steigen aus. Ihre Plätze werden von einem Pärchen mittleren Alters eingenommen, Mann und Frau. Mittelalt und Mittelschicht. Wahrscheinlich Touristen. Beide tragen die typisch britische Uniform, hellbeige Trenchcoats (billige Burberry-Imitationen), Sherlock-Holmes-Mützen und Schals mit Schottenmuster. Beide haben Jutetaschen von Madame Tussauds dabei. Welcher Londoner, der was auf sich hält, geht zu Madame Tussauds? Abgesehen von den identischen Klamotten und Taschen käme man nicht darauf, dass sie ein Pärchen sind. Schweigend konzentrieren sie sich auf ihre Handys. Irgendwann haben auch sie wie Eve und Kristof in ihrer ersten Zeit die Finger nicht voneinander lassen können. Was hält sie heute noch zusammen? Kinder? Enkel? Trägheit? Das gemeinsame Interesse am Kulturtourismus? Die Nachhaltigkeit von Beziehungen ist nicht erklärlich. Dasselbe gilt für ihre Lebensdauer, obwohl das Ergebnis immer gleich ist. Dem Untergang geweiht, so oder so. Für alle mit Ausdauer durch den Tod. Für die Schwächeren oder Mutigeren durch eine Scheidung, erst *dann* den Tod.

Eves Affäre war nicht gerade ein *coup de foudre.* Bei der ersten Begegnung hatte sie Luka kaum wahrgenommen. Vielleicht registrierte sie die angenehme Symmetrie seiner Gesichtszüge und seinen selbstbewussten unkonventionellen Stil, die Tätowierung, die lässige Arbeitskleidung, Uniform aller Postgraduierten und jungen Künstler, die um eine Stelle im Atelier konkurrierten. Seine offensichtliche Schüchternheit jedoch bildete einen willkommenen Kontrast zu der lautstarken Durchsetzungskraft der anderen Mitarbeiter, die entweder während der Arbeit stritten oder nach der Arbeit bumsten. Luka erledigte ruhig seine Arbeit, spannte oder grundierte Leinwände, bereitete sie vor und lehnte sie an die Wand, damit Eve sie begutachten konnte, arrangierte die Exemplare, mischte Farben, reinigte Pinsel, richtete Kameras ein. Ein stiller, muskulöser Inbegriff von Fleiß.

Nach und nach machte er sich unentbehrlich. Eve, die sich für absolut autark hielt, war verdutzt und auch ein wenig verzaubert von diesem neuen Gefühl der Abhängigkeit. Die anderen Assistenten waren, egal wie sie sich hervortaten, nur Mitarbeiter, persönlich anspruchsvoll und lästig, aber unverzichtbar für die körperlichen Aufgaben, die zur Vollendung ihrer Arbeit notwendig waren. Manchmal machte es ihr Spaß, sie gegeneinander auszuspielen, erst den Schein ihrer Aufmerksamkeit auf den einen zu richten und sie oder ihn am nächsten Tag mit Nichtbeachtung zu strafen.

Manche wurden fast zu Freunden: der schlaksige Glynn mit seinem farbbekleckerten Overall und dem George-v.-Bart zum Beispiel oder Josette, die spleenige Drama-Queen – eine Billy Holiday mit rosa Haar, sprudelndem Lachen und Übergewicht. Beide hatten früher den Ehrgeiz gehabt, selbst Künstler zu werden, und Josette war mit Anfang zwanzig einmal im Magazin des *Observer* als Vertreterin der vielversprechenden »Neuen Generation von

Minderheitenkünstlern« bezeichnet worden. Ihre Scherenschnittserien mit düsteren Motiven – Cracksüchtige in der städtischen Einöde, Straßengewalt, nicht-binäre Zombies – wurden mit dem Werk der amerikanischen Künstlerin Kara Walker verglichen.

Walker war jetzt weltweit bekannt, fast so berühmt wie Wanda Wilson. Josette D'Arblay dagegen hatte ihre Kunst an den Nagel gehängt, um einer anderen Künstlerin zu dienen. Eve hatte Josette nie nach der Selbstvertrauenskrise gefragt, die sie zu diesem Schritt veranlasst haben musste. Widmete sie sich in ihrer winzigen Wohnung im Südosten von London noch weiter der undankbaren Aufgabe, an ihrer Papierkunst herumzuschnippeln? Eve hatte sie fragen wollen, hatte es aber immer wieder vergessen. Glynn dagegen sprach ganz offen über seine gescheiterte Karriere als Bildhauer. »Meine Arbeit war Mist«, erzählte er Eve. »Das hier ist das, was ich kann und was mir Freude macht. Ordnung im Chaos schaffen. Einer *echten* Künstlerin bei der Arbeit zusehen und ihr helfen, ihre Vision zu verwirklichen.«

Beide waren Eve treu ergeben, zickten aber trotzdem herum – sie waren schwul, also war zumindest bumsen keine Option – und rangelten um Eves Anerkennung. Einmal hatte sie die beiden für ein Wochenende mit nach Paris genommen, zur Eröffnung ihrer Ausstellung in der Rue Casimir Delavigne, und sie hatten sich gestritten wie Hund und Katze.

Luka, der stille Junge im Hintergrund, machte sich an Eve heran. Sein Schweigen begann sie zu faszinieren. Er hatte das Gesicht eines jungen Dichters, das heroische Kinn und zerzauste Haar eines Rupert Brooke, die ruhelosen Augen eines Rimbaud. Er wirkte empfindsam und verletzt, als suchte er Schutz vor einer extrovertierten Welt. Auf seltsame Art hatte sie das Gefühl einer Seelenverwandtschaft. Und noch seltsamer war, dass sie als Frau, die aus ihren mangelnden fürsorglichen Eigenschaften keinen Hehl machte, das unerklärliche Verlangen hatte, seine Situation zu verbessern. Sie brachte die anderen zum Schweigen, damit er sprechen konnte, und übertrug ihm interessante Aufgaben, die er mit vorbildlicher Präzision ausführte. Es entging ihr nicht, dass Glynn und Josette versuchten, ihm das Leben schwer zu machen, und bald war er der Außenseiter im Atelier, saß in der Mittagspause allein draußen auf einer der Bänke am Flussufer, umgeben von einem *cordon sanitaire*. Diese blöden Kids. Man könnte meinen, sie hätten es darauf angelegt, dass sie, die Künstlerin, die ewige Außenseiterin, sich mit einem Paria verbündete. Und jetzt war sie selbst einer.

Am Abend vor der Sigmoid-Vernissage im April hatte Hans eine Party im Atelier organisiert, um sich bei den Assistenten zu bedanken, die die Nacht zuvor durchgearbeitet hatten, um noch alles rechtzeitig fertigzubekommen. Kristof weigerte sich zu kommen. »Du brauchst mich da nicht. Die richtige Party findet morgen Abend statt.« Sie dachte kurz daran, all die langweiligen Veranstaltungen aufzuzählen, an denen sie ihm zuliebe teilgenommen hatte, ließ es dann aber sein, weil sie keine Zeit für einen Streit hatte. Sie würde ins Atelier gehen, mit den anderen anstoßen, lächeln und sich dann entschuldigen. Sollten sie sich auf ihre Kosten so lange betrinken, wie sie wollten.

Es war außergewöhnlich warm, und die Glastüren zum Kanal hin standen offen. Irgendwer hatte überall im Atelier bunte Lampions aufgehängt. Die Stereoanlage war voll aufgedreht, ein veganes Catering-Unternehmen hatte sie mit einer Fülle von Salaten versorgt, und es gab eine Schale mit Bowle, die Josette, geschmückt mit einer Tiara aus einem Scherzartikelgeschäft, in Plastikbecher schöpfte. Die Hitzewelle jetzt zu Anfang des Frühlings fühlte sich an wie Hochsommer. Alle waren bereits leicht beschwipst. Eve kippte noch einen Becher, um sich für die gesellschaftlichen Verpflichtungen des Abends zu stärken.

Der Lärmpegel war beinahe unerträglich. Sie beobachtete, wie der Junge schweigend seine Runde drehte. Er fing ihren Blick ein und hielt ihn. In seinen Augen schien eine Frage zu schwelen. Sie wandte Glynn, der ihr seinen neuen Boyfriend vorstellen wollte, den Rücken zu und ging hinüber zu Luka. Irgendetwas drängte sie, diesem linkischen jungen Mann die Befangenheit zu nehmen. Zusammen gingen sie auf die offenen Glastüren zu, wo es nicht so laut war, und betrachteten den Mond, der sich im wächsernen Glanz des Wassers spiegelte. Sie fragte, wo er wohnte, erkundigte sich nach seinem Studium und seiner Arbeit – oberflächliche Fragen, die die eigentlichen kaschierten. Wer bist du? Was geht in deinem hübschen Kopf vor?

Er erzählte, dass er zusammen mit seiner Schwester eine Wohnung in Archway gemietet hatte. Nach einem Grundkurs in Canterbury war er auf Eves ehemalige Kunstakademie gegangen, die inzwischen von einer Privatuniversität übernommen worden war und sich von den exorbitanten Gebühren ausländischer Studenten finanzierte.

»Ich habe mich durchgeschummelt und dann am Royal College meine Dissertation geschrieben.«

In den letzten fünf Jahren hatte er sich seinen Lebensunterhalt mit dem Kopieren alter Meister und Impressionisten auf Bestellung für eine amerikanische Webseite verdient.

»Man verdient nicht schlecht dabei.«

Dann stellte auch er ein paar Fragen, zum Beispiel nach ihrer Zeit an der Kunstakademie oder New York in den späten siebziger und frühen achtziger Jahren.

»Jetzt ist alles so brav, es muss verdammt aufregend gewesen sein, damals dabei zu sein.«

Sie musterte sein Gesicht und bemerkte zum ersten Mal das ganze Ausmaß seiner Schönheit. Wie hatte ihr das entgehen können? Mit seinen dunklen Locken, der makellosen blassen Haut und den kobaltblauen Augen glich er einem exquisiten heiligen Sebastian. Welche Pfeile hatten diesen vollkommenen Oberkörper durchbohrt?

»Und Florian Kiš? Einer der ganz Großen«, fuhr er fort. »Wie war er wirklich?«

Sie erstarrte. Ihre Mitarbeiter, ihr Bekanntenkreis, alle hüteten sich davor, den Namen Florian Kiš zu erwähnen. Normalerweise verließ sie den Raum, sobald die Rede auf ihn kam. Doch ihr Gesprächspartner war so unschuldig, dass sie nur lächelte, die Frage ignorierte und sich nach dem Thema seiner Dissertation erkundigte. Genauso gut hätte dies ein Vorstellungsgespräch für einen Job sein können. Er zögerte, trank aus und senkte den Blick, bescheiden wie eine präraffaelitische Jungfrau. Sie hakte nach, und er seufzte, hob den Blick und sah ihr direkt in die Augen, bevor er antwortete.

»Du«, sagte er.

Jemand stellte die Stereoanlage noch lauter, und die ersten Leute fingen an zu tanzen. Josette kam mit neuen Drinks vorbei und warf Luka einen bösen Blick zu. Hans hatte sich bereits verabschiedet und war gegangen. Normalerweise wäre dies für Eve das Stichwort gewesen, um sich zum Ausgang zu stehlen und ein Taxi nach Delaunay Gardens zu nehmen. Stattdessen hörte sie sich fragen: »Tanzt du gar nicht?«

»Ich hasse tanzen.«

»Ich auch.«

Sie nahm ihn an der Hand und führte ihn durch das Gedränge in die Mitte des Raums. Dort, in der Menge, umarmten sie sich, und sie sah erfreut, wie er lachte, während sie mit übertriebenen Bewegungen zu schnulzigem Europop tanzten. Jemand reichte ihm einen Joint. Ein langsames Lächeln legte sich über sein Gesicht, als er daran zog. Er hielt zwanzig Sekunden lang den Atem an, bevor er den Rauch ausblies und ihr den Joint weiterreichte. Sie nahm einen tiefen Zug. Es war zwanzig Jahre her, seit sie das letzte Mal Cannabis geraucht hatte, aber es wäre spießig gewesen abzulehnen. Sie spürte einige amüsierte Blicke um sie herum. Zum Teufel mit dem Anstand.

Die Musik wechselte. Irgendein schrecklicher Hiphop. Sie lösten sich voneinander. Wie tanzte man zu so einer Musik? Sie versuchte, seine Bewegungen nachzumachen, schlichte Ausfallschritte, wiegende Hüften und pumpende Arme zum Rhythmus der Bässe. Für zwei Tanzmuffel schlugen sie sich ganz ordentlich. Vielleicht lag es am Cannabis – es war heute viel stärker als früher. Luka und sie bewegten sich vollkommen synchron. Sie sahen sich an und lachten wieder. Schmachtende Geigen kündigten eine langsame Ballade an – wer hatte das bloß ausgesucht? –, und schon lagen sie sich erneut in den Armen. Seine fühlbare Wärme war wie ein Strom, der durch ihren Körper fuhr. Er hielt sie an den Hüften fest. Bildete sie sich den sanften Druck nur ein – betatschte er sie etwa? Die Zeit dehnte sich, überschlug sich. Die Musik wurde schneller, die Party nahm Fahrt auf. Doch Eve hatte das Gefühl, dass Luka und sie allein waren, vakuumverpackt, zwei Kosmonauten, die durch den unerforschten Weltraum trudelten.

Irgendwann später spürte sie, wie sich der Raum leerte; Abschiedsgrüße, Gelächter, das sich in der Ferne verlor, die Tür öffnete sich und warf eine Lichtraute über den Boden, dann schloss sie sich wieder, und schließlich verstummte die Musik. Als Luka und sie sich voneinander lösten, waren sie allein, und die aufgehende Sonne warf einen messingfarbenen Glanz über den Kanal.

Hastig verließen sie das Atelier in seiner Unordnung nach der Party und schlossen die Tür ab, kaum in der Lage, sich anzusehen. Später würden Josette und Glynn das Chaos beseitigen. Eve rief ein Taxi, das sie nach Hause bringen würde, und Luka wandte sich ab und ging auf die Bushaltestelle zu. Ihr Abschied war unsicher und überstürzt. Sie küssten sich nicht einmal, obwohl Eve normalerweise nichtssagende, soziale Umarmungen aus dem Effeff beherrschte. Im Licht der Morgendämmerung verflüchtigte sich der Zauber der Nacht. Sie war die Arbeitgeberin, eine vermögende Frau mit Status, und er ihr Angestellter. Nur seine Jugend verschaffte ihm einen Vorteil. Aus dieser Perspektive war er ein Edelmann in Samt und Seide, der die Reize seines ausgedehnten Anwesens inspizierte, und sie eine Leibeigene, die sich in Lumpen auf ihrem kleinen Bauernhof abrackerte.

7

Wieder hat die Tube angehalten, die Lichter flackern, und eine lärmende Gruppe von jungen Leuten stolpert durch die Verbindungstür in ihr Abteil. Drei von ihnen tragen rote, mit weißem Pelz umrandete Mützen. Weihnachtsmannmützen. Sie sehen sich um, betrunken, bekifft oder beides, und lachen, in der Annahme, die anderen würden sich von ihrem Übermut anstecken lassen. Heutzutage befolgt nicht jeder die Anstandsregeln der U-Bahn; Schweigen, abgewandter Blick und im Gedränge der Rushhour, dicht nebeneinander, so tun, als werde der Abstand gewahrt und man sei allein.

Bloß keinen Blickkontakt mit den grinsenden Trotteln. Eve öffnet ihre Handtasche und nimmt als Tarnung ein Buch heraus. Es ist Wandas Buch mit ihrer verächtlichen Widmung, das sie seit der Ausstellung letzten Monat nicht ein einziges Mal aufgeschlagen hat. Im Abteil sitzen noch andere junge Leute, sie starren auf ihre Handys oder ins Leere, tun so, als wären sie mit ihren Gedanken woanders. Sollen die Nachtschwärmer *deren* Aufmerksamkeit auf sich ziehen. Wer interessiert sich schon für eine unauffällige, in sanfte Winterfarben gekleidete Frau an der Grenze zum Alter, die, in ihre Vergangenheit versunken, in ein Buch starrt?

Wanda – ha, immer ein Anlass, in bitteres Gelächter auszubrechen. Da ist sie, in einer Fotokollage, die sie in verschiedenen Zuständen künstlicher Selbsterniedrigung zum Thema Liebe zeigt:

»In Abwesenheit des Liebesobjekts ritze ich mich, um den Schmerz des Verlustes zu verstärken und zu heiligen ...

Ich rasiere mir den Kopf, rituell, wie jene, die in einen heiligen Orden eintreten wollen, eine Postulantin, die ihr Leben der Kunst widmet und die beschränkten Möglichkeiten der Weiblichkeit transzendiert; Liebesobjekt, Hure, Mutter, Hexe. Meine körperliche Entsagung nimmt ihren Anfang ...

Mit Feuer – Brandzeichen – und Wasser – Untertauchen – wird der Übergang besiegelt, ich verlasse das Irdische und trete ein in die spirituelle Ebene ...«

Alles Quatsch. Eine toxische Kombination – Masochismus und Größenwahn. In Wirklichkeit konnten Männer, selbst sadistische Männer, Wanda und ihre Neurosen einfach nicht lange ertragen. Nicht nur Eves Talent war Wanda ein Dorn im Auge, sondern auch ihr Erfolg bei Männern. Aber war es etwa Eves Schuld, dass sie den Rummel hemmungslos ausgekostet, unbeschadet getanzt und gefeiert hatte, und als die Musik aufhörte, die Party am Arm eines gutaussehenden Dänen verließ, dem Erfolg vorherbestimmt war?

Anders als Wanda »fuhr« Eve »auf Schmerz nicht ab«, wie es so schön heißt. Vernünftig in einer Zeit, als Vernunft nicht hoch im Kurs stand, spürte Eve, dass die Zukunft noch genügend Schmerz bringen würde, der nicht unbedingt körperlich sein oder mit Liebe zu tun haben musste.

Nach dem ernüchternden Intermezzo mit Florian hatte Eve die Lust zum Leitmotiv erhoben. Arbeit und Lust. Erst jetzt wurde ihr klar, dass sie zwar der Arbeit treu geblieben war, selbst als das Familienleben sich verschworen hatte, sie davon abzulenken, das Prinzip der Lust jedoch in Vergessenheit geraten war. Es hatte des Jungen und der damit verbundenen Katastrophe bedurft, damit sie zu sich zurückfand.

Als sie von der Party im Atelier nach Hause kam, stand die Sonne schon über den Baumwipfeln von Delaunay Gardens. Sie glitt neben ihrem leise schnarchenden Mann ins Bett und dachte hellwach und voller Aufregung an den Abend zurück, und an Luka, an den Blitzeinschlag des ersten Blicks und die anschließende Umarmung, die mehr zu versprechen schien. Wie anders hätte die Nacht enden können, wenn sie mutiger gewesen wäre. Es war aufregend und absurd. Die herablassenden, fröhlichen jungen Leute in der Tube heute Nacht hätten es grotesk gefunden. Sie war sechzig. Großmutter. Er war dreißig. Sie hatte sich lächerlich gemacht. Hatte man ihr etwas in den Drink gemischt? Einige ihrer Mitarbeiter kannten sich mit Drogen aus.

Die Weihnachtsmänner und ihre Kumpels in der U-Bahn haben sich beruhigt, die Stille der anderen Fahrgäste hat sie gedämpft. Sie steckt Wandas erbärmliches Buch wieder ein. Sie braucht keine Requisite mehr.

Eve versucht, sich daran zu erinnern, wann sie das letzte Mal ein derartiges körperliches Verlangen gespürt hat. Als sie Mitte fünfzig war, schien die in letzter Zeit launische innere Glut endlich erloschen zu sein, und nachdem sie eine Weile getrauert hatte, betrachtete sie es mehr als Gewinn denn Verlust. Die Arbeit würde ihre einzige Leidenschaft sein. Und dann hatte sie vor acht Monaten in ihrem Ehebett gelegen, ihren eigenen Körper berührt und den alten Hunger gespürt, hatte sich halb verrückt nach einem Jungen verzehrt, der jünger war als ihre Tochter.

Vielleicht war auch Kristof der kalte Fisch. Doch letzten Endes schien die sexuelle Gleichgültigkeit beiderseitig zu sein. Sie dachte an ein Schild, das sie vor einem Gemeindehaus in Wales gesehen hatte: »Der Ukulele-Kurs fällt mangels Interesse aus.«

Zuerst suchten sie ärztlichen Rat: Salben für sie, kleine blaue Pillen – Viagra – für ihn. Eine Weile funktionierte es. Doch dann ließ ihre Entschlossenheit nach, wie auch bei den anderen neuen Übungen, die sie ausprobierten – Pilates oder Konditionstraining alle zwei Wochen.

Sie erinnert sich an eine Radiosendung, in der eine neunzigjährige Frau von einem Gespräch berichtete, das sie als junges Mädchen mitangehört hatte. Ihre Mutter und ihre Tante, damals in den vierzigern, unterhielten sich über eine gemeinsame Freundin in ihrem Alter.

»Sie geht nicht mehr auf Partys. Sie hat das Tanzen aufgegeben«, hatte ihre Mutter gesagt.

Im Überschwang ihrer Jugend war der Lauscherin ein Schauer über den Rücken gelaufen, und sie hatte gedacht: »Wenn ich je aufhöre zu tanzen, könnt ihr mich umbringen, denn dann kann ich genauso gut tot sein.«

Und jetzt, da sie unbeweglich im Altenheim lebte – die

Tage, an denen sie laufen und tanzen konnte, waren längst vorbei –, dachte die alte Frau, dass es ihr am Ende doch nicht schwergefallen war, die Vergnügen der Jugend aufzugeben. »Die Natur ist gnädig«, sagte sie, »und tröstet uns über Verluste hinweg.« Wenn unsere Hüften oder Knie knirschen und uns von der Tanzfläche verbannen, werden wir zu Mauerblümchen und finden das hektische Gehopse irgendwie lächerlich. So war es Eve mit dem Sex ergangen. Bis sie Luka begegnete.

An jenem Morgen war Kristof aufgewacht, hatte die langen Beine gestreckt, grau und träge wie eine Leiche in einer Pietà von Cranach, hatte leise gegrunzt und wie üblich das Bett verlassen, ohne nachzusehen, ob sie schon wach war. Hätte er sich die Mühe gemacht, wäre er von ihrem plötzlichen Verlangen vielleicht überrascht gewesen. Wann war das letzte Mal gewesen? Als er die Badezimmertür schloss, verkroch sie sich noch tiefer in die Daunendecke und schloss die Augen, die tröstende Hand noch immer zwischen den Schenkeln. Dann schlief sie ein. Als sie schließlich wieder wach wurde, war ihr Mann bereits zur Arbeit gegangen.

Am Abend würden sie sich als Familie bei ihrer Sigmoid-Ausstellung zusammenfinden. Nancy würde mit ihrem Mann Norbert kommen, einem ernsten Unternehmer mit struppigem Bart aus den Niederlanden. Er leitete ein Technologie-Startup, das »Integrationspunkte für plattformübergreifende Websites« anbot, dessen Zweck Eve auch nach drei Jahren noch nicht so richtig klar war. Wann hörte ein Startup auf, ein Startup zu sein? Eve hatte es sich verkniffen, ihren Schwiegersohn zu fragen, wann seine Firma sich selbst tragen würde, so dass Kristof und sie die beiden nicht mehr finanziell unterstützen mussten. Wäre Norberts Firma dann ein Carry-on? Und wenn es scheiterte, wie würde man es dann nennen?

Nancy und Norbert hatten das Baby in Obhut ihrer »Hilfe« gelassen, so nannten sie die schlecht bezahlte Frau aus Sri Lanka, die für sie kochte, putzte, den Mops »ausführte« – sofern die abscheuliche Kreatur überhaupt irgendwohin watschelte – und sich um den kleinen Jarleth kümmerte. Seit frühester Jugend hatte Nancy sie des Verbrechens der Vernachlässigung bezichtigt, hauptsächlich, weil Eve ein festes Kindermädchen eingestellt hatte. Nach dieser Rechnung waren Nancy und Norbert ebenfalls Schwerverbrecher.

Eve hatte das Kind wenigstens abgegeben, um sich auf ihre Arbeit zu konzentrieren. Nancy sah sich als Vorkämpferin der Gegenkultur, zog es aber vor, das Leben einer Vorstadthausfrau aus den 1950er Jahren zu führen, hatte ihre kurze Karriere als Boulevardjournalistin für Ehe, Mutterschaft, Haushalt und – Manie des einundzwanzigsten Jahrhunderts – Blogging aufgegeben. Worüber hätte Nancy in ihrem Blog auch schreiben sollen, wenn nicht Ehe, Mutterschaft und Haushalt, vor allem, wenn es Shopping mit einschloss? Online ließ Nancy sich über ihre anderweitigen Beschäftigungen nicht aus: Vollzeitopfer mit Borderline-Essstörung, wöchentliche Therapie (für die Eve und Kristof aufkamen) und Antidepressiva-Abhängigkeit. Offline hingegen, in Gesellschaft ihrer Eltern, kannte sie kaum ein anderes Thema.

Ihr jüngster und endgültiger Grund zum Schmollen war

in vielerlei Hinsicht ein Segen. Wie verführerisch doch die Ausrede der ewig Benachteiligten war. »Seht nur, wie ich leide! Das hat mir jemand angetan!« Politische Bewegungen und ganze nationale Narrative basierten auf dieser Prämisse. Nancys maßgeschneiderte Version hatte einen begrenzteren Fokus. Als sie noch miteinander kommunizierten, hatte Eve versucht, mit ihr zu reden: Wir erhalten alle die Mittel, um unser Leben in ein Kunstwerk zu verwandeln. Was wir daraus machen, bleibt uns überlassen: ein Meisterwerk aus Licht und Schatten wie Goya? Einen Kupferstich von sagenhafter Komplexität wie Dürer? Oder ein rasch in eine Toilettenwand geritztes Graffito? Du hast die Wahl. Aber genauso hätte sie auf Nancys Mops einreden können.

Eves Vernissage an jenem Abend in der Sigmoid-Gallery hätte ein Triumph werden können. Stattdessen war es eine Ablenkung: sich schick machen, die Limousine, der Champagner, die Masse kultureller Würdenträger, die Presse. Dass diese Veranstaltung unter verkehrten Vorzeichen stattfand, war irgendwie befriedigend. Früher hätten die Titanen aus der Kunstwelt auf der Suche nach Kristof an ihr vorbeigeschaut. Jetzt standen sie Schlange, um ihr die Hand zu schütteln, während sie selbst an ihnen vorbeispähte, um einen flüchtigen Blick auf den Jungen zu erhaschen.

Kristof kannte sie alle und bewegte sich mit einem Drink in der Hand durch die Menschenmenge, lächelnd und nickend wie die elegante, schlaue Version eines Wackeldackels aus Plastik. Hier war er in seinem Element, im Gegensatz zu ihr. Er begrüßte die Bürokraten der Kunst, Sponsoren, Journalisten, Künstler, Architekten, Bankiers, Schauspieler, Models und Popstars mit intellektuellen Bestrebungen, als wären sie alte Freunde, die erschienen waren, um die Ausstellung persönlich zu unterstützen. Als wäre es in Wahrheit *seine* Ausstellung.

Eve machte sich keine Illusionen. Diese Leute waren weder hier, um sich *Foundlings – an Urban Florilegium* anzusehen, den krönenden Abschluss einer zweijährigen Erkundung der Pflanzen an den Straßenrändern und Einöden Londons, noch ihr jüngstes, überdimensionales Ritterstern-Gemälde. Und auch nicht, um das Lebenswerk einer Einundsechzigjährigen zu bewundern. Sie waren hier, weil es weitaus schlechtere Möglichkeiten gab, einen außergewöhnlich warmen Frühlingsabend zu verbringen, als mit einem Glas eisgekühlten Champagner in der Hand auf einer angesagten Party im Hyde Park. Hinter den öffentlich bekundeten Glückwünschen verbarg sich persönliche Skepsis, ein im festen Händedruck verborgener Dolch. »Wie kommt sie bloß damit durch?« Eine Frage, die sich auch Eve schon häufig gestellt hatte. Ihr Selbstbewusstsein war durch die Tatsache, dass ihr der Veranstaltungsort für die Ausstellung angeboten worden war, nachdem Kristof sich bereit erklärt hatte, eine Filiale der Sigmoid Gallery in Shanghai zu entwerfen, nicht gerade befördert worden.

Als junge Frau hatte Eve, was Talent und Attraktivität anging, die Nase vorn gehabt, aber in Sachen Selbstdarstellung hatte immer Wanda den Vogel abgeschossen, schon als Studentin. Die von Wandas Arroganz betörten Galerien stritten sich um die Ehre, ihre Zerrbilder ausstellen zu dürfen. Mittlerweile hatte sie eine lange Reihe von Auszeichnungen und Ehrungen erhalten. Woher kamen Wandas Frechheit und Eves Selbstzweifel? Natur oder Kultur? Florians Skepsis gegenüber Eves Werk hatte eine Zuversicht untergraben, die schon immer eher wacklig gewesen war. Sie fürchtete sich vor dem gesellschaftlichen Rampenlicht, nach dem Wanda sich so verzehrte. Eve strebte nach Anerkennung. Welcher Künstler tat das nicht? Doch der prüfende Blick war ihr zuwider. Diese Ausstellung sollte der Höhepunkt ihrer Karriere sein. Es war *ihr* Abend, wie ihr alle unablässig bestätigten. Andere an ihrer Stelle wären stolz gewesen. Doch bei solchen Events hatte sie sich schon immer unwohl gefühlt. Sie drehte ihre Runden, machte gute Miene zum bösen Spiel, wehrte Glückwünsche ab und sehnte sich nach dem wahren Glück. Nach Verbundenheit. Wo steckte Luka?

Schließlich entdeckte sie ihn in einer Ecke der Galerie neben dem Getränketisch und ging auf ihn zu. Nancy fing sie ab.

»Herzlichen Glückwunsch, Mama!« Sie küsste ihre Mutter auf die Wange und ergriff ihre Hand. »Du hast es geschafft!«

Nancys Hand war eiskalt, und sie hatte ihre Nägel ekelhaft steingrau lackiert. Und was hatte sie bloß an? Gelb hatte ihr noch nie gestanden, es verlieh ihr einen Hauch von Bitterkeit.

»Danke, Liebling.«

Eve löste sich aus dem Griff ihrer Tochter. Als sie endlich zum Getränketisch kam, war Luka verschwunden.

Dann tauchte Hans auf, und sie posierten zusammen für einen Pressefotografen. Wenigstens ihr Kunsthändler überhäufte sie nicht mit Komplimenten.

»Solokoff ist hier.« Er zeigte auf den russischen Energiemagnaten, eine aufgeblasene, brummige Gestalt, der für seine Sammlung zeitgenössischer Kunst und eine Vorliebe für junge Dessous-Models bekannt war. »Du musst ihn begrüßen.«

»Muss ich?«

Der Russe ergriff ihre Hand, lächelte und zeigte ihr eine Reihe von strahlend weißen Zähnen.

»Sehr hübsch«, sagte er und deutete mit dem Kinn auf ein Ölgemälde von vier struppigen, goldenen Löwenzahnstengeln, die neben den geisterhaften Kugeln mit den Samen schwebten.

Er war in Begleitung von zwei hoch aufgeschossenen offenbar magersüchtigen Mädchen, kaum älter als achtzehn, mit spindeldürren Waden und Stilettos, die länger zu sein schienen als ihre Röcke.

Eve bedankte sich und wandte sich ab, so dass es Hans überlassen blieb, sich mit ihm zu unterhalten. Sie wollte nur wissen, wo der Junge war. Der Lärm der vielen Menschen erdrückte sie. Niemand interessierte sich für die Bilder, und der Videoraum, dessen Aufbau Glynn und Josette tagelang Nervenzusammenbrüche gekostet hatte, war leer. Der Lebenszyklus des *Chamaenerion angustifolium* – Schmalblättriges Weidenröschen – vom Flugsamen bis zum Blütenstand, lief ungesehen in einer Endlosschleife.

Glynn und Josette kamen auf sie zu und begrüßten sie mit einem Überschwang, der die Vermutung nahelegte, sie wären alle an einem Scherz beteiligt, besser gesagt, *sie* wäre der Scherz, an dem sie beteiligt waren. Vermutlich hatten sie gesehen, wie sie letzte Nacht mit Luka getanzt hatte, und das Spektakel lächerlich gefunden.

Glynn spielte einen rastlosen Jackson Pollock in seinem farbverschmierten Overall, während Josette lässige Jeans und einen Rosie-the-Riveter-Turban trug. »Wir sind Arbeiter im Dienst der Kunst«, verkündeten ihre Kostüme.

Eve entließ sie mit der Bemerkung, dass zwei Gemälde falsch gehängt seien. »Der Schmetterlingsstrauch neben dem Flieder? Ich dachte, ich hätte euch gesagt, dass das unmöglich ist!«

Sie eilten davon, um sich der Sache anzunehmen.

Dann entdeckte sie ihn, er unterhielt sich an der Tür mit einem Kellner. Ohne die Grüße um sie herum zu beachten, drängte sie sich durch die Menschenmenge. Luka drehte sich zu ihr um und lächelte. Er kam ihr vor wie von Gold umhüllt, blendend in der langweiligen, monotonen Masse. Eine griechische Ikone, die man in eine Straßenszene von Lowry versetzt hatte.

»Phantastisch!«, sagte er. In seinen Augen spiegelte sich das Licht der untergehenden Sonne, das durch die Fenster fiel.

»Gefällt es dir?«

»Großartig.«

In diesem Moment tauchte Hans erneut auf, nahm sie am Arm und versuchte, sie mit sich zu ziehen. Sie schüttelte ihn ab.

»Später«, sagte sie, ohne den Blick von Luka zu nehmen.

Er trug einen verschossenen Smoking und ein makellos weißes Hemd ohne Kragen – ein Endymion von Singer Sargent mit Converse-Turnschuhen. Sie war gerührt, im Unterschied zu Glynn und Josette hatte er sich die Mühe gemacht, sich für den Abend herauszuputzen. Der Smoking – wahrscheinlich aus einem Secondhandshop – war zu groß und verlieh ihm eine dekadente Verwundbarkeit.

»Was gefällt dir am besten?«, fragte sie.

»Alles«, sagte er.

Sie musste ihn festhalten, ihn zum Reden bringen, damit sie sich an seinem Anblick ergötzen konnte. Eine Kellnerin schob sich mit einem Tablett voller Kanapees zwischen sie. Eve schüttelte ungeduldig den Kopf, und die junge Frau verzog sich wieder.

»Bist du gestern gut nach Hause gekommen?«, fragte Eve.

Blöde Frage. Offensichtlich hatte er keine Probleme gehabt, nach Hause zu kommen.

»Ja. Mehr oder weniger. Es fuhren keine Busse mehr, deshalb bin ich fast den ganzen Weg zu Fuß gegangen. Ist das Richard Rogers? Der sich da drüben mit Nick Serota und Timor Heshel von der Alt Gallery unterhält?«

Sie spürte seine Verlegenheit, er war überfordert.

Jemand klopfte ihr auf die Schulter. Es war Ines Alvaro von der Gerstein Gallery. Ihr kleines Gesicht war schmal und flehend.

»Eve, ich möchte dir zwei unserer wichtigsten Mäzene vorstellen, Mr und Mrs Wennacker …«

»Nicht jetzt, Ines«, sagte Eve und wandte sich wieder Luka zu. Sie wollte beim Thema letzte Nacht bleiben. »Es war ganz schön spät, was?«

Er lächelte. »Ja, ich habe nicht auf die Zeit geachtet, bis wir aufbrachen. Was für eine Party.«

Dann standen plötzlich Hans und Kristof neben ihr, nahmen sie in die Zange und zogen sie mit.

»Du musst den Bürgermeister begrüßen«, sagte Kristof. »Er ist gleich wieder weg.«

Sie sah sich nach Luka um, der ihr zum Abschied lächelnd zunickte. Dann war er verschwunden.

8

Der junge Mann, der ihr in der U-Bahn schräg gegenüber sitzt, hat dunkle Augen, gebräunte Haut und erinnert mit seinem Bart und der aufrechten Haltung an einen Ritter von Velázquez. Er hat einen großen Rucksack zwischen den Joggingschuhen stehen. Ihr stockt das Herz. In ihrer Jugend hätte dieser Anblick keinerlei Bedeutung für sie gehabt; und später, als Kneipen, Kaufhäuser und U-Bahn-Stationen mögliche Ziele für Bombenanschläge waren, standen die Iren unter Verdacht. Ein unbeteiligter Zuschauer mit einem verräterischen Akzent, falscher religiöser Zugehörigkeit und einem irisch klingenden Namen konnte verhaftet, gefoltert und zu einer lebenslangen Freiheitsstrafe verurteilt werden. Der Terrorismus macht uns alle zu Rassisten. Zu Rassisten und Feinden der Jugend.

Sie starrt auf den bedrohlichen Rucksack. Im schlimmsten Fall – ein greller Blitz, dann der Tod – wäre wenigstens alles schnell vorbei. Mit »lebensverändernden« Verletzungen – was für eine grässliche Umschreibung – zu überleben wäre unerträglich. Sie redet innerlich beruhigend auf sich ein. Wahrscheinlich ist er ein Medizinstudent, der seine Lehrbücher mit sich herumschleppt. Sie ist keine Rassistin, versichert sie sich – egal, was Nancy sagt –, und teilt auch nicht die automatische Abneigung der Alten gegen die Jungen. Dabei wäre das vielleicht besser für sie gewesen. Sie denkt erneut an einen anderen, genauso schönen jungen Mann mit blasser Haut, der heute Abend daliegt und auf sie wartet, fünfzehn Meilen entfernt, am anderen Ende der Stadt.

Es hatte etwas aufregend Unvermeidliches gehabt. Sie war nicht etwa in den Abgrund gestolpert, sondern darauf zugerannt und hatte sich hineingestürzt. Nach der Vernissage in der Sigmoid Gallery wurden die freien Mitarbeiter nicht mehr gebraucht. Nur ihre festangestellten Assistenten Josette und Glynn blieben.

Eve erklärte, dass sie eine Zeitlang auch Luka behalten wollte, »den großen, stillen Jungen«.

»Er ist ein fleißiger Arbeiter. Macht keinen Ärger«, sagte sie.

Dann schickte sie Josette und Glynn nach New York, um Ines Alvaro zur Hand zu gehen.

»Wie willst du denn ohne uns zurechtkommen?«, protestierten sie.

Tja, gute Frage. Doch die Verlockung einer All-inclusive-Reise war größer als ihr Pflichtgefühl, und so blieb sie mit Luka allein im Atelier zurück.

Am ersten langen Mai-Wochenende arbeiteten sie zwei Tage lang an einem Ölgemälde, das Solokoff in Auftrag gegeben hatte – ein Sträußchen Kamille, die russische Nationalblume, vor azurblauem Hintergrund. Sie verabscheute diesen Auftrag und nahm es Hans übel, dass er sie überredet hatte, ihn anzunehmen; das Projekt sollte die Zeit nach Eröffnung ihrer Ausstellung überbrücken. Sie hatte das Gefühl, auf der Stelle zu treten, und war froh, dass diese nichtssagende formale Studie in einer Privatsammlung verschwinden würde.

Die Arbeit interessierte sie nicht, ihr Assistent umso mehr. Luka nannte das Gemälde »das Gänseblümchenwerk«, und sie widersprach ihm nicht. Während sie die Blütenblätter mit Zinkweiß skizzierte und die federförmigen Blätter mit Phthalogrün betupfte, arbeitete er gewissenhaft neben ihr und vertiefte den blauen Hintergrund an den Rändern der Leinwand mit einem intensiven Kobaltblau. Seine Hand war ruhig, sein Pinselstrich rasch und effizient – die Zeit, die er damit verbracht hatte, die alten Meister zu kopieren, war nicht verschwendet gewesen.

Während der Arbeit sprachen sie nur selten, und die Stille zwischen ihnen hallte im leeren Atelier wider. Zuweilen fand sie sie unerträglich. Ihr Gravitationszentrum schien sich zwischen ihre Beine verschoben zu haben, sie konnte an kaum etwas anderes denken als ihr schmerzliches Verlangen. Am liebsten hätte sie den Pinsel hingelegt, den Vorwand der Arbeit vergessen und ihn aufgefordert, mit in ihr Schlafzimmer zu kommen – jetzt! Allein die Furcht vor einer Abfuhr, sich lächerlich zu machen, hatte sie davon abgehalten. Dann legte sie laut Musik auf, Jazz oder Klassik, um sich abzulenken. Ihre Abschiede am späten Abend waren steif; er machte sich auf den Weg in den Norden von London, und sie fuhr nach Delaunay Gardens. Es war, als hätte diese ausgelassene, wunderbare Nacht am Vorabend der Sigmoid-Vernissage nie stattgefunden.

Am dritten Abend – ihr letzter Tag zu zweit – arbeiteten sie bis elf, dann bestellte sie bei einem indischen Restaurant etwas zu essen. Sie fand eine Flasche guten Rotwein, die Hans vor mehr als einem Jahr dagelassen hatte, dämpfte die Beleuchtung im Atelier und zündete ein paar Kerzen an. Im flackernden Licht sah Luka aus wie ein grüblerischer Chiaroscuro-Caravaggio, als er sich über die glitzernde Alu-Verpackung beugte.

Halbherzig stocherten sie in dem Curry herum (zu fettig, zu scharf, ohnehin hatten sie keinen Hunger) und unterhielten sich im Halbdunkel. Sie stellte die Fragen, er antwortete.

Die Wohnung, die er zusammen mit seiner jüngeren Schwester Belle in Archway gemietet hatte, lag im Souterrain.

»Sie ist winzig, aber etwas Größeres können wir uns nicht leisten. Wir machen uns gegenseitig verrückt.«

Belle, ebenfalls Absolventin der Kunstakademie, hatte letztes Jahr ein renommiertes Stipendium für die Vereinigten Staaten bekommen.

»Jetzt ist sie wieder zurück und hat einen Aushilfsjob bei einer Werbe- und Marketingabteilung für Kunst. Sie beklagt sich immer über meine Orientierungslosigkeit«, erzählte er.

Eve interessierte sich nicht für die Karriereaussichten seiner Schwester, ließ ihn aber gern reden. Diese vertrauensvolle Stimmung konnte ein Auftakt sein; vielleicht würde er ihr sein Herz ausschütten.

»Sie ist getrieben«, erzählte er. »Ehrgeizig. Die geborene Netzwerkerin. Am Ende wird sie einen reichen Typen heiraten, der ihre Kunst finanziert und ihr ein luxuriöses Leben ermöglicht. So ein Leben will ich nicht. Das Problem ist, dass ich fünf Jahre nach meinem Abschluss immer noch nicht weiß, was für ein Leben ich wirklich will. Mein Kopierjob bringt mich über die Runden. Eine Woche bin ich Matisse, in der nächsten Constable. Am Wochenende habe ich einen neuen *Heuwagen* beendet!« Er lachte. Der Wein machte ihn redselig. »Früher wollte ich selber gern Künstler werden, aber jetzt weiß ich, dass mir das Talent dazu fehlt. Technik allein genügt nicht. Man braucht Ideen.«

Sie schenkte ihm ein weiteres Glas ein. »Was willst du wirklich? Was macht dir Spaß?«

»Ich glaube, am liebsten würde ich mich einfach treiben lassen und auf Inspiration warten.«

»Wie wäre es mit einer etwas dauerhafteren Stelle im Atelier? Würde dich das inspirieren?«

Er legte seine Gabel beiseite.

»Was, hier?«

Sie nickte.

»Bei dir? Klar!« Er grinste.

»Die Sache ist nur, ich mache gerade selbst so was wie einen Wandel durch«, sagte Eve und erwiderte sein Lächeln. »Ich muss hier einiges verändern.«

Sie hatte alles in die Wege geleitet, doch jetzt war er am Zug. Das bisschen Selbstachtung musste sein. Wie hätte sie ahnen können, dass sich an diesem Abend ihre Selbstachtung endgültig verabschieden würde? Sie stießen an, besiegelten den Deal, tranken den letzten Schluck Wein und verstummten. Dann streckte er den Arm über den Tisch und ergriff ihre Hand. Mehr brauchte sie nicht. Zwei Minuten später waren sie auf dem Weg ins Schlafzimmer.

Während er am Vormittag an den Leinwänden arbeitete,

hatte sie das Schlafzimmer mit der Sorgfalt eines Bühnenbildners neu gestaltet: frische Laken, Blumen – eine Vase mit zerzausten Pfingstrosen –, eine Duftkerze. Auch sich selbst hatte sie vorbereitet – Extradusche, wattierte Seidenunterwäsche eines französischen Designers, Parfüm – nervös bei der Vorstellung, diesem hübschen jungen Mann ihren sechzigjährigen Körper zu zeigen. Und noch während sie sich wie ein Hausmädchen beeilte, alles bereitzumachen, war ihr bewusst gewesen, dass sie sich auf eine Demütigung gefasst machen musste.

Seit Jahren arbeitete sie daran, sich in Form zu halten. Der Fitnessraum im Atelier gehörte zu ihrem alltäglichen Programm. Eine Stunde pro Tag allein an den Geräten half ihr, den Kopf freizukriegen, und sorgte zusammen mit regelmäßigem Fasten dafür, dass ihr Körper nicht so schnell breiter und schlaffer wurde. Es verlangsamte das Erschlaffen tatsächlich, hielt es aber nicht auf. Alle sechs Wochen ließ sie sich in einem Salon in Belgravia das Haar färben – ihre Tochter hatte mehr graue Haare als sie –, und jeden Morgen und Abend verteilte sie eine teure Creme aus zerdrückten Nacktschnecken auf ihrem Gesicht. Doch nichts konnte alternde Haut überzeugend glätten oder straffen, Brüste oder Hintern anheben, rote Äderchen entfernen, die an das Gekritzel eines betrunkenen Tätowierers erinnerten, oder die verunstaltende Narbe eines Kaiserschnitts beseitigen, die aussah wie eine Schneckenspur.

Auch Schönheitsoperationen führten zu Entstellungen. Einige ihrer Bekannten hatten sich ihnen mit gemischten Resultaten unterzogen. Mirielle Porte hatte sich in Orlan unbenannt und ihre Sucht nach kosmetischer Chirurgie in

Performancekunst verwandelt. Auch Wanda hatte sich operieren lassen, die Fotos zeugten davon. Eve war nicht beeindruckt. All diese Schönheits-OP-Junkies sahen einander ähnlich – wie enge Verwandte, die bei einem Wohnungsbrand verletzt und dann von demselben stümperhaften Chirurgen mehr schlecht als recht wiederhergestellt worden waren. Nach all den Kosten und Schmerzen sah Wanda jetzt aus wie ein aufgedunsenes Brandopfer. Ein altes, aufgedunsenes Brandopfer.

Eve war Künstlerin. Sie wusste, wie schwierig es war, einen geraden Strich hinzukriegen, und wie viel schwieriger, etwas zu korrigieren, sobald man mit Farben arbeitete. Wie viel schwerer es sein musste, Fehler zu korrigieren – einen ungeschickten Ausrutscher, eine Fehleinschätzung –, wenn das Medium Fleisch war. Warum sollte sie ihre empfindliche körperliche Hülle den Händen eines Chirurgen anvertrauen, der das medizinische Gegenstück zu einem tolpatschigen Sonntagsmaler war? An dem Tag, an dem Michelangelo eine Praxis in der Harley Street eröffnete, würde sie ihre Haltung überdenken. Bis dahin würde ihre einzige Kosmetikerin die richtige Beleuchtung sein. Beleuchtung und ein guter Rotwein, sowohl für das Subjekt als auch den Betrachter.

Es war ihr bewusst, dass all diese Ängste ein über Jahrzehnte hinweg verstärktes Echo jenes Bebens der Unsicherheit waren, das sie trotz ihres sexuellen Selbstbewusstseins jedes Mal gespürt hatte, bevor sie mit einem neuen Liebhaber ins Bett gegangen war. Damals war sie immer dort gelandet, ungeachtet der komplizierten Vorentscheidungen und krampfhaften Selbstzweifel. Das war jetzt keine ausgemachte Sache mehr. Nur die Selbstzweifel waren sicher.

Ein plötzliches rosa Flattern am Rande ihres Blickfelds lenkt ihre Aufmerksamkeit ans Ende des Abteils. Es ist diese altmodische, wichtigtuerische Geste des Blätterns in einer Zeitung mit großformatigen Seiten, unhandlich wie ein Bettbezug. Die *Financial Times*. Die rosa Farbe könnte in diesen angespannten Tagen ein schuldbewusstes Erröten sein.

Er ist der einzige Passagier im Wagen, der Zeitung liest. Vermutlich ein Banker oder Finanzdienstleister, wie man heutzutage sagt. Vor fünfzig Jahren hätte er Nadelstreifen und Melone getragen. Der hier hat einen tätowierten Drachen, der sich oberhalb des Lodenmantelkragens über seinen Hals schlängelt.

Heutzutage sind alle tätowiert. Die Hand, die in dieser ersten Nacht nach ihrer griff, zeigte ein Tattoo zwischen Daumen und Zeigefinger: einen grinsenden Totenschädel mit einer winzigen stilisierten Blume zwischen den Augenhöhlen, eine Calavera zum mexikanischen Tag der Toten. Luka hatte sie an sich gezogen, sich vorgebeugt und sie geküsst. Erst dann hatte sie sich getraut, ihn durch das Atelier ins Schlafzimmer zu führen. Es gab keine Eile, aber auch kein Zögern.

Das Licht war so gedämpft und warm wie nur möglich, und während sie sich auszog, sah sie ihn nicht an, in der Hoffnung, dass er den Gefallen erwidern würde. Sie hob die Bettdecke an, schlüpfte darunter und zog sie hastig bis zum Hals, als wäre ihr kalt. Er folgte nur wenige Sekunden nach ihr. Beide lachten verlegen.

Sie schloss die Augen, während sie mit zitternden Fingern zaghaft das fremde Fleisch erkundeten. Allmählich wich die beiderseitige Befangenheit einem verzückten Gewahrwerden des anderen. Seine Haut war ein Wunder an Wärme und Sanftheit, straff und trotzdem nachgiebig über den angespannten Muskeln. Das Verlangen war wieder da, und nur er konnte es stillen. So lange war es her und doch so vertraut, die süße Qual der Begierde und die unvergleichliche Erlösung der Hingabe.

Am Morgen danach duschten sie gemeinsam, alle Hemmungen waren verschwunden, und während das heiße Wasser auf sie herabprasselte, kniete er vor ihr nieder und küsste die Narbe.

Glynn und Josette, gerade vor New Yorker Energie strotzend vom Flughafen zurück, waren bereits bei der Arbeit und spannten eine Leinwand auf. Eve fühlte einen Anflug von Zuneigung für sie. Falls sie ahnten, was zwischen Eve und Luka passiert war, als sie gemeinsam aus dem Wohnbereich des Ateliers kamen, so ließen sie sich nichts anmerken. Nach ihrem Übermut auf der Party am Vorabend der Vernissage hatten sie die Jalousien wieder heruntergelassen. Die wilde Nacht im Atelier wurde nicht weiter erwähnt. Ihre routinierte Coolness hatte Vorteile.

An diesem Tag arbeiteten alle gut zusammen, obwohl sich nach ein paar Stunden bei Josette und Glynn der Jetlag bemerkbar machte und sie ungewöhnlich still wurden. Glynn legte John Cage auf – ein Klavierstück, *In a Landscape* – und dessen an- und abschwellende Besinnlichkeit,

Wellen von Tönen, die aufbrandeten und sich wieder zurückzogen, wirkte perfekt, wie eine Reihe von schönen Fragen, die wieder und wieder auftauchten und beinahe beantwortet wurden.

Während Eve einen Klacks Kadmiumgelb in die Mitte von Solokoffs Kamille tupfte, brachten Josette und Glynn Ordnung ins Atelier, und Luka packte neue Lieferungen aus Lateinamerika aus, fleischfressende Kobralilien, deren zusammengerollten Blätter sich aufrichten wie Schlangen, bevor sie nach ihrer Beute schnappen. Auf Ines Alvaros Vorschlag hin bereitete Eve einen Multimedia-Nachtrag zu ihrem frühen New Yorker Werk über fleischfressende Pflanzen für die Gerstein-Ausstellung vor. Mit den verdammten Gänseblümchen war sie fertig.

Verstohlen beobachtete sie, wie Luka die Pflanzen vorsichtig in den Kühlschrank stellte. Sein schöner Körper, der sich beugte und streckte, hatte sich auch für sie gebeugt und gestreckt. Diese Hände, die die Verpackungen aufrissen und sich dann behutsam um die aufgeblähten Blütenköpfe wölbten, waren entschlossen und zärtlich über ihren Körper geglitten und würden es wieder tun. Im Lauf der nächsten Woche würde Glynn die Lilien im Atelier sezieren, Eve würde ihre Einzelteile malen, Josette den Vorgang filmen, und Luka wäre da, ihr guter Geist, der dem ganzen Projekt Anmut und Licht verlieh. Ein neues Projekt für ein neues Leben.

Doch wie würde es funktionieren, dieses neue Leben? Da war noch die lästige Frage des alten. Es war einfacher, diese schwierigen Angelegenheiten zu vertagen und dem Ruf des Körpers zu folgen. Luka und sie wechselten flüchtige sehnsüchtige Blicke, waren aber an diesem ersten Tag keine Minute allein. Als es Abend wurde, räumten Josette und Glynn auf, um zu gehen, und Eve sah Luka erwartungsvoll an. Wie würden sie es anstellen? Er erwiderte ihr Lächeln, und sie sah mit zunehmender Verwirrung, wie auch er seine Sachen packte und auf die Tür zuging. Offenbar verschwand er ebenfalls. Es gab weder Zeit noch einen ungestörten Augenblick für eine Erklärung. Sie konnte unmöglich Glynns und Josettes Diskretion auf die Probe stellen, indem sie ihn geradeheraus fragte. Was machte er? Wohin wollte er? Warum?

Während er mit seinen Kollegen schon an der Tür stand, beantwortete er eine ihrer unausgesprochenen Fragen: Er fahre heim nach Archway, sagte er, mit einer Stimme, die etwas zu laut war, um beiläufig zu wirken. Die grausame Botschaft war ebenso für die Ohren seiner Kollegen wie die von Eve bestimmt.

Verzweifelt sah sie zu, wie er ging. Am liebsten hätte sie losgeheult. Geschrien. Stattdessen begab sie sich in die Küche und schenkte sich ein Glas Wein ein. Sie ertrug es nicht, ins Schlafzimmer zu gehen, den Schauplatz seliger Hemmungslosigkeit von letzter Nacht, der sich nun in einen Ort schäbigen Verrats verwandelt hatte. Sie war getäuscht worden und hasste sich dafür. Der Junge hatte mit ihr gespielt, sich mit ihr die Zeit vertrieben, die er im Übermaß besaß. Es hatte ihm nichts bedeutet. Sie kippte den Wein in den Ausguss, rief ein Taxi, schaltete das Licht im Atelier aus und kehrte nach Delaunay Gardens zurück.

9

Die Tube kommt langsam zum Stehen, wieder zwischen zwei Stationen, und wieder flackert die Beleuchtung. Ständig sind wir nur Sekunden oder Zentimeter von einem völligen Zusammenbruch entfernt, aber wenn wir anfangen würden, darüber nachzudenken, kämen wir nie vom Fleck. Warum sollte man sich mit diesem anstrengenden Intermezzo – dem fordernden Bindeglied – zwischen Geburt und Tod herumschlagen?

Eine schwankende Gestalt taucht am Rand ihres Blickfelds auf und plumpst auf den Sitz neben ihr; schon wieder ein Verstoß gegen die Etikette in dem vergleichsweise leeren Abteil. Etwas weiter vorne gibt es drei unbesetzte Sitzplätze. Wieso konnte er sich nicht dort hinsetzen? Er ist ungefähr so alt wie sie, hat das Gesicht eines verbrauchten römischen Adligen und trägt ein ausgefranstes Moleskinjackett und eine fleckige Hose. Vielleicht hat er früher mal gut ausgesehen, heute jedenfalls ist er ein Wrack. Er stinkt nach Alkohol, Whiskey vermutlich, und starrt kläglich auf seine abgetretenen Schnürschuhe hinab. Die Bösewichte Alter und Alkohol haben ganze Arbeit geleistet. Plötzlich kippt er zur Seite und lehnt seinen Kopf an ihre Schulter. Einen Augenblick lang sehen sie aus wie eine Gillray-Karikatur kameradschaftlichen Verfalls. Dann springt sie entsetzt auf und setzt sich weiter vorn auf einen der leeren Plätze.

Als sie sich umsieht, bemerkt sie, dass er sich in seinem Rausch noch tiefer hat sinken lassen und gar nicht mitbekommen hat, dass sie geflüchtet ist. Gegen welches Elend hat er sich betäubt? Verlorene Jobs, gescheiterte Ehen, entfremdete Kinder, verflossene Würde? Eigentlich müsste sie eine gewisse Verwandtschaft mit ihm spüren, aber in Wahrheit ist sie nur abgestoßen.

Zugegeben, selbst in den streng geregelten Zeiten ihrer Jugend gab es ständig Leute, die gegen die Etikette verstießen. Doch im Alter neigt man dazu, die Vergangenheit durch eine rosarote Brille zu sehen, davor muss man sich hüten. Noch so eine optische Täuschung – diese Zeit wurde allein durch die Erinnerung an die eigene Jugend verklärt. In den sechziger und siebziger Jahren des letzten Jahrhunderts konnten nur wenige Frauen während der Rushhour in den rauchgeschwängerten U-Bahn-Zügen fahren, ohne dass irgendein Fremder ihnen an den Hintern oder an die Brust fasste. Wenn heute eine Frau aus Nancys Generation auf einen solchen Gelegenheitsgrabscher stößt, ruft sie ihren Anwalt an, macht sich in den sozialen Medien Luft und fängt eine Therapie an, die dann zehn Jahre dauert.

Eves Blick fällt auf das ältere Paar ihr gegenüber. Auch vor der Klassifizierung »älter« sollte sie sich in Acht nehmen. Das Alter des einen ist die Blüte des anderen. Sie sind wahrscheinlich Mitte siebzig, nur fünfzehn Jahre älter als sie – halb so viel wie der Altersunterschied zwischen Luka und ihr. Sie lächeln ihr freundlich zu; bestimmt haben sie die Szene mit dem Betrunkenen beobachtet. Sie tragen fluoreszierende Regenmäntel und orthopädische Schuhe und halten Programme eines West-End-Musicals in der Hand, groß und grell wie die Menükarte einer Pizzeria. Auch etwas, das Kristof und sie gemeinsam hatten: Beide konnten Musicals nicht ausstehen. Das Paar hält Händchen, die geschwollenen Fingerknöchel verschränkt. Sie haben es geschafft; ihre Ehe ist ein stabiles Schiff, das durch ruhige Gewässer fährt. Diese alten Seeleute haben sich nie auf hohe See hinausgewagt. Doch was weiß sie schon?

Sie hatten keine schlechte Ehe geführt. Kristof und sie hatten, wie man so schön sagt, eine »starke« Beziehung. All die Jahre hindurch hatten sie die üblichen Auseinandersetzungen und Affären überstanden. Kristof war ein Kind der sechziger Jahre, er konnte sich noch an bekiffte Tage in einem Bungalow in Venice Beach erinnern, mit tibetischen Mandalas an den Wänden, hinduistischen Gebetsteppichen auf den Böden und den unheilverkündenden Hymnen der Doors, die aus der Stereoanlage dröhnten. Eve war in den siebziger Jahren aufgewachsen, als Inneneinrichtung und Musik eine eher dystopische Richtung einschlugen. Doch trotz ihrer unterschiedlichen Gegenkulturszenen hatte in ihrer Jugend der Slogan »Eigentum ist Diebstahl« für beide eine Bedeutung. Eigentum schloss jeden Anspruch auf einen anderen Menschen ein; Loyalität, Ehrlichkeit, selbst die Erwartung, dass man zur vereinbarten Zeit am vereinbarten Ort aufzukreuzen hatte. Stephen Stills' Song »*If you can't be with the one you love, love the one you're with*« war der Soundtrack für zahlreiche flüchtige Affären vor und nach der Hochzeit gewesen.

Als Eigentum nicht mehr als Diebstahl galt – Kristof hatte die geniale Gabe, Besitz zu erwerben, neu zu gestalten, zu renovieren und mit Profit zu veräußern –, war zumindest in ihrem ersten gemeinsamen, leidenschaftlichen Jahrzehnt Sex noch überall zu haben, wenn auch eingeschränkt durch die neuen Vorsichtsmaßnahmen in jener seuchengebeutelten Zeit. In diesem wilden Durcheinander mit austauschbaren Partnern ging es nur selten um den jeweils anderen; Sex war mehr eine Reise ins Innere oder ein Mittel zur Selbstfindung – ein hochintensives Selbstbefriedigungsprogramm in Gesellschaft.

Als Paar fanden sie sich still und leise mit dem Erwerb von Eigentum ab, zögerten jedoch eine formelle Hochzeit hinaus. Dann folgten sie eines Nachmittags, zehn Jahre nachdem sie sich kennengelernt hatten, nach etlichen Drinks in einem Restaurant in West Village einem verrückten Impuls und investierten ein paar Dollar in eine Ehebescheinigung. Am nächsten Tag ließen sie sich, animiert von einem leichten Zynismus, standesamtlich trauen.

Kristofs Affären waren zahlreicher als ihre, die ihr heute, aus der Ferne betrachtet, wie mühsame, schweißtreibende und sich wiederholende Vergeltungsmaßnahmen erschienen, die in puncto Rache nur mäßige Befriedigung brachten. Sein Seitensprung mit Mara in London warf sie jedoch aus der Bahn. Sie war einen Tag früher als beabsichtigt von der Biennale in Venedig nach Delaunay Gardens zurückgekehrt und hatte die beiden in ihrem Ehebett erwischt. Ohne ein Wort hatte sie das Haus verlassen und war erst am Abend zurückgekehrt, nachdem Mara fort war. Nach einer Zeit schmallippiger »Diskussionen unter Erwachsenen«, einigem Hin und Her und einem qualvollen Retourkutschewochenende in Rom mit Maras damaligem Mann, einem geschwätzigen, gutaussehenden und »angesagten« Naturheilpraktiker, der sein Glück kaum fassen konnte, gelang es Eve, Haltung zu bewahren und ihre Ehe zu retten, wie auch ihre Freundschaft mit Mara, deren Ehe die Folgen nicht überlebte. Eve empfand einen leichten Hauch von Schadenfreude, als ihre völlig aufgelöste Freundin berichtete, dass der Heilpraktiker sie verlassen hatte. In Wahrheit hatte ihr Eve allerdings einen Gefallen getan, daher konnte es nicht als Vergeltung durchgehen. Drei Jahre später feuerte sie nach dem Motto, Rache serviert man am besten kalt, *»best eaten cold«*, eine ferngesteuerte Langstreckenrakete auf die Selbstgefälligkeit ihrer treulosen Freundin ab. Das war erheblich befriedigender. Jetzt waren sie endlich quitt.

Kristofs Affären konzentrierten sich auf junge Frauen aus dem Büro – wie gewonnen so zerronnen –, doch das Techtelmechtel mit einem Au-Pair-Mädchen hätte ihre Ehe um ein Haar beendet. Als es rauskam, war klar, dass Elena nicht länger im Haus bleiben konnte. Kristof war von ihr besessen. Sie war auffallend hübsch, sehnig, mit dunklen Korkenzieherlocken und Augen wie Lapislazuli. Er wollte sie nicht aufgeben. Er hatte sich sogar auf die sechziger Jahre berufen und Eve einen Dreier vorgeschlagen.

»Wir müssen uns doch nicht an überkommene Regeln halten«, sagte er. »Warum sollte es nicht klappen. Ich liebe sie … Ich liebe dich … Du liebst mich …«

»Verlass dich nicht darauf!«, hatte sie entgegnet.

Sie besorgten ihr eine Stelle in einem Kindergarten in der Nachbarschaft, und Kristof zahlte die Kaution für eine

Mietwohnung in der Nähe des Parks. Einen Monat lang folgte er seinen selbstauferlegten Regeln und pendelte zwischen den beiden Frauen hin und her. Eve schmorte still vor sich hin und bestand darauf, dass er im Gästezimmer des Dachgeschosses übernachtete, wenn er in Delaunay Gardens war. Im Stillen zog sie Bilanz. Sie hasste die unglückliche Elena, sie hasste Kristof und gab sich mörderischen Fantasien hin. Sie würde mit einem gestohlenen Schlüssel in die Wohnung gehen und mit einem Skalpell beide langsam und methodisch zerstückeln. Sie würde mit dem Medusahaar beginnen und sich dann vorarbeiten, sie wie zwei Pflanzen auf ihrem Seziertisch ausbreiten und bis auf Stengel und Mark auseinandernehmen.

Sie tat nichts dergleichen, sagte nichts und saß es aus. Sie konnte das nagende Gefühl nicht abschütteln, dass ihre Wut einen spießigen Beigeschmack hatte. Konnte sie die Sache nicht ein bisschen französischer nehmen? Wenn sie ihre Ehe und ihr Leben retten wollte, war das dann nicht der bessere Weg? Nichtsdestotrotz war es heikel, deshalb vertraute sie sich Mara an und fragte sie nach einem Scheidungsanwalt. Ausgerechnet Mara musste wissen, wie der Hase lief – sie hatte ganz schön Profit aus der Scheidung mit ihrem hohlköpfigen Heilpraktiker gezogen –, und es tröstete Eve zu sehen, dass sie Fett ansetzte, schrecklich vereinsamte und sich in eifersüchtiger Entrüstung aufplusterte, als sie erfuhr, dass eine unbedeutende Göre Kristof eingewickelt hatte, ihren früheren Lover, der sie so umstandslos abserviert hatte.

Schließlich hatte Eve einen Termin bei einem Anwalt in Lincoln's Inn vereinbart. Doch dann machte Elena der Affäre selbst ein Ende. Sie war nach Mitternacht in Delaunay Gardens aufgetaucht und hatte flehend und fluchend an die Tür gehämmert. Kristofs neue Regeln funktionierten auch für sie nicht. Sie hatte die sechziger Jahre um mehrere Jahrzehnte verpasst und war zu jung für eine »Diskussion unter Erwachsenen«. Kristof war ihr Mann, er gehörte ihr, und sie war gekommen, um ihren Anspruch geltend zu machen. Sie unterlag derselben sexuellen Besessenheit wie Kristof, hatte sie noch verstärkt, und nun ließ sie dem Zorn einer *bambina viziata* freien Lauf, denn sie konnte nicht akzeptieren, dass sie ihren Willen nicht bekam. Die Nachbarn wachten auf, die Polizei wurde gerufen. Schockiert kaufte Kristof ihr ein One-Way-Ticket zurück nach Bologna. Danach sprachen sie nie wieder über sie. Nur Nancy vermisste sie. Angesichts ihrer krankhaften Unreife war es nicht verwunderlich, dass Elena so gut mit Kindern umgehen konnte.

Was uns nicht umbringt, macht uns härter, lautete eine von Maras unerträglichen Plattitüden, die sie ständig ins Feld führte. Zweifellos trug die Affäre mit Elena zu Eves Verhärtung bei. Doch ihre Ehe war mehr als eine fragile Festung, konstruiert aus Fehlern, die auf Vergebung folgen, oder Vergesslichkeit, die auf Fehler folgt. Sie war nicht einfach eine zweckmäßige Allianz. Die kleinen Lügen, die während solcher Affären feingeschliffen wurden, waren Verzierungen – Verunstaltungen –, die die schlichte Melodie ihrer Beziehung begleiteten. Eve und Kristof kamen gut miteinander aus. Sie waren sich ähnlich. Beide liebten Ordnung und konnten Chaos nicht ertragen, egal ob es um Gefühle oder sonst was ging. Ihre Interessen überlappten sich:

Kunst natürlich; Fünfzigerjahre-Design; Jazz; Oper. Außerdem hatten sie eine quengelige Tochter mit endlosen Bedürfnissen. Und gemeinsame Freunde, die Häuser, Bilder und Skulpturen, die Ferien. Wie sollte man auch nur ansatzweise versuchen, all das auseinanderzupflücken?

Am Ende war es einfacher gewesen, als Eve es sich je hätte träumen lassen: Sie hatte an einem Faden gezogen, und der gesamte Stoff hatte sich aufgeribbelt.

Doch acht Monate zuvor, als sie im Taxi nach Delaunay Gardens fuhr und sich mit dem Gedanken quälte, dass Luka ihr nach einer einzigen, wundervollen Nacht einen Korb gegeben hatte, zählte sie die Tugenden ihrer Ehe auf wie eine alte Nonne, die den Rosenkranz herunterleiert.

Sie konnte den Jungen nicht aufgeben. Er aber hatte sie aufgegeben. Und so schnell. Sie hatte angenommen, das Vergnügen der Nacht wäre wechselseitig gewesen. Der Morgenkuss in der Dusche schien es besiegelt zu haben. Er hätte das nicht tun müssen. Sollte es Verstellung gewesen sein, war er ein meisterlicher Schauspieler. Wie konnte sie andererseits so naiv sein zu glauben, dass ein hübscher Junge – aus ihrer Perspektive war er mit dreißig noch immer ein Junge – eine Frau in ihrem Alter begehren könnte? Aber seine Erregung, die konnte er nicht vorgetäuscht haben. Sie fühlte sich fiebrig, hin und her gerissen zwischen den aufregenden Erinnerungen an die Nacht und der schmerzlichen Gewissheit, dass Luka genauso plötzlich aus ihrem Leben verschwunden war, wie er darin aufgetaucht war. Es kam ihr vor, als wäre sie über eine erstaunliche neue Farbe gestolpert, keine Mischung altvertrauter Schattierungen, sondern einen einzigartigen, blendenden Grundton, der die ganze Welt überzog und bis in die dunkelsten Winkel erleuchtete. Doch jetzt war ein Schalter umgelegt worden, alle Farben waren erloschen, und das Leben würde wie in einem alten Film in Schwarzweiß weitergehen.

Das Taxi hatte in Delaunay Gardens gehalten. Sie hatte gezögert, bevor sie das Gartentor öffnete und auf die Haustür zuging. Sie drehte den Schlüssel im Schloss und sammelte ihre Kräfte, um den vertrauten Ort zu betreten, im Wissen, dass sich alles verändert hatte. Sie hatte sich verändert. Nichts wäre mehr so wie zuvor.

Kristof lächelte, als sie eintrat. »Eve! Gute Nachrichten!«

Er küsste sie auf die Wange, legte den Arm um ihre Taille und führte sie in die Küche im Untergeschoss. Er war in Feierstimmung. Er hatte die Ausschreibung für den Bau des Hauptsitzes der Imperial Straits Bank in Singapur gewonnen und hatte heute Abend für das Abendessen gesorgt – Fisch mit Seefenchel, von seiner persönlichen Assistentin auf dem Billingsgate Market besorgt. Er öffnete eine Flasche Sancerre und erzählte atemlos von seinem Erfolg und wie viel politisches Taktieren notwendig gewesen war, um ihn zu erzielen.

Den veränderten Zustand seiner Frau nahm er gar nicht wahr. Eve fühlte sich so völlig anders als die kühle, beherrschte Frau, die zuletzt am Tag zuvor über die Kaffeemaschine hinweg mit ihrem Mann gesprochen und dabei die formelle Grundlage für die kleine Lüge geschaffen hatte, die notwendig war, um ihre nächtliche Abwesenheit im Voraus zu erklären. Genauso gut hätte sie ein Tattoo mit Lukas Namen auf der Stirn tragen können. In nur zwanzig Stunden hatte sie Verzückung und Erniedrigung erlebt, hatte den Everest bezwungen und war in die Woronja-Höhle gestürzt. Wie hätte sie dieselbe sein können?

Trotzdem genoss sie den Abend. Ihr Appetit war gut, ein Nachhall des anderen, wiedererwachten Hungers, und auch wenn Kristofs Angeberei mit seinen geschäftlichen Fähigkeiten sie gelegentlich langweilte, sie seiner Geschichte nicht ganz folgen und sich die Besetzungsliste nicht merken konnte – viele, einander bekämpfende Vorstandsmitglieder, hinterhältige Marketingmanager und Konkurrenzfirmen –, bot sein Monolog eine willkommene Gelegenheit, sich innerlich zurückzulehnen, in der Erinnerung an ihre Ekstase zu schwelgen und zu versuchen, sich vor der Verzweiflung zu schützen.

Ihr Mann redete weiter, dann stand er auf, um eine neue Weinflasche aus dem Keller zu holen.

»Das wird dich amüsieren«, rief er über die Schulter. »Das Büro hat eine Anfrage von Wanda Wilson erhalten. Ich soll mich für einen 42 Millionen-Dollar-Auftrag bewerben, um ihre Art Ranch in Connecticut umzubauen. Sie will dort einen Raum für immersive Performances schaffen.«

»Wanda?«

»Ja, es gibt noch zwei andere Bewerber. Einen neuen japanischen Architekten und Bertoli, das italienische Architekturbüro. Ich glaube, wir könnten dort wirklich was auf die Beine stellen. Das heißt, wenn du kein Problem damit hast.«

Warum sollte sie ein Problem damit haben? Die Sache mit Wanda war so lange her – fast vierzig Jahre. Sie war darüber hinweg. Und Wanda auch. Dass sie sich an Kristof gewandt hatte, war der Beweis. Und das Geschäft mit diesem

Schwachsinn schien zu blühen. Hätte Eve tatsächlich Probleme gesucht, hätte sie nicht weit gehen müssen. Sie lächelte, nickte Kristof zu und stellte sich testweise ein trauriges Szenario für sie selbst vor; ja, Luka war verschwunden. Für ihn war ihre gemeinsame Nacht nur eine wilde Dummheit gewesen. Seine Bewunderung für ihre Kunst – diese süße, jugendliche Heldenverehrung – war unter dem Einfluss des Alkohols und ihrer Aufmerksamkeit in so etwas wie Lust mutiert. Der von Ehrfurcht ergriffene Junge hatte seine Heldin befriedigen wollen und dabei auch selbst halbwegs Spaß gehabt. Doch nach dieser Nacht, als sie das Bett verlassen und sich angezogen hatten, als das gnadenlose Morgenlicht durch die Fenster fiel und das Atelier durchflutete, hatte die Realität Einzug gehalten. Mit ihrem farbverschmierten Overall und den Haarsträhnen, die sich aus dem hastig gesteckten Knoten lösten, war Eve eine müde alte Frau, die vergeblich gegen die Uhr ankämpfte. Wie sollte er sie begehren?

»Ist alles in Ordnung?«, fragte Kristof.

»Ja, sprich nur weiter …«

Luka war weg, aber ihre Erinnerungen an diese eine Nacht wären ein tröstliches Andenken, ein Talisman, der ihr über die eintönigen kommenden Jahre hinweghelfen würde.

Als sie später mit Kristof im Bett lag, versöhnte sie sich mit dem Status quo. Der alternde Krieger würde auch weiterhin noch viele Schlachten in Sitzungssälen ausfechten müssen, doch die im Bett hatte er hinter sich. Ihre Ehe war im Großen und Ganzen angenehm. Am Ende des Lebens, das offene Grab bereits vor Augen, war das wahrscheinlich das Beste, worauf sie hoffen konnte. Weder ihr Blutdruck noch ihr Herz würde je wieder gefährliche Sprünge machen. Schließlich ergab sie sich der langweiligen Genügsamkeit und schlief ein.

Im fahlen Licht des Morgengrauens schreckte sie neben ihrem schlafenden Mann auf, ließ sich alles noch einmal durch den Kopf gehen und fand, dass weder die vielen Jahre noch die gemeinsamen Erfahrungen und Verstrickungen oder die Last der gemeinsam erworbenen Güter jemals diese eine Nacht reinen Gefühls aufwiegen konnten. Doch sie würden genügen müssen.

10

Sie waren in Notting Hill.
»Umsteigen in die Central Line und Züge in Richtung Ealing Broadway und Epping.«

Die weibliche Tonbandansage ist leise und hat einen kumpelhaften südöstlichen Einschlag. Früher wäre es eine männliche Stimme mit dem aristokratischen BBC-Tonfall gewesen. Knapp und autoritär für Eves Ohren und die ihrer Kommilitonen an der Kunstakademie, die nur darauf aus waren, die Welt aufzumischen und Barrieren niederzureißen: gesellschaftliche Klassen, sexuelle Konventionen, Geschlechterrollen. Auch dieses Projekt war nicht so gut ausgegangen. Sie steht auf, wie die meisten Passagiere. Alle steigen hier um. Sie reiht sich in die Schlange ein und geht durch die langen, schmalen Gänge mit den niedrigen Decken – statische Röhren –, fährt eine Rolltreppe hinauf, dann wieder abwärts zu den Gleisen der Central Line Richtung Osten. Einen Zug hat sie gerade verpasst. Sie setzt sich auf eine Bank und wartet auf den nächsten.

Nach der Nacht mit Luka, als sie neben ihrem schlafenden Mann in Delaunay Gardens lag, war Eve klar, wie sinnlos es war, sich ihre Verluste aufzuzählen. Mit der Hochzeit hatte sie sich für Bequemlichkeit statt Leidenschaft entschieden, und das hatte sie nun davon. Jetzt war es zu spät, das zu ändern. Hinlänglichkeit musste ihr genügen. Verzückung musste sie in der Arbeit suchen. Das Heim bot Ruhe. Und Ruhe war auch was.

Doch noch am selben Morgen änderte sich plötzlich wieder alles, als sie auf das Atelier zuging und Luka mit einem Rucksack über der Schulter vor dem Eingang stehen sah, als wartete er auf sie.

»Ich bin nach Archway gefahren, um ein paar Sachen zu holen«, erklärte er.

Sie zögerte, ließ seine Worte sacken. Hatte sie ihn richtig verstanden?

Er runzelte die Stirn. »Du hast das doch ernst gemeint, oder? Das mit dem Job? Dass du mich hier haben willst? Das gilt doch noch, oder?«

In seiner Stimme schwang ein Hauch von Panik mit. Jetzt hatte *er* Angst und sie die Macht. Er wollte nicht nur eine Stelle im Atelier, er wollte hier einziehen. Er war ihr einen Schritt voraus. War sie dafür bereit? So schnell? Sie zögerte. Er sollte dieselbe Verzweiflung spüren, die ihr letzte Nacht den Schlaf geraubt hatte. Wenn auch nur kurz. Ohne ein Wort schloss sie die Tür auf, und beide betraten das leere Atelier. Sie hielt es nicht lange aus, ehe sie seine Fragen mit einem langen Kuss beantwortete.

Sie hatten nur eine Stunde, bis Glynn und Josette kämen, doch in dieser Zeit zeigte Luka, wie ernst er es meinte. Ihr Rückzug in ein schales Leben in Delaunay Gardens und der wenig überzeugende Vorsatz, in der Einsamkeit Kraft zu suchen – wem hatte sie da eigentlich etwas vormachen wollen? –, waren wie weggefegt.

Die Anzeigetafel der Tube leuchtet kurz auf und erlischt dann wieder. Beim Krächzen der Lautsprecheranlage fährt sie zusammen. Alle schauen erwartungsvoll auf, als eine männliche Stimme (live, nicht vom Band und nicht BBC-aristokratisch) erklärt: »Aufgrund einer Person im Gleis mussten die Verbindungen der Central Line vorübergehend ausgesetzt werden. Passagiere werden gebeten, alternative Verbindungen zu benutzen.«

Sie seufzt über die jämmerliche Beschönigung. Eine Person im Gleis. Damit sind wir schon zwei. Sie steht auf und folgt dem Exodus. Was bleibt ihr anderes übrig? Soll sie sitzen bleiben und warten, bis Polizei und Sanitäter ihre Arbeit erledigt haben und das letzte Blut und sonstige Unfallspuren weggespritzt sind? Das könnte Stunden dauern.

Sie folgt der Menschenmasse, die die Treppen hinauf Richtung Ausgang strebt. Ein Taxi wäre die einfachste und schnellste Option, aber vor diesem Gedanken schreckt sie zurück. So eilig hat sie es nicht, ins Atelier zu kommen. Es ist zwar kalt, aber im Moment regnet es nicht, ihr Mantel ist warm und wasserdicht, und falls das Wetter wieder umschlägt, hat sie einen Regenschirm dabei. Der Spaziergang wird ihr guttun. Sie hat eine Schwäche für teure Highheels, aber wenn sie durch London wandert, trägt sie »vernünftiges Schuhwerk«, wie ihre Mutter sagen würde. Ein Vermächtnis ihrer Doc-Martens-Studentenjahre; immer gerüstet für eine Flucht. Mit hohen Absätzen kann man nicht rennen.

Sie verlässt den Bahnhof und macht sich auf den Weg in Richtung Bayswater. Beim Gehen kommen ihr immer die besten Ideen. Aber auch die schlimmsten. Gehen und denken – der Rhythmus ihrer Schritte hebt die Melodie des Geistes hervor oder sorgt für Misstöne.

Anfang Mai, für Gärtner die Zeit von Wachstum und Erneuerung, war ihr die Idee ihrer neuen schöpferischen Verbindung mit der Natur so intakt und lebendig wie ein Traum erschienen. Doch als Synthese ihres persönlichen und beruflichen Hauptaugenmerks war der Keim für ein neues Florilegium schon lange gelegt – seit mindestens zwanzig Jahren, während einer inspirierenden Woche in Paris. Und auch die Reise ins Tessin, die sie im vergangenen Frühling als ewiges Anhängsel gemacht hatte, war ein unbewusster Ansporn gewesen.

Dieses neue Werk sollte ein Akt der Wiedergutmachung für all die unsichtbaren Frauen in der Botanik und der Kunst sein; für die zahllosen nie gewürdigten Malerinnen mittelalterlicher Kräuter und Florilegien, die geduldig die monochromen Zeichnungen ihrer anerkannten männlichen Kollegen koloriert hatten. Für Fede Galizia und Orsola Maddalena Caccia, die italienischen Renaissance-Malerinnen von Stillleben, und ihre holländischen Nachfolgerinnen, Clara Peeters und Maria van Oosterwijk, deren bewegende Mimese als bloße Imitation verworfen wurde. Für Jeanne Baret, die französische Naturforscherin aus dem achtzehnten Jahrhundert, die, als Mann verkleidet, mit ihrem Liebhaber Philibert Commerson, der am Ende die Lorbeeren einstrich, die Welt bereiste und Pflanzen sammelte, zwei Jahre bevor Joseph Banks ihrem Riseweg folgte und mit einem eigenen Florilegium Erfolge feierte. Für die talentierten viktorianischen Mädchen und Matronen, die Jahre damit verbrachten, Pflanzen zu sammeln, sie rigoros zu klassifizieren und zu zeichnen, der feindseligen Einstellung ihrer Kritiker zum Trotz, die die Taxonomie wegen ihrer Klassifizierung der geschlechtsspezifischen Teile von Pflanzen als ungeeigneten Zeitvertreib für Frauen erachteten und sie aus ihren wissenschaftlichen Kreisen ausschlossen.

Während sie jetzt durch das nächtliche London geht, rechnet sie noch einmal nach – es ist tatsächlich zwei Jahrzehnte her, dass sie ihrem Patenkind Theo zum Geburtstag eine Reise nach Paris geschenkt hatte. Auch so eine in sich versunkene Seele. Wie viele Teenager hätten auf den Eiffelturm, eine Führung durchs Centre Pompidou und eine Bootsfahrt auf der Seine verzichtet, um mit einer vierzigjährigen Frau auf der Suche nach absonderlichen intellektuellen Leidenschaften durch kopfsteingepflasterte Gassen zu ziehen? Theo war ein wissbegieriger Begleiter auf vielen anregenden Spaziergängen gewesen, beeindruckt von ihrem eingerosteten Schulfranzösisch, hingerissen vom Musée de Cluny, der *Dame mit Einhorn* in ihrem *Millefleurs*-Sternenfeld und süß in seiner Begeisterung für das Motto auf dem reichbestickten Zelt der Dame. »*À mon seul désir.*«

Eve fürchtete schon, den Bogen zu überspannen, als sie ihn am letzten Tag in Paris statt wie versprochen zu den Katakomben ins Herbarium des Muséum National d'Histoire Naturelle schleppte, um sich die Kräuter und Pflanzen anzusehen, die von Commerson und Baret gesammelt und zusammengetragen worden waren. Doch nein, Theo war genauso aufgeregt wie sie. Vielleicht zu aufgeregt. Er bombardierte den hilfsbereiten Kurator mit so vielen Fragen, dass sie ihn schließlich bremsen musste.

»Du bist ein Tourist«, schärfte sie ihrem Patenkind ein. »Und ich arbeite.«

Letztes Frühjahr im Tessin, als Kristof bei einer Architektur-Konferenz über vertikale Städte und urbane Infrastruktur debattierte, wanderte Eve allein über die hochgelegenen Wiesen und staunte über die wilden Blumen und den vielfarbigen Kosmos, der sich über Meilen von smaragdgrünem Gras erstreckte und sie erneut an die mittelalterlichen Wandteppiche im Musée de Cluny, an Galizia und Caccia, die unterschätzte Arbeit von Baret und all den Botanikerinnen des neunzehnten Jahrhunderts erinnerte.

Zwei Wochen nach Eröffnung der Sigmoid-Ausstellung suchte sie nach einem neuen Projekt. Sie hatte Solokoffs Auftrag erledigt und war dabei, die Serie der neuen fleischfressenden Pflanzen für die Gerstein-Ausstellung zu vollenden. Ihre akribisch genauen botanischen Untersuchungen konzentrierten sich für gewöhnlich auf Einzelexemplare, und diese aktuellen Stücke waren bloß Fingerübungen gewesen. Sie brauchte eine Herausforderung, ein Projekt, das ihre Technik und ihren Intellekt gänzlich in Beschlag nahm und ihren künstlerischen Horizont erweiterte.

Und dann hatte sie eine Eingebung – sie würde sich mit einer eigenen *Millefleurs*-Studie befassen und die Form untergraben, sie von den erbaulichen Wildblumenwiesen und der formellen Metaphorik weiblichen Überflusses befreien. Ihr Sternenfeld würde mit lebendigen Darstellungen der giftigsten Pflanzen in der Ökosphäre gespickt sein.

Als sie Luka von ihrem Plan des *Poison Florilegium* erzählte, reagierte er ermutigend. »Großartig! Und so ambitioniert! Ganz anders als deine früheren Arbeiten.«

Falls das eine verschleierte Kritik sein sollte, so ging sie nicht weiter darauf ein. Seine eifrige Zustimmung war ein Geschenk. Daran war sie nicht gewöhnt. Echte Begeisterung gehörte schon seit Jahren nicht mehr zu ihrer emotionalen Palette. Kristof ermunterte sie immer mit einem nervigen, nichtssagenden Überschwang, den auch Mara schon vor dreißig Jahren an den Tag gelegt hatte, wenn eins ihrer Kinder ihr eine unbeholfene Zeichnung vor die Nase gehalten hatte: »Großartig, Liebling. Was ist es denn? Hier hast du ein neues Blatt. Mal noch ein Bild.« Trotz ihrer vielen Mankos als Mutter hatte sie ihrer eigenen Tochter immer einen gewissen Grad an Kultiviertheit zugeschrieben und sich geweigert, ihr allzu schnell nachzugeben. Wenn Nancys Zeichnungen primitiv oder ungenau, die Farben matschig waren, sagte Eve es ihr. Nancy hatte von diesen härteren, aber ehrlicheren Lektionen profitiert und schnell begriffen, dass Kunst nichts für sie war, egal welche.

Wenn Eve sich mit Hans über neue Arbeiten unterhielt, hörte er ernsthaft und aufmerksam zu, doch konnte sie sich des Eindrucks nicht erwehren, dass er im Geiste dabei war, seine Prozente auszurechnen. Die gedämpfte Reaktion hallte nach. Eve stellte immer in Frage, was sie gerade tat, sie überlegte genau, was es bedeutete und ob es überhaupt etwas bedeutete. War es Freud, der die Kunst als Dung beschrieben hatte, mit dem man die Portale der Zivilisation besudelte? So gesehen hatte sie wie die irischen Gefängnisinsassen in den siebziger Jahren permanent eine Art »schmutzigen Protest« betrieben; in ihrem Fall durch eine in mühevoller Kleinarbeit ausgeführte Darstellung von im Mist blühenden Pflanzen.

Kurz vor der Sigmoid-Ausstellung hatte die Unterstützung des berüchtigten Kritikers Ellery Quinn sie sowohl überrascht als auch ermutigt. Quinn war Chefkritiker der einflussreichen Zeitschrift *Art Market* und hatte sich fast während ihrer gesamten Karriere über sie und ihr Werk höchstens abschätzig geäußert – wenn überhaupt (»ein Nachäffen der Natur«, mit Anspielungen auf Cicely Mary Barker oder Inneneinrichtung). In seiner Ankündigung ihrer Ausstellung hatte er sich nun offenbar eines besseren besonnen und sie »eine der interessantesten und verkanntesten Vertreterinnen der heutigen Kunstszene« genannt. Nach der Vernissage hatte er eine begeisterte Kritik verfasst.

Vor dem Eingang einer noch geöffneten Geldwechselstube – Darlehen für alle, die dringend einen Kredit zu horrenden Zinssätzen brauchen – bleibt sie stehen und nimmt ihr Handy aus der Handtasche. Sie scrollt durch die guten Kritiken, die sie gespeichert hat: ihre Gebete und moralische Unterstützung in schwierigen Zeiten. Für Passanten sieht es aus, als studierte sie den Stadtplan.

Da ist sie. »Eve Laing verleiht uns durch ihre akribische Beobachtung und unübertroffene Kompetenz die Gabe des Sehens, so dass wir die Welt betrachten, als wäre es das erste Mal. Ihre botanischen Reflexionen umfassen das gesamte Spektrum der Sinne, sie sind ein herrlicher, farbenprächtiger Tribut an die Natur in ihrer ganzen komplexen, unendlichen Vielfalt. Das ist nicht Kunst, die das Leben kopiert, sondern das Leben selbst.« Dass man sich erzählte, Quinn sei kürzlich mit ihrem Kunsthändler ins Bett gegangen, hatte ihrer Freude über die Rezension keinen Abbruch getan. Gestärkt geht sie weiter.

Es ging auch um ihr Vermächtnis. Und war das nicht die Quelle allen Strebens? Welche Spuren würde sie in der Welt hinterlassen? Ein Kind – diese verwöhnte, spröde Tochter, die ihre Mutter nicht einmal mochte – reichte nicht. Die harte unausgesprochene Wahrheit war: Die meisten Kinder waren eine Enttäuschung. Ob ihre Eltern ehrlich genug waren, sich das einzugestehen, stand auf einem anderen Blatt.

Als sie klein war, hatte Nancy sich gern verkleidet. Sie hatten ihr eine ganze Truhe voller Kostüme geschenkt, teilweise abgelegte Designerkleider und Schuhe von Eve. Daraufhin stakste das Kind auf gefährlich hohen Highheels durchs Haus wie eine winzige Dragqueen mit Federboas und breitkrempigen Hüten, die ihr über das Gesicht fielen. Manchmal war es schwierig, sie davon abzubringen, in dieser Verkleidung in die Schule zu gehen.

Eve und Kristof hatten gehofft, dass der Drang, sich zur Schau zu stellen, ihr eine Zukunft beim Theater verheißen könnte – als Bühnenbildnerin oder gar Darstellerin –, und sie zum Schauspielunterricht angemeldet. Doch Nancy zeigte wenig Begabung für die Bühnenkunst – kaum Ausdruck, schlechtes Timing, mangelnde Präsenz. Ihr Talent für dramatische Auftritte beschränkte sich auf die häusliche Domäne. Aber eine Kindheit, die sie damit verbrachte, in den Kleidern anderer Leute herumzuspazieren, war eine perfekte Lehre für ihr späteres Metier als Bloggerin, aufgekratzte Twitterin und unermüdliche Instagramerin, deren einzige nicht dokumentierte Stunden ihr Badezimmer und die Couch des Therapeuten betrafen und deren höchster Ehrgeiz ein Sponsorenvertrag mit einer bekannten Ladenkette war, wenn auch einer, die sich rühmte, ihren Angestellten in der Dritten Welt den Mindestlohn zu zahlen. Von allen Flüchen, die Eltern heimsuchen können, ist die Mittelmäßigkeit der eigenen Kinder der schlimmste.

Man musste sich nur Mara ansehen. Hatte sie sich wirklich gefreut, als ihre Tochter Esme, eine sture, anspruchslose IT-Beraterin, verkündete, dass sie sich vor ihrer Geschlechtsumwandlung mit männlichen Hormonen behandeln ließ und ab sofort mit Emmet angesprochen werden wollte? Mara hatte zumindest so getan und sogar eine kleine Party veranstaltet, um Esmes Mitteilung zu feiern. Konnte aber eine Naturkost-Puristin, die wissentlich nie erlauben würde, dass ihren Kindern Zucker oder entsprechende Ersatzstoffe über die Lippen kommen, eine Verschwörungstheoretikerin, die der Wissenschaft skeptisch gegenüberstand und alle Ärzte für Metzger und Giftmörder im Dienste der Pharmaindustrie hielt, sich ernsthaft über die Nachricht freuen, dass ihre Tochter, besser gesagt ihr Sohn, täglich Medikamente zu sich nahm und sich für einen größeren medizinischen Eingriff angemeldet hatte? Hätte es ein homöopathisches Mittel gegeben, um die unglückliche Esme in einen vollentwickelten Emmet zu verwandeln – eine Handvoll süßer Pillen oder eine Kräutersalbe zum Einreiben der entsprechenden Körperteile –, hätte Eve Mara das Lächeln, mit dem sie die Neuigkeit verkündete, eher abgenommen.

Und davor war da noch dieser Job. Würde irgendwer auf der Welt seinem Kind wirklich eine Zukunft wünschen, in der es an den Computern technischer Analphabeten herumbastelte? Auch Maras zweites Kind war keine Quelle ungetrübter Freude gewesen. Nachdem sie Esmes frühe

Jahre so genossen und eine erstaunliche Geduld für Fingermalerei, Knetgummifiguren und Kinderlieder an den Tag gelegt hatte, adoptierte Mara einen Knirps aus einem gottverlassenen Winkel Nordafrikas, Theo, diesen glänzenden Jungen. Eve willigte trotz ihrer atheistischen Bedenken ein, seine Taufpatin zu werden. Es war eine Vereinbarung auf Gegenseitigkeit. Mara übernahm die Rolle einer Mentorin für Nancy. Zuerst schien Eve das bessere Los gezogen zu haben. Theo war ein begnadeter Musiker, ein Mathematik-Genie mit einer gewinnenden Art und dem verträumten Blick eines Pagen von Giorgione.

Er hätte alles aus seinem Leben machen können, doch dieser süße, perfekte Junge, der als ihr Begleiter in Paris so wissbegierig und zugänglich gewesen war, entwickelte sich zu einem Sorgenkind. Er ließ sich mit zwielichtigen Typen ein und schmiss sein Studium. Früher, auf der Akademie und in New York, hatten auch Mara und Eve sich mit zwielichtigen Typen eingelassen – tatsächlich hatten manche Leute *sie* für zwielichtig gehalten –, aber sie waren immer am Ball und produktiv geblieben. Theo dagegen hatte kein Rückgrat. Er ließ sich treiben, finanziell unterstützt von Mara und später, als er nach einem drogeninduzierten psychotischen Schub eine Entziehungskur machen musste, auch von Eve. Für eine Weile ging er nach Paris, wo er sich als DJ versuchen wollte – bis heute ist es Eve ein Rätsel, wie man mit dem Auflegen von Platten Karriere machen kann. Und selbst das hatte er vergeigt. Inzwischen, mit Mitte dreißig, war er eine schäbige Gestalt am Rande der Gesellschaft und betrieb eine Strandbar in Thailand. Als sie das letzte Mal von ihm hörte, hatte er sie aus Phuket angerufen.

Das war über acht Monate her. Offenbar hatte er wieder mal Geld gebraucht.

Mara hatte sich nie beklagt und sich bis zu einem gewissen Punkt ihr Leben neu aufgebaut. Inzwischen lebte sie mit einer neuen Liebe zusammen, einer älteren Frau namens Dot, die früher Sozialarbeiterin gewesen war. Mit den neuen Stiefkindern hatte die clevere Dot eine herausfordernde Aufgabe übernommen, um sich nach der Rente weiter auf Trab zu halten. Mara hatte die Bildhauerei aufgegeben, darin war sie sowieso nie besonders gut gewesen (ihr eigentliches Medium war Knetgummi), und sich zur Psychotherapeutin umschulen lassen. Nur schade, dass sie sich nicht an Nancy versucht und ihr als Freundin der Familie Rabatt gegeben hatte. Die Wunden, die Mara selbst von ihren Kindern zugefügt worden waren, mussten tief sein. Psychotherapeuten, heilt euch selbst.

Bei diesem letzten Anruf hatte Theo Eve nach ihrer Arbeit gefragt und ein wehmütiges Interesse an ihrer Sigmoid-Ausstellung gezeigt.

»Ich sitze hier fest. Ich wünschte, ich könnte kommen, aber ich bin völlig pleite.«

Er erhoffte sich ein Flugticket nach Hause und versuchte, sie mit Anspielungen auf ihre längst vergangene Reise nach Paris einzuwickeln.

»›*À mon seul désir*‹ ... weißt du noch?«

Er hatte sie im falschen Moment erwischt. Angesichts der Eröffnung der Sigmoid-Ausstellung in wenigen Tagen hatte sie im Atelier alle Hände voll zu tun.

»Apropos Geld, wie wäre es, wenn du dir einen richtigen Job suchst und anfängst, mir einen Teil von dem Geld zurückzuzahlen, mit dem ich dir aus der Klemme geholfen habe?«

Die Verbindung brach ab. Vielleicht war sie zu schroff gewesen. Es war das letzte Mal, dass sie von ihm gehört hatte.

II

»Hätten Sie vielleicht 'was Kleingeld übrig?« Die Stimme zu ihren Füßen reißt sie aus ihren Gedanken. Ein junger Mann sitzt mit untergeschlagenen Beinen vor dem schmutzigen Eingang eines Souvenirladens. Im Schaufenster liegen, von weihnachtlichen Lichterketten umrahmt, Becher mit dem Union Jack, Beefeater-Teddybären und Tassen zum neunzigsten Geburtstag der Queen und zu den jüngsten königlichen Hochzeiten aus. Auch kleine Modelle von Routemaster-Doppeldecker-Bussen und roten Telefonhäuschen, beides unauffällige, alltägliche Relikte aus Eves Londoner Jugend, die zu historischen Artefakten erhoben worden sind. Womit rein theoretisch auch sie eins sein müsste.

»Frohe Weihnachten, Missus.« Die Stimme zu ihren Füßen versucht es auf eine andere Art.

Ihr Blick verharrt auf dem Schaufenster, und sie zuckt zusammen, als sie auf einem Ständer mit Postkarten von Big Ben oder der Tower Bridge auch das Fragment eines ihrer eigenen Werke entdeckt, das postkartengroße Mittelstück von *Underground Florilegium*. Wer verschickt denn heutzutage noch Postkarten?

»Bitte. Können Sie ein bisschen Kleingeld für einen Tee entbehren?«

Sie blickt auf ihn hinab, und er streckt hoffnungsvoll die schmutzige Hand aus. Sein weiches, mädchenhaftes Gesicht zeigt bislang noch keine Spuren von Erniedrigung. Er könnte das Modell für Guido Renis hübschen Erzengel Michael sein, dessen Fuß in der kunstvollen Sandale auf dem Kopf des Satans steht. Doch bei diesem heiligen Michael scheint Satan die Oberhand zu behalten. Noch ein fremdes, verlorenes Kind. Sie geht weiter.

Es war ein sich wiederholender Kreislauf. Sie selbst war auch eine Enttäuschung für ihre Eltern gewesen. Obwohl sie lange genug lebten, um ihren materiellen Erfolg mitzubekommen und zu bewundern, hatten sie sie immer als unnatürliche Tochter betrachtet, zu eigensinnig und widerspenstig, um wirklich weiblich zu sein. Darin stimmten sie überein, trotz ihrer von Streit geprägten Ehe und einer vergifteten Scheidung. Als ihre Affäre mit Florian Kiš in der Öffentlichkeit breitgetreten wurde, waren sie entsetzt. »Er ist älter als dein Vater«, erklärte ihre Mutter. »Hättest du dir nicht was anziehen können?«, warf ihr Vater ihr gequält vor, als er *Mädchen mit Blume* sah. Heute wünscht sie sich, sie hätte es getan. Nach New York und den Jahren der Entfremdung glaubten sie, dass sie sich als Frau eines international anerkannten Stararchitekten für zu bedeutend hielt, um sich mit ihnen abzugeben. Nicht ganz zu Unrecht.

Eltern beginnen als Familienvorstände und enden im Alter als kaum erträgliche Witzfiguren; der Unterschied beschränkt sich auf Tempo und Fallhöhe. Sie konnte sich nicht daran erinnern, wie ihre Eltern ihre – Eves – Welt beherrschten, obwohl es so gewesen sein musste, irgendwann. Für

Eve hatte die Enttäuschung schnell eingesetzt. Vergiss Liebe oder Trauer. Enttäuschung – zerstörte Hoffnungen und zertrampelte Träume – kennzeichnet die unabänderliche *conditio humana*.

Nachwuchs ändert daran nichts. Sie hatte niemals Kinder gewollt, am allerwenigsten mit Florian, von dem es hieß, er hätte im Laufe seines Lebens etwa dreißig Sprösslinge gezeugt, mit einer Reihe naiver junger Frauen, die, benebelt von romantischer Fiktion, die Rolle einer Muse für ihre erhabenste Berufung hielten. Eve war dankbar für sein Abschiedsgeschenk gewesen. Hundert Pfund in bar für eine Abtreibung, in ihren Briefkasten in Hackney geworfen von denselben Handlangern, die ihr zuvor die regelmäßigen Vorladungen für sein Bett überbracht hatten. Zwei Monate später, als das erste Geld für das *Underground Florilegium* eintrudelte, hatte sie ihm die hundert Pfund zusammen mit einem gepressten Stiefmütterchen zurückgeschickt.

Zehn Jahre später hatte sie sich von Kristof eine zweite Abtreibung ausreden lassen. Nach Nancys Geburt hatte Eve in einem nachträglichen Wutanfall darauf bestanden, dass Kristof sich sterilisieren ließ. Nie wieder. Ab jetzt, so erklärte sie, werde sie sich nur noch auf die Arbeit konzentrieren. Die Zeit laufe ihr davon. Das dachte sie im vorgerückten Alter von dreißig. Inzwischen ist sie doppelt so alt. Ihre Ablenkungsexperimente in puncto romantischer Liebe gehören offensichtlich der Vergangenheit an, und nur die Arbeit ist ihr geblieben. Kein Wunder, dass sie sich wie in einem Rausch hineingestürzt hat.

Alles lief immer auf die Arbeit hinaus. Sie hat es sich nicht leicht gemacht. Das Feld war überfüllt mit mäßigen Triumphen und grandiosen Misserfolgen. Wanda Wilson, eine der »drei Ms-ketiere«, wie Mike Arrigo sie in Anspielung auf die Höflichkeitsform Ms nannte, die damals von der zweiten Welle der Frauenbewegung den alten Formen Miss oder Mrs vorgezogen wurde, konnte selbst mit einem Filzstift keinen geraden Strich ziehen und wurde trotzdem zu einer Ikone der New Yorker Performance- und Konzeptkunst. Mike dagegen, der mit geschlossenen Augen eine Da-Vinci-Zeichnung kopieren konnte, landete am Schluss bei der Massenproduktion von banalen abstrakten Ölgemälden für eine billige Hotelkette, um seine Drogensucht zu finanzieren, bevor es mit seiner Gesundheit endgültig bergab ging.

Und dann gab es noch die ganz Großen. Wer konnte es schon mit dem Gesamtwerk eines Van Gogh aufnehmen, die perfekte Linienführung eines Botticelli erreichen oder wie Matisse die Farbe mit der souveränen Klarheit von Kirchenglocken auf dem Land zum Klingen bringen? Die Dekonstruktion war vorbei – angefangen beim frechen Duchamp mit seinem Urinal-Witz über die mürrischen Trottel der Fluxus-Bewegung bis hin zu den sich selbst verstümmelnden Clowns der Wiener Aktionisten. Sie alle hatten den anderen eine lange Nase gemacht und ihre Abrissbirnen durch die Akademie geschwungen. Wo führte der Weg jetzt hin, nachdem die Demolierung vollendet war? Für Wanda schien es nur einen Weg zu geben, abwärts. Mittlerweile setzte sie Industriebagger ein, um ihr unfruchtbares Land zu bearbeiten. Demnächst würde sie auf den Erdkern stoßen und ihr Publikum – oder einen der bemitleidenswerten Anhänger ihrer neuen »relationalen Kunst« – einladen, dabei zuzusehen, wie sie heulend in Magma badete.

Eves Ansatz war weniger exzentrisch und beruhte auf einem Ausmaß an Geduld, Können und harter Arbeit, das den Meistern der Renaissance vertraut gewesen wäre. Sie verdiente nicht schlecht und erzielte schließlich bei einer Auktion eine sechsstellige Summe für ihre *Rose/Thorn*-Serie. Doch das reichte nicht, um sie über die Masse zu erheben. Die Reinheit der Absicht sei das Ziel des Künstlers, hatte Florian gesagt. »Farbe und Leidenschaft«, mehr brauchte man nicht. Ein einziges unverfälschtes Werk – das war es, worauf sie hoffte, oder, falls ihr das nicht gelang, dann wenigstens eine einzige unverfälschte Farbe wie von Yves Klein, der im französischen Sommer auf einen wolkenlosen Himmel blickte und einen genialen, unverkennbaren Farbton erfand. Es grenzte an ein Wunder, dass noch niemand zuvor darauf gekommen war: Yves-Klein-Blau.

Heute Nacht kehrt sie durch die Straßen von London zu ihrem Atelier zurück, wo die Farbe auf der Leinwand ihres *Poison Florilegium* trocknet, in der Gewissheit, dass es ihr Meisterwerk ist. Doch Anerkennung, diese willkürliche optische Täuschung, ist keineswegs garantiert. Auch das ist ihr klar. Man muss sich nur Vermeer ansehen, dessen Genie erst rund zweihundert Jahre nach seinem Tod erkannt wurde. Oder den armen Van Gogh, der bei seinem Tod etwa tausend unverkaufte Gemälde hinterließ. Ja, nur eine einzige reine, vollkommen perfekte, durch und durch authentische Farbe: Damit wäre Eve zufrieden.

Kristof wird nie von Selbstzweifeln geplagt. Sein Vermächtnis ist gesichert. Er besudelt keine Portale, sondern baut sie.

Gar nicht so einfach, in der westlichen Welt, in Fernost oder in den plutokratischen Ecken Arabiens eine größere Stadt zu finden, in der keines der unverwechselbaren Hochhäuser von Kristof Axness steht, dieser Monumente zum Ruhm von Technologie, Kapitalismus und menschlicher Kühnheit. Sein Blick ist immer nach oben gerichtet, in der Sonne blinzelnd beobachtet er riesige Kräne, die schwere Lasten schwingen, mechanische Kreaturen, die seinen Befehlen gehorchen und seine Träume verwirklichen. Nachts definiert sein erleuchtetes Werk den Horizont und fordert die Sterne heraus. Hatte sie jemals eine Chance?

Im Vergleich dazu war ihr Werk spießig und kleinformatig, ein Sträußchen Ehrenpreis, versteckt im Moos unter seinen mächtigen Mammutbäumen. Kein Wunder, dass die Einzelheiten ihrer Projekte ihn nur selten interessierten. Trotzdem wurmte es sie.

»Großartig, Liebling. Du bist auf der Höhe deiner Schaffenskraft«, sagte er immer.

Wenn es nach ihm ging, war sie das schon seit zwanzig Jahren. Doch das war ein zweischneidiges Schwert. Was wusste sie schon über seine neuen Bauten, den Manila Tower, den Singapore Spire oder seinen Entwurf für Wandas lächerliche Art Ranch? Interessierte sie sich denn dafür?

Sie verlangsamt ihre Schritte, als sie am Hyde Park entlanggeht, wo die Sigmoid Gallery mittlerweile das Werk eines Künstlers zeigt, der mit Seetang arbeitet. Eve vermutet, dass man mit Meeresalgen durchaus etwas Kunstvolles anstellen kann. Aber hier ist das nicht der Fall. Sie hat die Plakate gesehen und ist zu dem Schluss gelangt, dass in den kindlichen Sandburgbauern an jedem gewöhnlichen Urlaubsstrand mehr Können, Kreativität und Bedeutung steckt.

Wenn sie nach einem guten Tag im Atelier an die unterirdischen Leistungen denkt, die heutzutage als große Kunst bewundert werden, kann sie ihre Selbstzweifel beiseiteschieben, sich umsehen und fragen: »Wie kommt man bloß mit so etwas durch?« Dann weiß sie, dass sie das Pech hat, in einer Welt von Aufschneidern Authentizität zu verkörpern.

In den meisten Bereichen kreativen Schaffens gibt es so was wie messbare Standards. Schriftsteller müssen vor allem die grundlegenden Sprachregeln kennen. Musiker bringen es nicht weit, wenn sie ihr Instrument nicht beherrschen. Nur im Bereich der bildenden Künste kann man sich ohne irgendeine Fähigkeit als Künstler etablieren, dicht gefolgt von der Schauspielerei als Forum für Stümper. Wie soll man dem Urteil von jemandem vertrauen, der fest überzeugt ist, dass Wanda Wilson auch nur ein Fünkchen Talent besitzt oder irgendetwas Interessantes zu sagen hat?

Eve misstraut allen Reaktionen auf ihr Werk. Sie hat viel zu viel Zeit damit vertan, den Nuancen von höflicher Gleichgültigkeit nachzuspüren. Doch Lukas Begeisterung war neu. Alles an ihm war neu: seine Direktheit, seine Ehrlichkeit, seine Leidenschaft, im Atelier ebenso wie im Bett.

Ihr neues Projekt würde ein Aufbruch sein, erklärte sie und erzählte ihm von den anonymen italienischen und holländischen Malerinnen des Mittelalters, diesen Genies des Stilllebens, die die Kunsthistoriker ignoriert hatten, oder den viktorianischen Botanikerinnen, denen man aufgrund ihres Geschlechts keinen Zutritt zur Royal Society oder der Linnean Society gewährt hatte. Sie zeigte ihm Fotos von den blumenübersäten Tessiner Bergwiesen und den Wandteppichen im Musée de Cluny. Die Einzelheiten über ihren jungen Begleiter vor zwei Jahrzehnten ließ sie weg und schlug ihm vor, eine Biografie über Jeanne Baret zu lesen, nach deren jungem Liebhaber siebzig Gattungen benannt worden waren, während man sie selbst vollständig aus der Geschichte gestrichen hatte.

Luka notierte sich den Titel des Buchs in seinem Handy. »Klingt unglaublich«, sagte er.

Seine nächste Frage jedoch zeugte von erschreckender Ignoranz. »Hat dein neues Florilegium irgendwas mit den Russen zu tun, die letzten Monat in West Country vergiftet wurden?«

»Nein«, entgegnete sie mit Bestimmtheit. »Denn dann wäre es Journalismus, keine Kunst.«

So eine dämliche Verbindung würde er nicht wieder erwähnen. Sie verzieh ihm und fuhr fort, ihre Pläne zu erläutern. Das *Poison Florilegium* sollte von monumentalem Ausmaß und fokussierter Ausrichtung sein, eine sieben Paneele umfassende Interpretation der Schweizer Wiesen in Öl. Alpenblüten, hell und süß wie Bonbons, würden gegen tödliche Pflanzen ausgetauscht, die ebenso schön wie ihre unschuldigen Schwestern und so giftig wie Schlangen waren – ein diabolischer Streich der Natur. Jedes der zwei Meter fünfzig mal vier Meter sechzig großen grünen »Felder« würde siebenundsechzig sich wiederholende Darstellungen einer einzigen Blume enthalten, eine für jedes von Barets Lebensjahren, deren Farbe so ausgewählt würde, dass sie ein Element des Newton'schen Regenbogens verkörperte. Sieben Leinwände für sieben Farben, jeweils über ihr Stück grünen Bodens verstreut.

Es wäre ein Meisterstück der Wissenschaft und des Handwerks, aber auch der Kunst. Die Ölfarben würden sie im Atelier aus reinem Pigmentpulver mischen, die Pflanzen sezieren und abfotografieren, und kleinere botanische Aquarelle der einzelnen Blüten auf Pergament sollten die Leinwände ergänzen, daneben gäbe es gedruckte Informationen über ihre Eigenschaften, ihre Verwendung und ihre Stellung in der Folklore. Von spezialisierten Gärtnereien in Südafrika und Lateinamerika zur Verfügung gestellte Exemplare der Pflanzen würden ganz und in Einzelteile zerlegt in sieben von unten beleuchteten, mit Konservierungsmitteln gefüllten Glas-und-Stahl-Vitrinen ausgestellt, so dass ein Blumenaquarium oder schwebendes Herbarium entstünde, in dem der gesamte Lebenszyklus zu sehen wäre. Zusätzlich zu den Gemälden, den Arbeiten auf Papier, den Fotos und den Herbarien würde ein Film über den Lebenszyklus einer jeden Pflanze im Zeitraffer laufen. Das Filmmaterial sollte von einem von der US-Regierung finanzierten Ökoinstitut bereitgestellt werden, das wegen der gegenwärtigen bio-skeptischen Administration selbst in seiner Existenz gefährdet war. Der Film würde damit anfangen, wie die Blumen sich zaghaft einen Weg durch die Erde und das Gras bahnten, sich hoffnungsvoll entfalteten, in der Sonne ihre Farbenpracht vollends entwickelten und schließlich welkten und verblühten.

»Das sollte man auch filmen«, sagte Luka. »Du bei der Arbeit.«

Sie ärgerte sich über die Unterbrechung. »Das ist ohnehin geplant. Josette hält immer alles auf Video fest.«

»Du brauchst mehr als das. Eine richtige Dokumentation, von Anfang bis Ende. Mit Interviews und Kommentaren.«

Ihre Assistenten hüteten sich für gewöhnlich, Vorschläge für ein laufendes Projekt zu machen. Das war Eves Werk, nicht ihres. Aber seine Idee war nicht schlecht. Sie könnte die Sequenzen der Lebenszyklen parallel zu Aufnahmen aus dem Atelier zeigen, in denen sie darüber sprach, was sie zu dem Projekt inspiriert hatte, die Geschichte von Jeanne Baret und den vergessenen Malerinnen, Naturforscherinnen und Pflanzenkünstlerinnen erzählen und die Arbeitsprozesse im Atelier erklären, von den ersten Skizzen und den Aquarellen bis zum letzten farbstrotzenden Pinselstrich auf den Leinwänden.

Sie skizzierte Hans ihre Pläne, und der nickte und murmelte etwas, äußerte aber keinerlei Einschätzung. Sie ließ sich davon nicht entmutigen. Er bekam seine zwanzig Prozent dafür, dass er ihre Arbeiten verkaufte, nicht dass er ihr künstlerische Ratschläge gab. Aber er besprach das geplante neue Werk mit einigen ausgewählten Kunden, größeren Galerien in Amerika, darunter Gerstein, Privatsammlern im Nahen Osten oder in Russland und auch mit einem neuen, in Shanghai tätigen Unternehmen. Es gebe, berichtete er später mit einem winzigen Hauch von Begeisterung in der Stimme, einem klein wenig höheren und wärmeren Tonfall als sonst, bereits reges Interesse und die Parteien würden sich gegenseitig überbieten.

Es war viel zu tun, und in der noch nie dagewesenen

Hitzewelle im Frühling, als London wie Südeuropa im Hochsommer wirkte, mit überfüllten Straßencafés und Sonnenanbetern auf jedem Fleckchen Rasen, spürte Eve eine Energie und eine Intensität, wie sie sie seit langem nicht mehr erlebt hatte. Seit der Kunstakademie nicht. Das konnte nicht nur an Luka liegen.

Glynn und Josette bereiteten die Leinwände vor, spannten sie, beschichteten sie mit Glutinleim und grundierten sie mit Gesso. Sie bestellten die Farbpigmente, füllten die Reagenzgläser, die mit Glaskorken verschlossen wurden, und stapelten sie in eigens dafür gebaute Regale. Diese Ecke des Ateliers sah allmählich aus wie ein alter Apothekerladen.

Bottiche mit Leim und Grundierung, versiegelte Kanister mit Formalin für die schwebenden Herbarien und frischer Nachschub an Terpentin und Öl trafen ein. Glynn und Josette schleppten zwei Roadies einer Rockband mit Jeans und Bandanas an, die die Chemikalien ordnen, die Leinwände im richtigen Winkel an die Wand lehnen – »Hier geht's um Präzision. Ich will keine Pollock-Spritzer sehen«, warnte Josette – und die Vitrinen bauen sollten. Es stellte sich heraus, dass die beiden Muskelprotze, Hugo und Matt, wohlerzogene, kunstinteressierte ehemalige Privatschüler waren. Als Neulinge im Atelier waren sie außerdem fürs Kaffeekochen zuständig und mussten mittags etwas zu essen aus dem naheliegenden Feinkostladen besorgen. Das taten sie nur widerwillig.

»Als wäre das Verteilen von Sandwiches ein Angriff auf eure Männlichkeit«, schimpfte Josette.

Luka dagegen, der in erster Linie für die Pflanzen und das Sezieren verantwortlich war, meldete sich für jede Aufgabe freiwillig und bot sogar Josette beim Filmen seine Hilfe an. Ein weiterer Neuzugang im Team war Abi Fulton, sie hatte gerade ihren Abschluss an der Slade School of Fine Art gemacht und lief herum wie eine Amish-Matrone, die ihren seltsamen Look mit einem weißen Laborkittel, Handschuhen, Atemmaske und Schutzbrille noch unterstrich. Sie war für die Pigmente und für die Standfotos verantwortlich und bestellte als selbsternannte Beauftragte für Gesundheit und Sicherheit Schutzanzüge für alle im Atelier. »Das ist heutzutage Standard«, behauptete sie. Die übrigen Assistenten, die ihre eigene individuelle Arbeitskleidung bevorzugten, waren skeptisch.

»Wir haben es hier mit Toxinen und Schwermetallen zu tun«, protestierte Abi.

»Du siehst aus wie ein Imker«, sagte Luka.

Eve hatte ihre eigene Atelieruniform. In der Waschküche gab es eine Stange mit mehreren identischen Overalls aus dunkelblauem Segeltuch, die sie sich in Suffolk hatte maßschneidern lassen. Sie dachte nicht daran, einen von Abis billigen weißen Kitteln anzuziehen. Trotzdem war sie entschlossen, jegliche chaotische Unterströmung von Seiten des Teams im Keim zu ersticken, und bezahlte für die Schutzkleidung. Sollten sie die Sache untereinander regeln. Sie würde sich von nichts ablenken lassen. Sie hatte eine Vision, und die würde sie verfolgen.

Sie begann mit der violetten Sequenz. Von den Duftveilchen aus dem *Underground Florilegium,* »dem Aug verborgen«, hatte sie die Nase voll. Liebliches hatte in diesem Werk nichts zu suchen, Zurückhaltung auch nicht. Hier ging es um toxische Schönheit, um Blüten, die erst verführen und dann töten. Dieses Projekt konnte niemand mit Blumenfeen in Verbindung bringen; allein seine Größe sprengte die biedere häusliche Sphäre. Diese Leinwände würden nur in großen institutionellen Räumen ein Zuhause finden. Und die Pflanzen selbst, unsere subtilen, betörenden Feinde, würden den härtesten, über geblümte Dekostoffe spottenden Kritikern schon vorab den Wind aus den Segeln nehmen.

Der Eisenhut sollte ihr erstes Motiv sein. Sie wählte ein einzelnes Exemplar aus, ein intaktes Büschel dichter helmartiger Blüten an einem sich verjüngenden Stengel, und begann mit den Skizzen für das kleine Aquarell.

»Der ist irgendwie unheimlich«, sagte Luka, beugte sich mit einem funkelnden Skalpell und den Handschuhen, auf denen Abi bestanden hatte, über den Seziertisch und zerlegte die Pflanze. »Er sieht schon so giftig aus.«

»*Aconitum napellus*«, las Eve aus einem Kräuterhandbuch vor. »Eisenhut. Wolfswurz oder Mönchshut. Man benutzte ihn, um Pfeilspitzen zu präparieren.«

Er sah auf. »Sollte ich das hier überhaupt machen?«

Abi, die in voller Montur, mit Handschuhen und Maske an der Mahlplatte stand, stieß ein verächtliches Schnauben aus.

»Jetzt kriegst du wohl doch Schiss, was?«

»Keine Sorge«, sagte Eve. »Er tut dir nichts. Aber beiß lieber nicht rein, okay?«

»Was würde dann passieren?«, fragte Luka.

Eve konsultierte ihr Kräuterhandbuch. Diese Information würde gedruckt neben dem Aquarell hängen.

»Hmm. Der Tod kann augenblicklich eintreten«, las sie.

»Spätestens aber innerhalb einer Stunde. Magen-Darm-Störungen, Schweißausbrüche, Kopfschmerzen, Verwirrung und ...«

»Klingt nach einem üblen Kater«, sagte einer der Muskelprotze.

Sein Kumpan unterbrach die unbehagliche Stille mit einem Kichern. Die beiden hatten die wichtigste unausgesprochene Regel im Atelier noch nicht begriffen. Niemand, am allerwenigsten rüpelhafte Handwerker, fiel Eve ins Wort.

»Und?« Josette überging die Unterbrechung, damit Eve ihren Satz zu Ende führen konnte.

»Lähmungen der Gliedmaßen, gefolgt von Herzstillstand«, las Eve zu Ende. Dann klappte sie das Buch mit übertriebenem Nachdruck zu und konzentrierte sich wieder auf ihre Zeichnung.

Glynn pfiff durch die Zähne. »Mit Herzstillstand kommt man nicht weit.«

»Und der Name, Mönchshut?«, fragte Luka und bewunderte die Schönheit der Massenvernichtungswaffe in seiner Hand. »Woher kommt der?«

»Sieh ihn dir an«, antwortete Eve und ging auf ihn zu, sich der zwischen ihnen pulsierenden Hitze voll bewusst. Sie zeigte auf die Pflanze. »Du hältst die Antwort in der Hand. Diese Blüten zwischen den Blättern ... sie sehen aus wie die Gesichter von mittelalterlichen Mönchen, verhüllt von einem unheimlichen Stoff.«

»Wow, ja, ich sehe es.«

Er sah es. Das war das Großartige an Luka. Er sah ihre Arbeit und verstand sie. Und er sah auch sie.

Während Eve an einer vorläufigen Skizze für das Aquarell arbeitete, maßen Glynn und Josette die pulverisierten Pigmente für den Hintergrund der Wiese auf der großen Leinwand ab – Phthalogrün und Kadmium, im Verhältnis zwei zu eins. Sie zankten sich wie reizbare Souschefs und wechselten sich bei der Benutzung des Pistills – des Glasläufers – ab, mischten die Pulverhäufchen auf der Anreibeplatte mit Leinöl und Terpentin und überprüften schließlich zusammen mit Eve die Dichte der fertigen Farbe. Danach stiegen sie mit den Farbwannen mehrere Leitern hinauf zu einer fahrbaren Plattform und fingen an, mit ihren großen Borstpinseln die grüne Schicht aufzutragen, auf der Eve ihre siebenundsechzig Eisenhüte verteilen würde, in Manganviolett, Dioxazinmauve und Carbazolviolett, ihre grasfarbenen Stiele und handförmigen Blätter mit Viridiangrün und dunklem Senfgelb, denen sie am Ende zinkweiße Akzente verpassen würde.

An der kleinen Staffelei begann sie, ihre Bleistiftskizze mit durchsichtiger Wasserfarbe auszufüllen. Lukas Gegenwart am anderen Ende des Ateliers war wie eine voltaische Aufladung. Sie konnte der Versuchung, ihn anzusehen, kaum widerstehen. Wenn sie sich unbeobachtet fühlte, betrachtete sie ihn minutenlang. Sein schönes Gesicht war ernst und konzentriert, die langen blassen Finger zogen mit Hilfe des Skalpells erst die Kelchblätter, danach die Blütenblätter ab, zerteilten die Eizelle und legten die einzelnen Teile auf das Pergament, damit Abi sie später abfotografieren konnte. Seine Sorgfalt und Präzision waren eine persönliche Hommage an Eve, ein Akt der Liebe, und als sie sich wieder ihrem Aquarell zuwandte und sich daran erinnerte, wie diese zarten Hände ihren Körper liebkost hatten, überkam sie ein verrücktes Glücksgefühl, das alle Grenzen sprengte.

In diesem Monat flog Kristof nach Singapur, um an dem Auftrag der Imperial Straits Bank zu arbeiten, so dass sie nun ins Atelier ziehen und sich ausschließlich ihrem Projekt widmen konnte. Und Luka. Perfektes Timing.

Ihre allabendliche Routine begann gegen acht, wenn die anderen sich daran machten, das Atelier zu verlassen. Luka tat so, als bräche auch er auf, packte seine Sachen und ging mit den anderen hinaus. Dann trieb er sich eine Weile in der Nähe herum, bis alle verschwunden waren, und kam wieder zurück. Wenn sie sein leises Klopfen hörte, öffnete sie – da war sie, seine schöne Gestalt, die nun ganz ihr gehörte, von der Tür eingerahmt. Dann trat er ein, und sie sperrten die Welt aus.

Während draußen die schwefelgelb gefärbte Dunkelheit der nächtlichen Stadt den Kanal vergoldete und im Atelier das grelle Licht der Arbeitslampe auf seine Schulter fiel, leuchtete Lukas Gesicht im Schatten wie Gold. Er arbeitete über den Seziertisch gebeugt, als wäre er eine Gestalt aus Joseph Wrights experimentellen Kerzenlichtporträts, eine dunkle Studie in Geduld, Geschick und Ehrfurcht.

Kurz vor dem Morgengrauen gingen sie zu Bett, und sie lag da und wärmte sich an seiner Aufmerksamkeit, erneuert und durchdrungen von seiner Jugend und Schönheit, als hätte er sie sanft damit infiziert.

12

Sie geht weiter die Oxford Street entlang, die selbst zu dieser späten Stunde noch belebt ist. Tausende von LED-Schneeflocken wirbeln über die geschäftigste, hässlichste Einkaufsmeile in ganz London. Unmengen von Menschen stehen andächtig schweigend mit glänzenden Augen vor den reflektierenden Lichtern und bestaunen wie mittelalterliche Pilger vor kerzenerleuchteten Altären die verschwenderisch dekorierten Auslagen. Sie erhascht einen Blick auf ein Schaufenster; hinter einem langen Tisch im Stil des *Letzten Abendmahls* sitzen Riesenpudelmodelle mit Papierkronen und grässlichen italienischen Designerklamotten, reißen ihre Knallbonbons auf und genießen offenbar ein Weihnachtsessen. Das Tableau ist genauso kunstvoll arrangiert wie eine von Jeff Walls fotografischen Inszenierungen aus den siebziger Jahren. Außerdem ist es schlauer als alles von Jeff Koons.

Was verdient ein gewöhnlicher Schaufensterdekorateur im Jahr? Dreißigtausend Pfund? Fünfunddreißigtausend? Neulich hat sie gelesen, dass einer von Koons' *Balloon Dogs,* die ein deutscher Hersteller in seinem Auftrag angefertigt hatte, bei einer Auktion neunundfünfzig Millionen Dollar erzielte.

Sie würde ihre Arbeit nie an einen Hersteller delegieren.

Sie hat den Arbeitsprozess schon immer geliebt und den handwerklichen Aspekt daran genossen. Sie ist gut darin. Anfang der achtziger Jahre ist sie Koons in New York ein paar Mal über den Weg gelaufen. Schon damals war er ein charmanter Scharlatan, der wohl kaum einen Luftballon ohne fremde Hilfe aufblasen konnte. Eves Assistenten waren nur da, um ihr bei unbedeutenden Arbeiten zur Hand zu gehen. Sie allein war der Mittelpunkt ihrer Arbeit.

Mit Lukas Unterstützung war sie in eine Phase beispielloser Produktivität eingetreten. In den folgenden Wochen widmete sie die Tage und Abende der Arbeit, die Nächte der Liebe.

Allmählich spürte sie, dass sich im Atelier eine bestimmte Atmosphäre breitmachte. Es war, als dringe leiser Verkehrslärm in ein Stück erlesener Kammermusik: Sobald man es bemerkt hatte, konnte man es nicht mehr ignorieren. In den ersten Tagen trugen die Assistenten beim Mischen der Pigmente und dem Hantieren mit Formalin Abis Handschuhe, Masken und Brillen zum Schutz vor toxischen Dämpfen. Doch das An- und Ausziehen der Schutzausrüstung war umständlich und zeitraubend; sie rebellierten. Bald war nur noch Abi in voller Montur. Und sie war wütend.

»Wenn ihr eure Gesundheit aufs Spiel setzen wollt, bitte sehr, mir soll's recht sein«, sagte sie eines Morgens.

Luka, der am Seziertisch arbeitete, winkte ihr mit behandschuhten Händen zu und sagte: »Die reichen mir, danke. Ich glaube nicht, dass da Vinci im Schutzanzug herumgelaufen ist.«

Hugo und Matt lachten.

Gekränkt und trotzig verzog Abi das Gesicht. »Hätte er wohl besser. All das Blei und Quecksilber haben ihm nicht gutgetan.«

»Bitte!«, sagte Eve und hob ihren Pinsel wie ein Dirigent den Taktstock. Das genügte, um sie vorläufig zum Schweigen zu bringen.

Luka wollte das Filmen übernehmen, doch Josette war dagegen. Dreharbeiten waren immer ihre Domäne gewesen. Einmal riss sie ihm die Kamera aus der Hand. Diese kleinlichen Streitigkeiten erschienen Eve wie eine Verschwörung, um sie von der Arbeit abzuhalten.

Noch mehr auf die Palme brachten sie die ständigen Anrufe von Ines Alvaro; für das kleinste Detail in puncto Hängung der Gerstein-Ausstellung verlangte sie Eves persönliche Zustimmung. Sollte das neue Gemälde der Kobralilie am Ende ihrer fleischfressenden Serie aus den achtziger Jahren hängen oder am Anfang? Oder doch besser allein? Außerdem bestand Ines auch darauf, die Werbe- und Marketingtermine der Ausstellung mit ihr abzusprechen.

»Der *New Yorker* will ein Porträt von dir machen, und das *T Magazine* bittet um einen Fototermin.«

»Im Augenblick passt es wirklich nicht«, wimmelte Eve sie ab.

Sie beendeten die violette Sequenz, und als sie ihre Signatur malte, EL, im rechten unteren Teil der Blumenwiese, überkam Eve ein Gefühl von echter Bedeutung. Diese anspruchsvolle Unternehmung gehörte nur ihr. Sie hatte ihr ihren Stempel aufgedrückt.

Anschließend gingen sie zu Indigoblau über. Die zweite

Leinwand sollte mit einer Abbildung von *Atropa belladonna,* den geäderten Glocken der Schwarzen Tollkirsche, im Licht der Abenddämmerung gefüllt werden. Die glänzenden dunklen Beeren dieses tödlichen Nachtschattengewächses stellten mit ihrem durchdringenden Duft nach grünen Tomaten eine tödliche Verlockung für Kinder und unbesonnene Spaziergänger dar. Von allen Pflanzen in diesem Florilegium war es die schlichteste, aber sie hatte, wie Nancy es genannt hätte, eine hohe »Markenbekanntheit«. Allein der Name, eine Hommage an Atropos, die griechische Schicksalsgöttin, kündete sie als hellsten Stern am Firmament der Giftblumen an. Atropos führt die Schere, die den Lebensfaden des Menschen zerschneidet.

Diese Pflanze und ihre Beeren waren für mehr Todesfälle verantwortlich als alle anderen giftigen Pflanzen zusammen. Ihr zweiter Name, Belladonna, stand für die pupillenerweiternde Wirkung des Atropins, das man verdünnt in die Augen schöner oder nach Schönheit trachtender Frauen tropfte – Renaissance-Vorläuferinnen der heutigen Botox-Gemeinde, die in der Hoffnung auf einen betörenden Blick ebenfalls der Versuchung erlagen, sich ein tödliches Gift zunutze zu machen. Augenblickliche Schönheit war das Ziel. Wen kümmerten schon die Folgen? Tizians Modell von *Frau mit Spiegel,* deren tiefschwarze Pupillen so groß sind wie venezianische Dukaten, könnte eine Tinktur der Schwarzen Tollkirsche benutzt haben. Zu den Nebenwirkungen gehörten Herzversagen und Blindheit.

Am Oxford Circus stauen sich die Fußgänger. Sie bahnt sich einen Weg durch die Menschenmassen und biegt erst in die Regent Street ein, deren Weihnachtsbeleuchtung an Silhouetten von riesigen Blake'schen Engeln erinnert, und dann in die Great Marlborough Street. Selbst hier, in dieser etwas weniger bevölkerten Nebenstraße, muss sie sich durch Gruppen von Nachtschwärmern drängeln, die sich an den Schaufenstern des in den 1920er Jahren im Neu-Tudor-Stil renovierten Liberty's die Nase plattdrücken. Eve hat ihre Kindheit in einer im Neu-Tudor-Stil renovierten vorstädtischen Enklave verbracht, daher lässt das Fachwerkgebäude sie kalt, und sie geht schnell weiter. Sie hält es mit Pevsner. »Der Maßstab stimmt nicht, die Symmetrie stimmt nicht, und am allerwenigsten stimmen die verdrehten Tudor-Schornsteine.« Kristof hatte versucht, Argumente für das Gebäude zu liefern, hatte seinen »Überschwang« gelobt und Bewunderung für die drei Lichtschächte geäußert. Am meisten nervte er, wenn er am vernünftigsten war. Dabei hatte sie das Gefühl, dass er selbst kein Wort davon glaubte. Und an sie erst recht nicht.

Mit der Zeit fürchtete sie sich vor seiner Rückkehr aus Singapur. Sie hatte keine Ahnung, wohin ihre Affäre führen würde, war aber auch nicht bereit, sie zu beenden. Dem Jungen schien es ernst zu sein. Seine Leidenschaft war ein allnächtliches Wunder. Aber sie hatte ausreichend Enttäuschungen hinter sich, war alt und vernünftig genug, um zu wissen, dass fast alles irgendwann ein Ende hat. Letztlich alles. Sie konnte sich nur ihrer Arbeit sicher sein und stürzte sich mit einer Inbrunst darauf, die ihrem Verlangen nach Luka ebenbürtig war. *Carpe diem.* Und *carpe puerum.* Nutze den Jungen.

Die Gegenwart der übrigen Mitarbeiter zwang den Liebenden die notwendige Disziplin auf. Zehn Stunden höflicher Zurückhaltung befeuerte die wilde Entladung in der Nacht, und jeden Morgen, wenn sie wieder bei der Arbeit oder in Gesellschaft waren, spürte Eve Lukas Kraftfeld, selbst wenn sie sich an entgegengesetzten Teilen des Ateliers aufhielten. Die anderen ahnten vermutlich, was los war. Josette und Glynn hatten feine Antennen für Klatsch und waren eindeutig eifersüchtig auf ihn. Wieso auch nicht? Sie waren ja auch aufeinander eifersüchtig.

Glynn bereitete die grüne Grundierung für die Nachtschattenleinwand vor und wählte Preußischblau für eine sommerliche Abenddämmerung, während Josette filmte, wie Eve an dem dazugehörigen Aquarell arbeitete, über den Arbeitsprozess berichtete und die Geschichte von Jeanne Baret erzählte.

»Dieser Strauß ist in Wirklichkeit ihr gewidmet.« Sie skizzierte die dunklen, glockenförmigen Blütenköpfe und die schimmernden Beeren – »Waldnachtschatten« lautete einer der Volksnamen laut Kräuterhandbuch. »Und allen Malerinnen und Botanikerinnen, die immer nur im Schatten wirkten, den viktorianischen Frauen, gründlichen Naturwissenschaftlerinnen, die dazu verurteilt waren, selbst ewig Amateurinnen zu bleiben und ihre Ergebnisse an ihre ›professionellen‹ männlichen Kollegen weiterzureichen, die dann die Lorbeeren dafür einheimsten.«

Die Spannungen im Team wurden deutlicher und drohten bald, die Arbeit zu untergraben. Hugo und Matt ergriffen Partei gegen Luka und verbündeten sich mit Glynn und Josette, um ihn aus ihren Gesprächen auszuschließen. Eines

Nachmittags beobachtete Eve, wie Hugo an Lukas Seziertisch vorbeiging und ihn anrempelte, so dass ihm das Skalpell aus der Hand fiel. Luka warf Hugo nur einen kühlen Blick zu, bückte sich, um das Skalpell aufzuheben, und setzte seine Arbeit fort. Wären doch alle so konzentriert bei der Arbeit wie er! Abi ging allen auf den Wecker. In Schutzanzug, Handschuhen, Atemmaske und Schutzbrille erteilte sie ihren Kollegen, die nur noch die Augen verdrehten, unablässig Lektionen in Sachen Arbeitsschutz. Luka revanchierte sich mit Sticheleien. Ob sie eine Mondlandung vorhabe?

»Ihr seid alle so negativ«, sagte sie mit jämmerlich bebender Stimme.

Luka lachte. »Schau dich doch mal selber an!«

Eve musste erneut dazwischengehen. »Können wir bitte bei der Arbeit bleiben?«

Später platzte sie mitten in einen hitzigen Streit zwischen Luka, Hugo und Matt, und direkt bevor sie sie bemerkten und verstummten, spürte sie, dass Gewalt in der Luft lag. Luka hatte die Hände zu Fäusten geballt. Er stand seinen Mann, und sie empfand einen seltsamen besitzergreifenden Stolz. Als sie ihn abends nach der Auseinandersetzung fragte, spielte er alles herunter. »Männliche Egos«, murmelte er.

Eines Morgens, als sie an der unteren Hälfte der Leinwand arbeitete und den purpurnen Blüten und schimmernden Beeren den dunklen Farbton der späten Abenddämmerung verpasste, lenkte Geschrei am anderen Ende des Ateliers sie ab. Abi kreischte irgendwas Unzusammenhängendes. Eve drehte sich um und sah, wie sie ihren Kittel und die Schutzbrille abnahm, beides zu Boden warf und unter Tränen davonrannte. Die übergroßen Budapester quietschten in der plötzlichen Stille. Sie riss die Ateliertür auf, lief nach draußen und ließ die Tür hinter sich zuknallen. Sie würde nicht zurückkommen.

Glynn und Josette nahmen Eve beiseite und machten Luka für Abis Nervenzusammenbruch verantwortlich. Er habe sie gemobbt, sagte Glynn.

»Er hat sich ständig über sie lustig gemacht«, setzte Josette hinzu.

»Wirklich?« Eve tunkte die Spitze ihres feinen Katzenzungenpinsels ins Zinkweiß, um den Beeren einen belebenden Glanz zu verleihen. »Dann muss sie aber extrem dünnhäutig sein, das arme Ding.«

Hugo und Matt standen in einer Ecke und beratschlagten sich. Nur Luka hatte einen Sinn für das, was wichtig war. Er war längst wieder zu seiner Arbeit zurückgekehrt.

Nachts im Bett beruhigte Luka sie. »Du vergeudest wirklich nur deine Energie, wenn du dich mit so was rumschlägst. Diese Leute sind Nieten. Du weißt, worauf es ankommt. Und ich auch. Machen wir weiter.«

Er übernahm Abis Rolle als Standfotograf und half Josette freiwillig mit den Pigmenten und den schwebenden Herbarien. Er lernte schnell, und der Übergang vollzog sich äußerlich nahtlos. Es war eine Erleichterung, Abi nicht mehr im Atelier zu haben, die hinter der Schutzbrille immer nur die Stirn gerunzelt hatte. Sie war der Inbegriff eines Miesepeters gewesen.

Doch zwei Tage später, als Luka gerade Lunch für das Team besorgte (weder Hugo noch Matt hatte sich gerührt, als Josette sie darum gebeten hatte), wandte sich Glynn an Eve, die auf der fahrbaren Plattform stand und an der oberen Hälfte der Indigo-Leinwand arbeitete.

»Kann ich mal kurz mit dir reden?«, fragte er.

»Muss das sein?«

Widerwillig stieg sie die Leiter hinab. Wie oft würde man sie heute noch unterbrechen?

»Er muss weg«, sagte Glynn.

»Wer?«, fragte Eve und tauchte ihren Pinsel in die Farbe. Zwei Drittel Preußischblau, ein Drittel Himmelblau.

»Luka. Er ist ein Störfaktor.«

Eve zuckte mit den Schultern und wandte sich wieder ihrer Arbeit zu. »Was spricht gegen ein wenig Störung?«

Josette kam Glynn zu Hilfe.

»Er schadet dem Team«, sagte sie. In ihrer Stimme schwang ein unangenehmer Hauch von Beckmesserei mit. »Wir kamen gut miteinander aus. Alles war harmonisch – bis er aufgetaucht ist.«

»Harmonisch?« Eve konnte ihre Gereiztheit nicht verbergen. »Davon habe ich nichts mitbekommen. Das müsstest du doch mittlerweile wissen: Harmonie ist mir egal. Das hier ist ein Künstleratelier, keine Chorprobe.«

Schweigend machten sie sich wieder an die Arbeit.

An diesem Abend schien Luka im Bett nicht bei der Sache zu sein. Eve fragte ihn, was los sei, und er drehte sich von ihr weg.

»Ist nicht wichtig.«

»Sag es mir!«

Sie stützte sich auf den Ellbogen und betrachtete ihn – das ernste Gesicht, der romantische Dichter, zu empfindlich für diese Welt. Wallis' junger Chatterton, malerisch auf dem Totenbett arrangiert.

»Hugo und Matt, die Hells Angels von Eton. Sie verarschen uns.«

»Was soll das heißen?«

»Sie nehmen die Arbeit nicht ernst.«

»Als Assistenten wären sie nicht meine erste Wahl gewesen, weißt du«, sagte sie. »Aber für die schweren technischen Arbeiten waren sie nützlich. Sollen sich Josette und Glynn mit ihnen rumschlagen. Ich kann mich wirklich nicht auch noch um solche Kleinigkeiten kümmern.«

»Ich weiß, ich weiß«, sagte er, zog sie an sich und küsste sie. »Ich wollte dich damit auch nicht behelligen. Wird schon gutgehen. Nur das Werk zählt. Das ist mir klar.«

»Das Werk – und wir«, berichtigte sie ihn.

13

Eve ist dem grässlichen Swinging-London-Themenpark der Carnaby Street ausgewichen und geht nun durch die Berwick Street, wo sie früher mit Mara und Wanda Restposten von Seide, Samt und Taft, Straußen- und Pfauenfedern aufkaufte, um wilde Partykostüme zu schneidern und sich mit billigen Schätzen zu schmücken, die sie auf Flohmärkten und Wohltätigkeitsbasaren fanden. Wenn sie nicht gerade wie postapokalyptische Punkkriegerinnen herumliefen, verkleideten sie sich als Odalisken in Aladins Harem. Sie erinnert sich an einen verkaterten Morgen, als sie während der Rushhour in der überfüllten Tube von Gloucester Road nach Hackney zurückmusste, mit nichts am Leib als einem gürtellosen bestickten Kimono und einem Paar kniehoher Stiefel. Ihre jugendliche Liebe für Kostüme war ein Charakterzug, den sie an Nancy vererbt hatte. Das und ihre Ungeduld als Mutter.

Sie folgt der Wardour Street und pflügt sich durch Wellen von Betrunkenen. Die meisten sind fröhlich, manche tragen Weihnachtsmannmützen oder Papierkronen auf dem Kopf, und sie spürt einen Hauch von Sehnsucht nach den schlimmen alten Zeiten, als Soho noch wirklich gefährlich war, nicht Treffpunkt für Touristen, Büroangestellte und Studenten auf Sauftour. Aber sie sollte sich lieber nicht mit der

Vergangenheit beschäftigen, obwohl sie in letzter Zeit angenehmer ist als die Gegenwart.

Nach Abis demonstrativem Abgang und dem Versuch ihrer Assistenten, Luka loszuwerden, schien sich die Atmosphäre für ein paar Tage zu beruhigen. Eve stand wieder auf der Plattform und beendete die Leinwand mit dem Waldnachtschatten. Während sich Glynn und Josette auf den billigen Plätzen unten abmühten, kam sie hier oben mit ihrer Arbeit zügig voran. Die beiden erledigten fleißig ihre Aufgaben. Vielleicht war das Schweigen im Atelier geladen, doch die Stille kam Eve gelegen. Wenn sie einen externen Stimulus brauchte, legte Luka Musik auf oder schaltete die Nachrichten ein. Die Berichte über globale Konflikte oder düstere Wirtschaftsaussichten rückten die Streitigkeiten im Atelier praktischerweise in Perspektive.

Selbst Matt und Hugo waren zugänglich und boten sich mit fast unglaubwürdigem Eifer freiwillig für Botengänge an. Ohne Murren montierten sie die erste Vitrine und füllten sie mit der Konservierungsflüssigkeit für die Herbarien, und nachdem Josette die Eisenhutexemplare hineingelegt hatte, versiegelten sie den Glasbehälter mit einem Acetylenbrenner. Es herrschte eine feierliche Stimmung, als sie sich um die Vitrine versammelten und die purpurnen Blüten, Blätter und Samen bewunderten, die in ihrem flüssigen Grab erzitterten.

Beschwingt kehrte Eve wieder zu ihrem Gemälde zurück. Mit einem feinen japanischen Marderpinsel tupfte sie hauchzarte titanweiße Akzente auf das Phthalogrün der Blätter. Matt und Hugo hatten anstandslos Sandwiches aus dem Feinkostladen besorgt, und ihr Lunch schien einigermaßen kollegial zu verlaufen. Bis alles explodierte.

Sie saßen am Tisch, aßen und tranken Kaffee, als Luka plötzlich aufsprang und sein Sandwich quer über den Tisch schleuderte.

»Komm schon. So übel ist es nun auch nicht«, sagte Matt. Hugo und er grinsten.

»Du Arsch!«, rief Luka.

»Reg dich ab!«, erwiderte Hugo, lehnte sich zurück, streckte die Beine aus und verschränkte die Hände hinter seinem Kopf.

Luka ging mit geballten Fäusten auf ihn zu. »Du hast versucht, mich umzubringen!«

Jetzt sprangen Hugo und Matt auf und gingen in die Offensive. Sie hatten den Vorteil von Größe und Masse.

Eve musste einschreiten. »Was ist denn los?«

Luka sah sie an. »Sie haben versucht, mich umzubringen.«

»Was zum Teufel redest du da?«, sagte Hugo.

»Der Mann ist bekloppt. Völlig meschugge«, sagte Matt.

»Immer mit der Ruhe«, mischte sich Glynn ein und hob beschwichtigend die Hände. »Hier hat niemand versucht, irgendwen umzubringen.«

Luka griff nach dem Sandwich und klappte es auseinander. Zwischen Käse und Salatblättern lagen zwei violette Blüten. Mönchshut.

Natürlich stritten Hugo und Matt alles ab. Doch wer konnte es sonst gewesen sein? Die Menge an Aconitin wäre möglicherweise nicht tödlich gewesen. Doch darum ging es nicht. Die Atmosphäre im Atelier war vergiftet, der Bruch nicht wieder zu kitten. Hugo und Matt mussten gehen.

Josette und Glynn setzten sich für sie ein, doch Eve blieb eisern. Die schweren Vorarbeiten waren sowieso fast beendet. Sämtliche Leinwände lehnten fertig grundiert an der Wand, die meisten Vitrinen waren montiert, sie mussten nur noch gefüllt werden, und die chemischen Vorräte standen bereit.

»Macht, dass ihr rauskommt!«, sagte Eve. »Sofort!«

Als sie am Abend schließlich mit Luka allein im Atelier war, spielte er den Anschlag auf seine Gesundheit, wenn nicht auf sein Leben, herunter.

»Wir brauchen die beiden nicht. Das war's«, sagte er.

Er wollte nicht weiter darauf eingehen und fing an, Eve an der Leinwand zu filmen. Tagsüber mochte Josette die Kamera mit Beschlag belegen, aber am Abend gehörte sie ausschließlich ihm.

»Jetzt können wir uns ganz auf deine Arbeit konzentrieren statt auf das Ego dieser beiden Idioten«, sagte er. »Es ist so irre, bei diesem Projekt mitzumachen. Das war das Problem mit Hugo und Matt, sie haben das nicht begriffen.«

Er sei sicher, dass er all ihre Aufgaben übernehmen könne.

»Es geht schließlich nicht um Raketentechnik«, sagte er, während er die Kamera scharfstellte. »Ich habe die beiden beobachtet. Was ist schon dabei, eine Glasvitrine zusammenzubauen und ein paar Dosen mit Chemikalien hin und her zu tragen?«

Sie entspannte sich und bewunderte seine Tüchtigkeit. Später im Bett hatte sie das Gefühl, dass ihre Leidenschaft noch größer war als zuvor.

»So etwas habe ich noch nie erlebt«, eröffnete er ihr. »Du bist besser als jede Droge.«

Erschöpft und euphorisch lagen sie nebeneinander. Die Annahme, dass Dankbarkeit eine Rolle in seiner Begeisterung spielte, wäre eine absurde Verkürzung gewesen, trotzdem wusste Eve, dass Luka ihr sehr viel verdankte – sie hatte Partei für ihn ergriffen und seinem Leben einen Sinn verliehen. Zwar sprachen beide nicht gern darüber, aber sie hatte ihn auch gut bezahlt, er verdiente mehr als mit seiner Webseite für die alten Meister, und sie hatte sein Gehalt erhöht, als er nach Abis Abgang deren Aufgaben übernommen hatte. Jetzt, nachdem sie Matt und Hugo gefeuert hatte, würde es noch mehr werden.

Am nächsten Tag skizzierte sie in groben Zügen das Aquarell für die blaue Sequenz – Akelei. Glynn nahm sich die große Leinwand vor, und Josette, ausstaffiert mit Abis Schutzbrille, Atemmaske und Handschuhen, wählte mit einer Pinzette vorsichtig einige Exemplare des Waldnachtschattens aus und legte sie in den mit Formalin gefüllten Glasbehälter.

Eve sah, wie Josette Luka wegstieß, als er sich über sie beugte.

»Josette! Ich will doch nur helfen.«

»Ich komme ganz gut allein zurecht, danke.«

»Lass ihn doch auch mal versuchen«, sagte Eve, obwohl ihr schon beim Sprechen bewusst wurde, dass sie sich anhörte wie Mara, wenn sie zwischen ihre streitenden Kinder ging und sie daran erinnerte, dass es besser war »zu teilen«.

Josette trat einen Schritt zurück, nahm Schutzbrille und Handschuhe ab und warf sie genervt Luka zu. Er ignorierte sie, ergriff die Pinzette und ließ die wenigen letzten Pflanzen ins Herbarium fallen.

»Kinderleicht«, sagte er.

Zumindest schien es so. Mit verschränkten Armen und noch immer gekränkt – immerhin hatte er ihre Expertise und Autorität untergraben – fragte Josette Eve, ob sie den Behälter überprüfen wollte, bevor sie ihn versiegelten.

Eve interessierte sich nicht für technische Details. Sie wollte nur die Sache selbst sehen, die erleuchtete Vitrine mit den zergliederten Blüten. Sie sah genauso aus, wie sie es sich vorgestellt hatte. Die in dem durchsichtigen Medium schwebenden Exemplare des Nachtschattengewächses schienen leicht im Raum zu zittern, und die von hinten beleuchteten Beeren schimmerten wie schwarze Tränen.

»Perfekt«, sagte sie.

Noch ehe Josette etwas einwenden konnte, setzte Luka die Schutzbrille auf, griff nach dem Acetylenbrenner und versiegelte die Vitrine hastig unter einem Schwall von Funken. Erneut verdrängt, machte Josette ein böses Gesicht, ging um den Behälter herum und beugte sich darüber, um mit einem Schraubenzieher die Ränder abzuklopfen, sichtlich verärgert, als sie keinen Fehler in Lukas Werk entdecken konnte.

»Das genügt, Josette«, sagte Eve. »Lass es gut sein. Machen wir weiter.«

Josette ließ den Schraubenzieher auf den Deckel der versiegelten Vitrine fallen.

»Pass auf!«, sagte Luka mit einem unnötig stichelnden Unterton. »Sonst machst du sie noch kaputt!«

Josette warf ihm einen finsteren Blick zu.

»Komm, Jos«, sagte Glynn. »Sortieren wir die Pigmente.«

Eve wandte sich den Rundfunknachrichten über Waldbrände in Griechenland zu – bis zu hundert Tote – und dachte an die Flächenbrände hier im Atelier. Bislang keine Toten. Aber das Feuer breitete sich aus. Die Anspannung war deutlich zu spüren. Inzwischen weigerten sich Glynn und Josette, Luka direkt anzusprechen. Eve sagte sich, dass Spannungen gut für den kreativen Prozess waren. Und fürs Schlafzimmer offenbar auch.

Glynn war fast fertig damit, die Grundfarbe auf der dritten Leinwand aufzutragen, und das frische Grün der Wiese würde bald für die verstreuten blauen Akeleisterne bereit sein. Josette filmte wieder und schien hinter der Kamera ihre Fassung zurückzugewinnen. Sie zoomte Eve heran, während diese an dem Aquarell arbeitete, befragte sie nach ihrer Methode und nahm die extravaganten Bewegungen von Glynns Arm auf, während er die Chromoxidlasur auf die Leinwand brachte. Am Schluss machte sie noch eine Nahaufnahme der beiden schwebenden Herbarien und der fünf leeren Aquarien, die darauf warteten, gefüllt zu werden.

»In vielerlei Hinsicht ist der Prozess eine Recherche«, sagte Eve, während sie versuchte, ihrem feinsten Schlepperpinsel die zarten Sporen der Blüten zu entlocken. »Wenn ich etwas über eine Sache lernen will, male ich sie.«

Sie bemerkte, dass Josette sorgfältig vermied, Luka einzubeziehen, die Kamera machte einen Bogen um den Seziertisch und nahm jeden Winkel des Ateliers auf, nur nicht seinen Platz. Es war kindisch. Sie war fast zehn Jahre älter als Luka, trotzdem war er ihr in puncto Reife überlegen.

Ihre Kunst hatte Josette längst aufgegeben, nicht aber das klischeehafte Temperament einer Diva. Fast zehn Jahre hatte Eve mit den heftigen Gemütsschwankungen ihrer Assistentin gelebt, aber diese Kleinlichkeit war ärgerlich. Wäre sie nicht so kompetent und loyal gewesen, hätte Eve sie längst vor die Tür gesetzt.

»Wie heißt die hier noch mal?«, fragte Luka.

Josette stöhnte, leicht verächtlich.

Luka ignorierte sie, Eve auch.

»*Aquilegia vulgaris*«, sagte Eve. »Der lateinische Ausdruck für Adler – die Blüten sehen angeblich aus wie die Krallen eines Adlers. Manchmal wird sie auch Columbine genannt.«

»Wie das Massaker?«

An diese Verbindung hatte sie nicht gedacht.

»Wie das lateinische *columbus*«, erklärte sie. »Der Tauberich.«

»Nach zwei Vögeln also. Einem Raub- und einem Friedensvogel.«

»Wenn man so will. Der Volksname ist Elfenhandschuh.«

»Handschuh?« Er hielt die Blüte hoch und kniff die Augen zusammen. »Ja stimmt. Jetzt sehe ich es.«

»Eine ziemlich gefährliche Elfe«, sagte Eve.

Er lachte, und Eve sah, wie Glynn und Josette einen verächtlichen Blick wechselten.

»Wie giftig ist sie denn?«, wollte Luka wissen.

»Nun, nicht so tödlich wie andere.« Sie war entschlossen, sich von Josettes schlechter Stimmung nicht anstecken zu lassen, nahm das Kräuterhandbuch und las: »›Gastroenteritis, Herzrasen … wurde früher benutzt, um Fehlgeburten auszulösen‹. Nicht gerade angenehm, aber das manganblaue Pigment, das wir gleich mischen werden, ist tatsächlich um einiges giftiger.«

Das durchsichtige Pulver, das von Generationen von Malern benutzt worden war, um einen Sommerhimmel zu malen, galt heute als so umweltschädlich und gefährlich für Menschen, dass seine Herstellung inzwischen verboten war. Glynn und Josette hatten ihre ganze Findigkeit, die sie so unentbehrlich machte, aufgebracht, um ein paar illegale Vorräte ausfindig zu machen. Es war hilfreich, sich daran zu erinnern, wie nützlich die beiden waren.

»Das wird ja immer interessanter«, sagte Luka und musterte die Dose mit den pulverisierten Pigmenten mit neuem Respekt.

Josette griff nach der Kamera und huschte an ihm vorbei, so dass Eve ihn nicht mehr sehen konnte. Die Linse schwenkte durch das Atelier und nahm alles auf, nur den Jungen nicht.

14

Es hat wieder angefangen zu regnen. Sie sucht Schutz in einem Eingang der Frith Street – einem kleinen Luxushotel, das vor zweihundert Jahren, als es noch eine schlichte Pension in Soho war, den unsteten Maler und eigenwilligen Schriftsteller William Hazlitt beherbergt hatte, einen von Florians Helden. Wenn sich Florian über eine echte oder eingebildete Beleidigung aufregte, zitierte er, was Hazlitt über die Freuden des Hasses geschrieben hatte: »Legen wir den fadenscheinigen Schleier der Menschlichkeit ab ... der größtmögliche Nutzen eines Individuums besteht darin, seinem Nächsten so viel Schaden wie möglich zuzufügen.«

Florian war ein Meister im Hassen, genau wie im Lieben und Porträtieren, und sein nachhaltigster Vorrat an Verachtung war jenen vorbehalten, die ihm am nächsten standen: ehemaligen Freunden wie Lucian Freud (viel zu erfolgreich für Florians Geschmack), seinem früheren Kunsthändler (der das Verbrechen beging, auf seine volle Kommission zu pochen) und Eve, der Geliebten, die ihm entkommen war.

Sie sucht in ihrer Handtasche nach dem Regenschirm, als zwei Touristen, Amerikaner, vermutlich Eheleute, in Regenmänteln aus dem Hotel treten, um ein Taxi zu rufen.

»Londoner Regen, wie?«, sagt der Mann freundlich zu Eve.

»Ja!«, antwortet sie mit einem Lächeln, das vom Gefühl ihrer eigenen Boshaftigkeit verzerrt ist.

Hätte sie die Energie gehabt, hätte sie ihn darauf hingewiesen, dass es in London tatsächlich weniger häufig regnet als in Paris, New York oder gar Rom. Aber der Ruf ist eine knifflige Angelegenheit, ein fadenscheiniger Schleier, der die Trägerin erst verbirgt und anschließend verzehrt. Sollten sie doch ihrem beruhigenden Klischee vom regnerischen London nachhängen.

Sie versucht den Menschenmassen zu entgehen und findet sich in der Manette Street wieder, hinter dem Grundstück der traditionsreichen Buchhandlung Foyles, wo einige ihrer radikaleren Kommilitonen auf Bücherraubzüge zu gehen pflegten. Solche Art von Ladendiebstahl sei ein politischer Akt, meinten sie. Eve hatte lächelnd genickt – schon damals boshaft – und sich entschuldigt. Als junge Studentin war sie zwar darauf bedacht gewesen, ihre Vorstadtwurzeln loszuwerden, brachte aber diesen Schritt zum Diebstahl nicht fertig und hasste sich wieder einmal für ihre bürgerliche Furchtsamkeit.

Wo waren sie jetzt, diese schneidigen Helden der Revolution? Mara hatte noch Kontakt zu einigen von ihnen – die prominentesten Überlebenden bereiteten sich inzwischen auf ihre Pensionierung von leitenden Stellen beim Fernsehen, bei Zeitungen, Kommunalverwaltungen oder Kanzleien vor und betrachteten Ladendiebstahl sicherlich nicht mehr als kühnen Schlag gegen die Ungerechtigkeiten des kapitalistischen Monopols.

Eve hatte schon immer Mühe gehabt, Menschen zu durchschauen, und deshalb überraschte die Kluft zwischen geäußerter Absicht und tatsächlichem Handeln sie unablässig aufs Neue. Kristof war hellsichtiger. Selbst die tugendhafte Mara konnte Scheinheiligkeit aus hundert Metern Entfernung riechen. Und Luka? Er hatte Eve angesehen und augenblicklich durchschaut. Für sie jedoch waren Pflanzen schon immer die bessere Wahl gewesen. Pflanzen und Farben.

Sie hatte so hart gearbeitet, dass ihr die Warnzeichen entgangen waren. Nach einem eher halbherzigen Versuch, Liebe zu machen, sie schob es auf Hitze und Erschöpfung, streckte sich Luka neben ihr aus und gestand:

»Nein, nein, es liegt nicht an der Arbeit. Und auch nicht an dir. Es ist Josette. Sie hat von Anfang an versucht, mich zu sabotieren.«

»Mach dir ihretwegen keine Gedanken«, sagte Eve und streichelte sein Gesicht. »Sie ist schwierig.«

»Schwierig? Sie ist eine Soziopathin.«

»Jetzt übertreib mal nicht. Sie arbeitet sehr gut. Und sie ist loyal.«

»Loyal sich selbst gegenüber.«

Er schob Eves Hand weg.

»Was genau hat sie dir getan?«, fragte sie. Allmählich ging ihr seine schlechte Laune auf die Nerven. »Na los, Luka, sag's mir.«

Er drehte sich von ihr weg.

»Was ist los?«

»Nichts, womit ich nicht allein fertig werden kann.«

»Komm schon«, drängte sie. »Raus damit.«

Er drehte sich auf den Rücken, verschränkte die Hände unter dem Kopf und starrte an die Decke.

»Sie ist dermaßen von sich eingenommen. Gemischtrassig und lesbisch obendrein. Alles spricht für sie, oder?«

Seine plötzliche Bitterkeit erschütterte Eve. Sie wusste nicht, wie sie reagieren sollte.

»Nun«, sagte sie schließlich. »Man muss sie nicht mögen, um mit ihr zu arbeiten. Ich komme nicht ins Atelier, um Freunde zu finden. Davon könnte ich jede Menge zu Hause treffen.«

»Ist das hier nicht dein Zuhause?«

Er sah so verletzlich aus.

»Doch, natürlich. Mit dir fühle ich mich hier zu Hause«, sagte sie sanft. »Aber drüben im Atelier wird gearbeitet. Dort haben Egos keinen Platz.«

Wieder runzelte er die Stirn.

»Willst du damit sagen, dass ich ein Egoist bin?«

»Nein! Wir reden über Josette. Sie ist eine starke Persönlichkeit. Sie arbeitet schon sehr lange für mich. Sie ist ungeheuer loyal, und sie ist eifersüchtig auf dich. Lass dich davon nicht runterziehen. Du arbeitest so gut.«

»Meinst du das ernst?«

Was für eine rührende Unsicherheit.

»Du bist eine wunderbare Hilfe.«

Er zog sie an sich, und sie küssten sich. Der Augenblick der Leidenschaft war vorbei, aber auch das schlichte Zusammensein war erfüllt von sinnlicher Lust.

Während sie langsam wegdriftete, ihr Kopf auf seiner Brust, fuhr er wieder hoch.

»Aber Josette ist so egoistisch. Und ihre Aufnahmen sind nutzlos. Total langweilig. Trotzdem lässt sie mich nicht in die Nähe der Kamera. Alles dreht sich nur um sie. Ich traue ihr nicht über den Weg, und du solltest es auch nicht tun.«

»Pssst … lass uns jetzt schlafen.« In ihrer Stimme schwang mehr Ungeduld mit, als sie beabsichtigt hatte.

Er ließ nicht locker. »Ich sehe es. Du nicht.« Er schüttelte die Decke ab und setzte sich auf. »Ich habe gesehen, wie sie mit Glynn tuschelte, wie sich die beiden über dich lustig gemacht haben und über deine Arbeit hergezogen sind. Ich habe gesehen, wie sie hinter deinem Rücken die Augen verdreht und Glynn in die Seite gestoßen hat. Wenn du wüsstest, wie sie über dich redet. Sie genießt ihre Stellung im Atelier, aber deine Arbeit schätzt sie nicht. Sie stört sich an dem, was wir haben, du und ich, und deshalb hat sie es auf mich abgesehen.«

Jetzt waren beide hellwach. Eve saß neben ihm und starrte in die Schatten des dunklen Raums. Die Nachricht von diesem Verrat war erniedrigend genug, aber noch verletzender – die vergiftete Pfeilspitze – war, dass ihr Liebhaber es mitbekommen hatte.

Trotzdem fühlte sie sich zu erschöpft, um diesen Streit mit Josette auszutragen. Sie steckten mitten in einem komplexen Projekt. Für die Arbeit wäre es katastrophal. Eve musste darüber nachdenken. Strategisch vorgehen.

»Ich spreche mit ihr«, sagte sie. »Ich sage ihr, dass sie dich in Ruhe lassen soll. Dass sie sich zusammennehmen muss.«

»Und wenn nicht?«

»Sie wird es tun.«

»Tja«, sagte er und ballte die Fäuste. »Aber wenn nicht, weiß ich nicht, ob ich noch hier arbeiten kann.«

Eve streckte die Hand aus und streichelte seinen Arm. »Vertrau mir. Wir kriegen das schon hin. Alles wird gut. Und jetzt schlaf.«

Sie verlässt die Charing Cross Road und biegt in die ruhigere Denmark Street ein, die Tin Pan Alley der sechziger und siebziger Jahre. Hier hatten sich Freunde mit musikalischen Ambitionen in Gitarrenläden herumgedrückt, die in Gebäuden aus dem achtzehnten Jahrhundert untergebracht waren, und hier hatten die Sex Pistols, die möglicherweise von solchen Ambitionen profitiert hätten, unter der Leitung des gewieften Svengali Malcolm ihre chaotischen Sets geprobt. Die Straße hat trotz umfangreicher Abrissarbeiten und Neubauten in der Gegend, die Platz für die neue Bahnverbindung schaffen sollten, ihren verwahrlosten Charme bewahrt. Kristof hatte sich zustimmend über die »funktionale Mischnutzung« am St. Giles Circus und die »innovativen verschiebbaren Fassaden« der neuen Gebäude geäußert. Zugegeben, gegenüber dem St. Giles aus dem achtzehnten Jahrhundert, das William Hogarth zu seinen Gin-Lane-Kupferstichen inspirierte, einer umfassenden Studie über das Übel von Armut und Sucht, muss es eine Verbesserung sein. Doch wenn es nach Eve geht, so sind diese neuen Kästen mit ihren grellen Farben und den senfgelben, schleimgrünen und backsteinroten Gitterfronten dermaßen hässlich, dass der nahegelegene Centrepoint einem wie Sanssouci vorkommt.

Sie kann förmlich hören, wie Kristof mit ihr schimpft.

»Das Problem mit dir ist, dass du eine als Rebellin verkleidete Traditionalistin bist.«

Ach, wäre das ihr einziges Problem …

Luka hatte Josettes Verrat als Erster erkannt, und Eve warf sich vor, dass er ihr völlig entgangen war, weil sie Scheuklappen trug. Dieses Versäumnis veranlasste sie zu einer ernsthaften Überlegung: Für eine Künstlerin, deren wichtigster Sinn die visuelle Wahrnehmung war, hatte sie sich einer fatalen Kurzsichtigkeit schuldig gemacht. Ihre Augen hatten sich zu lange auf Mikroskop und Vergrößerungsglas konzentriert, und darüber hatte sie vergessen aufzublicken. In die zellulären Details von Blütenblättern und Staubgefäßen versunken, hatte sie nicht bemerkt, dass die Blume welkte und der gesamte Garten dahinter zu einer Einöde geworden war. Dasselbe galt für das Atelier. Und für ihre Ehe. Im Grunde für alle ihre Beziehungen.

An diesem Morgen fingen Luka und sie in aller Frühe an zu arbeiten, zwei Stunden bevor die anderen kamen. Während sie auf die Leiter kletterte, um sich die blaue Leinwand vorzunehmen, ging er zum Seziertisch.

»Eve!«

Sein durchdringender Schrei schreckte sie auf.

»Was ist?« Schnell kletterte sie die Leiter wieder hinab und lief auf ihn zu.

»Sieh dir das an!«

Er zeigte auf die Vitrine mit dem Waldnachtschatten – das Herbarium, das er gestern fertiggestellt und so fachmännisch versiegelt hatte. Der Boden darunter war mit einer zähen glänzenden Flüssigkeit bedeckt, die deutlich sichtbar aus der Vitrine tropfte. Der durchsichtige Behälter mit den Beeren, Blüten und Blättern von gestern glich einem misslungenen Eintopf aus verschrumpelter Vegetation.

Sie war wütend auf Luka. Vor allem aber auf sich selbst. Noch eine Fehleinschätzung. Ihre Wahrnehmung war auf so idiotische Art von ihrer Begierde verzerrt, dass sie diesem unerfahrenen, von sich selbst überzeugten Jungen vertraut hatte. Er erweckte den Anschein, als wüsste er, was er tat. Und geblendet von ihrer Intimität hatte sie ihn auch noch ermutigt.

Doch jetzt zeigte er auf die Ecke der Glasvitrine, wo die undichte Stelle war. Das war keineswegs ein unfachmännisch versiegelter Rand, sondern ein Sprung im Glas: Es war beschädigt, aufgebrochen, wahrscheinlich mit dem Schraubenzieher, den Josette gestern auf die Vitrine hatte fallen lassen, nachdem sie erst so ein Theater gemacht hatte, um Lukas Arbeit zu inspizieren.

Als Josette schließlich durch die Tür platzte, eine nach Patchouli duftende Wolke aus rosarotem Haar und bunten Gewändern mit einer Schachtel Gebäck für den Morgenkaffee in der Hand, während sie mit Glynn über einen gemeinsamen Witz lachte, gab sie sich angesichts der beschädigten Vitrine schockiert und besorgt. »O Gott, nein! Wie ist das passiert?« Und die Andeutung, dass sie dafür verantwortlich sein könnte, wies sie empört von sich.

»Warum zum Teufel hätte ich so was tun sollen?«

»Sag du es mir«, entgegnete Eve kühl.

Josette drehte sich zu Luka um. »Jede Wette, dass er das war.«

»Erbärmlich«, gab Luka zurück und schüttelte den Kopf. »Erst zerstörst du meine Arbeit und dann versuchst du auch noch, mir die Schuld in die Schuhe zu schieben. Jeder hier weiß, dass du mich von Anfang an auf dem Kieker hattest.«

Glynn mischte sich ein und versuchte, zwischen ihnen zu vermitteln.

»Moment mal. Das ist nun wirklich nicht nötig. Es muss ein Versehen gewesen sein. Wir fangen einfach noch mal von vorn an. Wenn wir alle zusammen helfen, sind wir in ein paar Stunden fertig.«

»Netter Versuch«, sagte Luka. »Willst du deine Freundin in Schutz nehmen, oder was?«

Eve wusste, dass sie dazwischengehen musste, bevor ihr die Sache entglitt.

»Glynn, das war Absicht, es geht um kriminelle Beschädigung. Wir können nicht einfach zur Tagesordnung übergehen.«

Josette warf Luka einen finsteren Blick zu. »Meine Rede.«

»Es reicht, Josette«, sagte Eve.

»Was hier auch passiert ist«, fuhr Glynn fort, direkt an Eve gewandt, »was immer in der Hitze des Gefechtes gesagt oder getan worden ist, über eins sind wir uns doch wohl alle einig: Wir müssen uns wieder an die Arbeit machen. Es ist ein so großartiges Projekt, der Höhepunkt jahrelanger gemeinsamer Arbeit. Josette und ich sind froh, dabei zu sein, und wollen dir helfen, deine Vision zu verwirklichen.«

Um ein Haar hätte sich Eve überreden lassen, es war so viel einfacher, das Ganze zu vergessen, es auf einen unbedachten Temperamentsausbruch zurückzuführen, noch einmal von vorn anzufangen. Sie waren schon so lange ein Team, Josette, Glynn und sie. Doch dann brach Luka das Schweigen.

»Ach ja? Das ist aber was ganz anderes als das, was du letzte Woche gesagt hast. Ich habe dich gehört, ich habe euch beide gehört, wie ihr über das Bild gelacht habt. Wie hast du Eve noch genannt? Die Chintzprinzessin?«

Eve schoss die Röte ins Gesicht, und ihre loyalen langjährigen Assistenten standen einfach nur da, entblößt und geschlagen. Ihr Schweigen erschien wie ein Eingeständnis ihrer Schuld.

»Wir gehen jetzt besser«, sagte Josette leise.

»Ja«, sagte Eve. »Ihr geht jetzt besser.«

Josette verließ hastig das Atelier, eine schnaubende Karikatur der Entrüstung, als wäre sie nicht gerade gefeuert worden, sondern hätte von sich aus gekündigt. Und Glynn, Josettes treues Schoßhündchen, lief hinter ihr her und warf Luka einen letzten Blick unverhohlener Feindseligkeit zu.

15

Eve und Luka passten sich der neuen Realität schnell an. Sie kehrte zu ihrer Arbeit an der blauen Sequenz zurück und verlor sich dankbar in den gekräuselten Blütenkelchen der Akelei, während Luka ruhig das Herbarium des Waldnachtschattens restaurierte, es mit Flüssigkeit und frischen Exemplaren füllte und erneut versiegelte. Er druckte die Fotos der Akelei aus und breitete sie auf dem Tisch aus, bevor er sich die grüne Leinwand für die nächste Sequenz vornahm, mit der Glynn schon begonnen hatte. Grün auf Grün. Aromatisches Wermutkraut, *Artemisia absinthium* – ein Neurotoxin, von dem es hieß, es löse Krämpfe aus und führe zu Nierenversagen und Epilepsie. In geringen Mengen war es Bestandteil des gleichnamigen Getränks, das bei der Demimonde und Hipstern beliebt war. Dafür würde Eve Chromoxid mit dem kühleren Grüngold von Kupfer-Azomethin verwenden.

Luka zermahlte die Pigmente und mischte sie, baute die Vitrine für das nächste Herbarium und filmte Eve bei der Arbeit. Bald hatte er still und fachkundig sämtliche Aufgaben übernommen, die zuvor von einer ganzen Kompanie von Mitarbeitern ausgeführt worden waren. Alles ergab plötzlich einen Sinn. Warum hatte sie sich bloß so lange mit ihrem Geschwätz und Hickhack abgegeben? Wenn sie sich gerade nicht auf ihre Arbeit konzentrierte, blickte Eve auf und staunte über ihren jungen Liebhaber, sein ernstes, auf ihre Arbeit fixiertes Gesicht, das so schön und stark war wie das des verkündenden Erzengels Gabriel, der nur Gutes zu berichten hatte. Luka war alles, was sie je gebraucht hatte. Sie arbeiteten so gut zusammen, und wenn er die Kamera einschaltete, um sie bei der Arbeit zu filmen, schien es, als stießen sie in eine tiefere Ebene der Intimität vor, denn er ging über Josettes formale Fragen zum Arbeitsprozess hinaus und befragte Eve nach ihren größeren Visionen und ihren Gedanken über das Leben.

»Letztendlich geht es um den Impuls hinzusehen«, erklärte sie, »genau hinzusehen und andere dazu zu bringen, ebenfalls genau hinzusehen, Schönheit und Atrophie zu erkennen, also Anfang und Ende des Lebens.«

Wenn Kristof sie aus Singapur anrief, war er so sehr mit seinem eigenen Projekt beschäftigt und so erfüllt von Büropolitik, Budgetbeschränkungen und den neuesten Nachrichten von Wandas »Leuten« vom Art-Ranch-Projekt, dass er keinerlei Interesse an ihrer Arbeit oder ihrem Leben zeigte. Sie hatte den verrückten Drang, ihn in seinem Monolog zu unterbrechen und ihm von Luka zu erzählen. Ihm alles zu erzählen.

»Ich habe Personalveränderungen im Atelier vorgenommen«, setzte sie an.

»Großartig! Ich muss jetzt los. Tut mir leid.«

Nächste Woche würde er zurückkommen. Das schwindelerregende Verlangen, ihm alles zu beichten, wich einem kalten Unbehagen. Sie sah hinüber zu Luka. Er hatte die Ärmel hochgekrempelt und baute gerade eine weitere Vitrine für ein Herbarium. Die kräftigen, nackten Arme waren genauso schön wie die von Caillebottes Pariser Handwerkern, den *raboteurs,* die Theo und sie vor so langer Zeit im Musée d'Orsay bewundert hatten. Wie konnte sie *das* hier durch *das da* ersetzen? Es wäre, als würde man von einer sonnigen Lichtung in einen Sarg steigen, sich hinlegen und den Deckel schließen.

»Ich liebe dich, Liebling«, hatte Kristof noch gesagt, ehe er auflegte.

»Danke fürs Zuhören«, wäre überzeugender gewesen.

Als Eve mit der grünen Sequenz begann, nahm das Arbeitstempo zu. Luka und sie schufteten regelmäßig bis in die frühen Morgenstunden. Dieses Arbeitspensum erforderte Ausdauer. Sie war noch nicht einmal halb fertig mit ihrem Projekt und wusste, dass sie sich in dieser Phase nicht übernehmen durfte.

Luka folgte ihr treu wie ein Schatten, filmte sie bei jedem Schritt, und keine Aufgabe war ihm zu anstrengend oder zu erniedrigend. Jeden Tag um die Mittagszeit zog er los, um Essen und die wichtigsten Vorräte zu besorgen, ganz ohne das leise Stöhnen oder die schlurfenden Schritte, die sie von ihren anderen Assistenten gewohnt war. Er hatte Freude an der Arbeit. An ihrer Arbeit.

An einem strahlenden Vormittag bot sie sich an, selbst die Einkäufe zu übernehmen. Es schien ein amüsanter Rollentausch zu sein: Er würde im Atelier bleiben und sich um die Arbeiten dort kümmern, und sie ein paar leichte Besorgungen machen und sich ein wenig bewegen. Sie brauchte eine Pause und freute sich darauf, rasch zu gehen und die kühle Luft auf dem Gesicht zu spüren. Sie hatte so intensiv gearbeitet, dass sie die Welt außerhalb des Ateliers fast vergessen hatte.

Sie trat ins blendende, kupferne Licht und lief durch den verlassenen Industriepark. Diese von der Kommune vergebene Bezeichnung barg einen doppelten Widerspruch, denn weder gab es hier besonders viel Industrie, noch hatte die Umgebung Ähnlichkeit mit einem Lustgarten. Früher hatte die Gegend zum zweitgrößten Gewerbegebiet Europas gehört, war eine geschäftige Hochburg von Fabriken und Werkstätten gewesen, da, wo Kanal und Fluss zusammenflossen, sehr praktisch, um in jenen leichtsinnigen Zeiten giftige Nebenprodukte zu entsorgen. Jetzt war es hier ruhig, die unförmigen Gebäude waren zum größten Teil verwaist, und abgesehen von einem ausrangierten Einkaufswagen oder hin und wieder einem Fahrrad war der Fluss sauberer als im ganzen letzten Jahrhundert. Es gebe wieder Fische, hieß es, doch die Ufer waren voller Junkies und Alkoholiker, daher würden Eve keine zehn Pferde dazu bringen, einen gebratenen Fang aus diesen Gewässern zu essen.

Kristof hatte ihren Pachtvertrag mit dem langfristigen Ziel erstanden, hier ein »Technologiezentrum« aufzubauen, und es war sogar die Rede davon, die alte Getreidemühle in Luxuswohnungen umzuwandeln. Letztes Jahr waren die Pläne zum Stillstand gekommen. Angeblich war ihr undurchsichtiger Schwiegersohn Norbert als Mittelsmann im Gespräch mit einigen IT-Unternehmen, die ihre britischen Hauptsitze hierher verlegen wollten. Doch von weißglühender Technologie war im Augenblick nicht viel zu sehen. Zwei Stockwerke der Getreidemühle waren momentan von mehreren Internet-Modehändlern belegt, darunter befand sich eine Autowaschanlage, die dem Verhalten ihrer wenigen Kunden nach zu urteilen eher eine Fassade für dubiosere Geschäfte war. Im Gebäude daneben hatte sich ein Minicab-Unternehmen einquartiert, ein analoger König Knut, der gegen den digitalen Vormarsch von Uber ankämpfte.

An trostlosen Tagen überkam Eve manchmal das Gefühl, dass der alte dänische König selbst auf ihr Atelier abgefärbt hatte – tapfer harrte es am Ufer aus und produzierte Kunst für eine gleichgültige Welt, während die Wellen mitsamt den Abfällen des verschmutzten Meeres dagegenbrandeten. Sie musste aufpassen, nicht in ihren Sog zu geraten.

Eine niedrige, rostige Stahlbrücke führte über den Kanal. Von dort aus ging es über einen schlammigen Weg eine Betontreppe hinauf zu einem breiten Betonsteg, der sich über die Autobahn spannte. In der Mitte blieb sie stehen und schaute auf den rasch fließenden Verkehr fünf Meter unterhalb. Solche anonymen industriellen Anblicke gefielen ihr. Laute Maschinen, die in geregelten Bahnen vorbeiströmten wie ein riesiges Op-Art-Kunstwerk.

Am Ende der Autobahnbrücke stieg sie die Treppe wieder hinunter und ging am Ufer mit dem struppigen Gebüsch entlang – Ginster, Weißdorn und ein Dickicht aus Flieder, in dem kleine Plastiktüten voller Hundescheiße hingen, ein Wäldchen von kottragenden Gebetsbäumen. Worum ging es hier? Das menschliche Bedürfnis, etwas zu dekorieren? Ein Punkt für Wanda.

Sie bog in die schäbige High Street ein. Einmal war sie mit Hans hier gewesen, um eine Besorgung zu machen – ein Last-Minute-Geschenk aus dem Feinkostladen für seine betagte Tante –, und er war entsetzt gewesen. »Das ist die High Street?«

Der von einem unbeirrt fröhlichen schwulen Pärchen geführte Feinkostladen war eine optimistische Besonderheit in der Reihe von schmuddligen Geschäften in Dreißigerjahre-Häuschen, die von einem schlossähnlichen, mit Fahnen des heiligen Georg behängten Pub beherrscht wurde. Es gab ein Wettbüro und einen Massagesalon, wo man sich während einer einzigen Sitzung auch noch bräunen und tätowieren lassen konnte. Die kleine Leihbücherei neben dem Charity Shop – einem deprimierenden Magazin für die abgelegten Klamotten der Armen – war in eine Tafel umfunktioniert worden, und davor standen Kisten mit Spenden: billige Konserven, Kekse, labberiges Weißbrot und eine Packung Wegwerfwindeln.

Der Feinkostladen war leer, und Eve läutete die Glocke auf dem Tresen, um Dino oder Thierry zu rufen. Während sie wartete, sah sie sich abwesend die Auslage mit den Käselaiben und -ecken an; ein abstraktes orphisches Kunstwerk in Zinkweiß und Pyrrolorange mit einem Block blau geädertem Carrara-Marmor. Auf dem Tresen standen Schalen mit exotischen Salaten. Die prall gefüllten Weinblätter erinnerten sie an die Fäkalienfrüchte in den Fliederbüschen am Ufer, und dann gab es noch ein Glas mit Artischockenherzen, blass wie eingelegte Embryos in einem Kuriositätenkabinett. Wer kaufte so etwas in dieser Gegend? Als sie ihr Team gefeuert hatte, mussten Dino und Thierry siebzig Prozent ihrer Kundschaft verloren haben. Würden der höhlengereifte Roquefort und die Artischockenherzen ebenfalls bei der Tafel enden?

Dino kam aus dem hinteren Teil des Ladens und nahm ihre Bestellung entgegen.

»Wie geht es Glynn?«, wollte er wissen.

»Gut«, antwortete sie, »soweit ich weiß …«

Sie zahlte, nahm ihre Tüten und verließ den Laden, bevor er weitere Fragen stellen konnte. Genügend sozialer Kontakt für heute. Auf dem Rückweg kam sie wieder am Pub vorbei, vor dem eine gekrümmte Gestalt in einer Wolke aus Tabakrauch stand.

»Kopf hoch, *darling*«, rief ihr die heisere Stimme zu.

Bei einem kurzen Blick erkannte Eve eine einsame Frau mit einem Glas mit urinfarbenem Schnaps in der einen und einer Zigarette in der anderen Hand. Neben ihr stand ein vollgepackter Einkaufswagen, wahrscheinlich mit ihrem gesamten Hab und Gut, sorgfältig sortiert in einer Unzahl von vollgestopften Plastiktüten.

»Alles in Ordnung, *love*?«, fragte die Frau mit dem löchrigen Lächeln eines Wasserspeiers. Ein kesses Maskottchen – eine schmuddelige nackte Barbie-Puppe – war vorn an den Einkaufswagen gepinnt wie eine Galionsfigur.

Eve wandte sich ab und ging weiter.

»Alles in Ordnung, hab ich gefragt, du arrogante Zicke!«, rief die Frau hinter ihr her.

Eve ging schneller, jeder Schritt, mit dem sie sich vom Atelier entfernt hatte, war eine unnötige Ablenkung gewesen. Sie hatte eine Perspektive für ihre Arbeit gebraucht, und jetzt hatte sie sie gefunden. Am liebsten wäre sie losgerannt, zurück zu der ruhigen Ordnung von Leinwand und Staffelei, zum klaren Narrativ des Films, zur Schönheit der schwebenden Herbarien. Und zu Luka.

16

Der Regen scheint endlich aufgehört zu haben. Als sie stehen bleibt, um den Regenschirm zuzuklappen, sieht sie, dass sie vor dem kleinen Cartoon Museum gelandet ist. Auch eine Art Kunst, denkt sie. Zumindest gehören zeichnerisches Können und Witz dazu, und der Versuch, auf aktuelle Fragen einzugehen – Eigenschaften, die in Wandas infantilen »Konzepten« und widerlicher Bauernfängerei nicht vorkommen.

Als Eve nach ihrem deprimierenden Ausflug zur High Street ins Atelier zurückkehrte, hatte sie das Gefühl, dass sich etwas verändert hatte. Luka stand mit dem Rücken zu ihr und arbeitete an der Leinwand. Er malte. Den Hintergrund für die grüne Sequenz hatte er doch schon vor Tagen beendet.

»Luka?«, rief sie und ging so ruhig wie möglich auf ihn zu.

Er war über die rein gestischen Pinselstriche, mit denen er die Chromoxidlasur und den eindimensionalen grünen Hintergrund aufgetragen hatte, hinausgegangen. Sein Gesicht war nur Zentimeter von der Leinwand entfernt, wo er in ein Detail vertieft war. Er tauchte den Schlepperpinsel ins milchigere Grüngold des Kupfer-Azomethins und malte mit pointillistischer Präzision die Blätter des Wermutkrauts.

»Was zum Teufel fällt dir ein?«

Es war, als hätte sie nichts gesagt. Er warf nur einen Blick auf ihr Aquarell, das er sich als Vorlage auf die Staffelei gestellt hatte, wandte sich dann wieder der Leinwand zu und tupfte auf das Blatt, um eine verschwommene Wirkung zu erzielen.

Sie packte ihn am Handgelenk. »Jetzt reicht es. Damit hast du eine rote Linie überschritten.«

Er lachte, schüttelte sie ab und tunkte den Pinsel erneut in die Farbe. Er nahm sie nicht ernst.

»Ich dachte, ich helfe mit. Wir sind unter Zeitdruck.«

Er verschandelte ihr Werk und machte sich auch noch über sie lustig. Hatte sie sich so sehr in ihm getäuscht? Obendrein lächelte er, als erwartete er, dass sie ihn beglückwünschte oder sich gar bei ihm bedankte. Dann sah sie sich die Leinwand an. Er war schnell vorangekommen. Und dann der zweite Schock des Tages – es war wirklich gut. Die zarten Rispen, die an irdische Algen erinnerten, waren exakte Reproduktionen ihres Aquarells. Niemand würde einen Unterschied bemerken.

»Nicht schlecht«, gestand sie schließlich ein.

»Ja.« Er legte den Pinsel beiseite und küsste sie. »Weißt du noch, so habe ich mir meinen Lebensunterhalt verdient. Mit Kopien. Belle hat immer gesagt, dass ich ein guter Fälscher geworden wäre.«

Belle hatte recht. Eve fühlte sich schrecklich schuldig, weil sie ihm misstraut hatte. Stumm beobachtete sie, wie er sich wieder an die Arbeit machte und die Pflanze mit wenigen raschen Pinselstrichen hervorzauberte. Sein Stolz war rührend. Es war ihm gar nicht in den Sinn gekommen, dass sie Einwände haben könnte. Warum auch? Er erwies ihr seine Ehrerbietung. Sie ergriff einen dünnen runden Aquarellpinsel und fing an, neben ihm zu arbeiten. Dieses Gemälde würde ihrer beider Werk werden – ihr Geschenk an ihn, ein Ausdruck des Vertrauens. Grün auf Grün: aus der Ferne eine homogene Wiese, aus der Nähe ein raffinierter Gobelin aus siebenundsechzig ineinander verschlungenen Blüten, wunderschön und tödlich.

Er stellte die Kamera auf das Stativ, um sie beide bei der Arbeit zu filmen.

»Erzähl mir noch mehr über diese Pflanze«, sagte er.

»*Artemisia absinthium*, früher machte man Absinth daraus – mit dem aromatischen Geruch von Anis. Man nennt sie auch Bitterer Beifuß ...«

So machten sie weiter, Seite an Seite, in eine echte Zusammenarbeit vertieft. Eine Premiere für sie. Früher wäre der Verzicht auf ihre Autonomie eine Horrorvorstellung gewesen. Jetzt, da sie so eng mit jemandem zusammenarbeitete, der ihre Vision schätzte und ihre Zielstrebigkeit teilte, empfand sie seine Kompetenz und sein Engagement als befreiend. Wie eine Solistin, die zögernd die Freuden eines Duetts auslotet, entdeckte sie, dass das Repertoire größer war und das Zusammenspiel der Resonanzen tiefer.

Die Arbeit war ein Zwang, ein Wettlauf gegen die Zeit, obwohl ihrer Meinung nach der eigentliche Stichtag für sie der Tod war – und der war jetzt erheblich näher als die Jugend und setzte sie viel mehr unter Druck als jede künstliche Frist von Hans, der aus ihrer Sigmoid-Ausstellung und der kommenden Retrospektive in der Gerstein Gallery nur Profit schlagen wollte. Luka jedoch, für den der Tod ein Abstraktum war, spürte den Druck ebenfalls. Er passte sich ihrem Tempo an, wie ein unermüdlicher Gehilfe, der ihre Bedürfnisse intuitiv spürte. Für ihn, das wusste Eve, ging es ebenfalls darum, dieses eine perfekte Werk, das Produkt vollendeten Könnens und einer einzigartigen Vision, auf die unvollkommene, im Sumpf der Mittelmäßigkeit versunkene Welt zu bringen.

Manchmal hörten sie bei der Arbeit Musik – Bill Evans, Couperin, Dollar Brand – und gelegentlich schalteten sie die Nachrichten im Radio an: schon wieder ein Terroranschlag vor dem Parlamentsgebäude; nach den Hitzewellen und Waldbränden jetzt schwere Regenfälle in Italien, wo eine Brücke eingestürzt war – vierzig Opfer bislang –, und in Kerala mehr als vierhundert Tote und eine Million Flüchtlinge. Und wenn die Nachrichten zu deprimierend waren und die Musik sie nicht inspirierte, schlossen sie die Welt aus, er griff wieder zur Kamera und filmte sie.

Er hörte gern zu, wenn sie von den Jahren an der Kunstakademie erzählte, von der ersten Zeit im Kunstbetrieb, von New York, Wanda, den Partys in Warhols Factory, von der ernsthaften Fluxus-Crew und den verrückten Zeiten mit den Wiener Aktionisten, während er den Film von Eves Schaffensprozess auf ihr Leben und Werk im Kontext der zeitgenössischen Kunst des späten zwanzigsten und frühen einundzwanzigsten Jahrhunderts ausweitete.

Seine College-Abschlussarbeit über ihr Werk war eine nützliche Lehre für ihre Beziehung gewesen. Und auch eine Abkürzung – nichts lag im Dunkeln und umriss nur provisorisch den Lebenslauf für einen neuen Liebhaber. Luka wusste längst Bescheid. Und jetzt wollte er die Einzelheiten erfahren und in die Tiefe vorstoßen.

»Wie war Wanda, ich meine, wie war sie wirklich …?«

Der Rhythmus ihrer Erinnerungen ergänzte den Schaffensprozess. Erst das große Ganze, dann die Details.

»Wie sie wirklich war? Na ja, um ehrlich zu sein …«

»Ihr wart doch befreundet, oder?«

»Ja, das könnte man sagen, irgendwann mal. Aber es war kompliziert.«

»Was heißt kompliziert?«

Er lächelte, dieses verführerische Grinsen.

»Das Übliche«, sagte sie. »Liebhaber, Statusängste … Wanda war schon immer … überempfindlich.«

Er verfolgte sie mit der Kamera – Nahaufnahme, in enger Verbindung mit der Leinwand, Halbtotale, Pigmentmischung oder Verfeinerung eines schwebenden Herbariums, Totale, eine winzige Gestalt in dem großen Atelier, eine kleine Bäuerin in einer Claude-Landschaft – und indiskret zu werden war verlockend. Er drängte sie, mehr zu sagen, alles zu sagen, doch sie zierte sich. Ihre lebenslange Angewohnheit, vorsichtig zu sein, hatte Gründe.

»Aber hast du nicht mal gesagt, ihr einziges Talent sei ihr ungeheures Selbstmitleid?«

»Ich wurde falsch zitiert«, entgegnete Eve. Mittlerweile hatte sie gelernt, diese Anschuldigung von sich zu weisen. »Eine widerliche Journalistin von der *Village Voice* hat mich auf einer Party falsch verstanden.«

Die Kamera lief. Zwar würde sie das letzte Wort beim Schnitt haben, aber in dieser Phase würde sie keinesfalls ihren Ruf aufs Spiel setzen, indem sie die Klischees der Kunstwelt herausforderte. Das war Wanda nicht wert.

»Und du warst bei ihrer ersten Ausstellung – *Love / Object* – in den siebziger Jahren dabei. Das war doch bestimmt irre.«

»Irre, ja. Könnte man sagen.«

Wie Eve von Nancy wusste, hatte diese Generation keinen Sinn für Geschichte, daher war es sehr schmeichelhaft, dass Luka Eves Erfahrung schätzte, so neugierig war und auch tatsächlich so gut über die Kunstszene der Siebziger Bescheid wusste. Aber manchmal gab es auch zu viel Geschichte.

Sie sah keine Notwendigkeit, sein ungesundes Interesse an Wanda Wilson zu fördern oder ihm die Geschichte hinter dieser erbärmlichen ersten Ausstellung zu erzählen. Wie Wanda mit nichts am Leib als einem über der Schulter drapierten roten Samtgewand und einem Lorbeerkranz im wilden Haar in Gestalt von John William Waterhouses *Narcissus* zwei Wochen vor einer Spiegelwand stand und acht Stunden am Tag teilnahmslos ihr Spiegelbild anstarrte, ohne sich von den Zuschauern, die sie teils bewundernd, teils skeptisch umdrängten, ablenken zu lassen. Der Eintrittspreis schreckte übermütige Schulkinder ab, verhinderte aber nicht, dass hemmungslose Männer an ihrem Gewand zupften, ihr anzügliche Vorschläge zuflüsterten oder sie, wie in einem Fall, auf den von Dellen gezeichneten Hintern klopften. Wanda zuckte kaum mit der Wimper, starrte weiter vor sich hin und wurde für diesen Stunt von den Medien mit noch mehr Aufmerksamkeit belohnt.

Eine Ausdauerleistung, an der kaum etwas auszusetzen

war, ähnlich den menschlichen Statuen oder touristischen Memes, die später aufkamen – zwinkernde goldbemalte Charlie Chaplins in Covent Garden, drapierte Mariannen am Pont des Arts, silbern besprühte Fernsehtürme auf dem Alexanderplatz. Sie alle verdienten einen Euro und Lob für ihr Durchhaltevermögen. Doch wie man dem zweiseitigen Katalog der Ausstellung entnehmen konnte, waren Wandas Ansprüche weit höher. Sie »forderte die Beziehung zwischen Betrachter und Künstler heraus, indem sie mit Hilfe einer alchemistischen Auseinandersetzung, die Betrachter und Performer gleichermaßen verwandelt, den Prozess der Objektivierung untergräbt«. Eves Aufgabe als ernsthafte Künstlerin bestand darin, dieser Hypothese auf den Zahn zu fühlen.

Falls offene Rechnungen mit Wanda wegen Florian Kiš eine Rolle in ihrem Plan gespielt hatten, so war es ihr damals nicht bewusst gewesen.

Und so tauchte sie kurz vor Schluss am letzten Ausstellungstag mit Wandas Freund Mike dort auf, den sie nach einem Jahr Enthaltsamkeit überredet hatte, die triumphale Abschlussfeier vorwegzunehmen, indem er sich bis zur Besinnungslosigkeit betrank. Hand in Hand hatten sie sich durch die Zuschauermenge bis zu Wanda vorgedrängelt, deren Blick auf der Zielgrade eine verzweifelte Hartnäckigkeit angenommen hatte. Eve betrachtete das Spiegelbild ihrer Mitbewohnerin. So wie sie mit halb heruntergerutschtem Lorbeerkranz und schiefhängendem Gewand auf ihr reizloses Abbild starrte, hatte ihr Glaube an sich selbst etwas rührend Lächerliches.

Dann ging alles so schnell, dass Mike später behauptete,

keine Erinnerung an den Augenblick zu haben. Eve packte ihm mit der rechten Hand zwischen die Beine und zog ihn mit der linken an sich. Sie knutschten, Zunge an Zunge, und zerrten sich gierig die Kleider vom Leib, als wären sie völlig allein. Wanda sah alles, so wie es bezweckt war, starrte aber weiter reglos vor sich hin, selbst als die jubelnde und pfeifende Menschenmenge Eve und Mike beklatschte, als wären sie der angemessene Abschluss, den sich die Künstlerin für ihren *Love/Object*-Marathon ausgedacht hatte.

Wanda hatte sich auf der Abschlussparty an diesem Abend nicht blicken lassen, und auch auf keiner anderen Party in den nächsten Monaten, solange Eve und Mike ihre frivole Affäre fortsetzten. Mara hatte versucht zu vermitteln, war jedoch von Wanda unter dem Einfluss starker Medikamente nur wüst beschimpft worden. Ihr sechsmonatiger Zusammenbruch – der nochmals eskalierte, als Kristof und Eve sich zwei Jahre später zusammentaten – wurde zu ihrem Dauerthema. Und jetzt konnte man sehen, wohin es geführt hatte.

Die »drei Ms-ketiere« hatten sich selbst erledigt, und Wanda war jetzt eine »weltberühmte multidisziplinäre Künstlerin«, die einem millionenschweren Unternehmen vorstand. Sie hatte Ausstellungen im Getty, Whitney und Centre Pompidou gehabt, und laut einer albernen Kritik mit ihren »Erkundungen von Körper, Sexualität und Geschlecht die Definition von Kunst verändert«. Mit anderen Worten, sie litt an dem zwanghaften Verlangen, sich in der Öffentlichkeit auszuziehen und jene Teile des Körpers zur Schau zu stellen, die abgesehen von Liebhabern nur Gynäkologen und Gastroenterologen zu Gesicht bekamen. Für diese freizügige Einstellung erhielt sie unzählige Stipendien von amerikanischen Stiftungen, Lehraufträge an der NYU, am Bard College und der San Francisco State University sowie eine Ehrenprofessur an einer Universität in Estland.

Dann widmete sie sich der »immersiven Kunst«, nistete sich in Institutionen, Galerien und Häusern der Superreichen ein und führte in wochenlangen Pantomimen, die den Kritikern den Verstand raubten, Rollenspiele vor. Marie Antoinette, Curie, Colette in der Spätphase, Ayn Rand, Frida Kahlo, exzentrische Haushälterinnen, rachsüchtige Schwiegermütter, Heilige des Mittelalters.

»Im Zeitalter des Internets und der Cyber-Entfremdung bietet Wilson eine hochspannende, reale Durational-Art-Erfahrung, bei der die Grenzen zwischen Kunst und Leben vollständig aufgelöst werden. Ihre Figuren bevölkern mit der Zeit unseren Raum, wir spüren ihren Atem auf unseren Wangen, ihre Berührung auf unserer Haut und werden durch die Begegnung in einem wundersamen Prozess verwandelt.« Für die genauen Formulierungen ihrer eigenen Kritiken musste sie ihr Handy konsultieren, aber die von Wanda Wilson konnte sie auswendig.

Als Kristof im Mai sein Angebot für die Art Ranch vorbereitete, zeigte er Eve einen Artikel aus der *New York Times* vom letzten Jahr, in dem Wandas jüngstes Werk besprochen war – *Domestic Intervention I / Mansion*. Zwei Wochen lang hatte sie auf Long Island das Haus eines Finanzexperten und seiner Frau, Kuratorin eines runden Dutzends amerikanischer Galerien, übernommen und sie auf die Rolle von Angestellten reduziert, die sie bei Tisch bedienten, ihre Wäsche wuschen und hinter ihr saubermachten. Das Ganze wurde in einem Film dokumentiert, in dem Wanda ihre einvernehmliche Hausbesetzung bedeutungsschwer als »relationale Kunst« definierte: »In *Domestic Intervention I / Mansion* ist die Künstlerin nur der Katalysator«, hatte sie erklärt, »im Mittelpunkt des Geschehens steht der Zuschauer als Medium und als Sujet.« Das Ehepaar, das mehr als eine Million Dollar für die Erfahrung hinblätterte, beschrieb es als »fundamentale, lebensverändernde Erforschung von Empathie«.

Wanda war in jeder Hinsicht aufgestiegen: von der wütenden jungen Feministin, die bürgerliche Männer brüskierte, indem sie ihnen einen Topf mit Menstruationsblut ins Gesicht schleuderte, zu einer Grande Dame der Konzeptkunst, die einen milliardenschweren Hokuspokus-Konzern leitete. Inzwischen hatte sie Ateliers in New York, Berlin und Rom und ihre Double U Art Ranch in Connecticut – ein Ausbildungslager (stilvoll spartanisch eingerichtete Schlafsäle zum Preis von Luxus-Wellness-Resorts), wo Jünger aus aller Welt in die »Wilson-Technik« eingeweiht wurden, eine strapaziöse Abfolge von Fastenkuren, Eye-Gazing-Workshops, Gruppenschreien, »kreativen Rollenspielen« und »Backwards Hiking«, bei dem die Teilnehmer mit einem Rückspiegel in der Hand rückwärts speziell vorbereitete Pfade entlanggehen mussten. All das, um sie in einem pyramidenartig aufgebauten Schema von widerwärtigen Ansprüchen darauf zu trimmen, auszuschwärmen und einem leichtgläubigen Publikum Wanda Wilsons Worte nahezubringen.

Ja, Wanda hatte Eve eine Menge zu verdanken. Doch all das brauchte Luka nicht zu wissen. Eve verstellte sich, so gut sie konnte, und erzählte ihm Plattitüden über Wanda, über Bradley, dessen Karriere ins Stocken geraten war, bevor er zwanzig Jahre später ein lukratives Comeback als witziger Silberfuchs in Pornofilmen hatte – »Darf ich Ihnen behilflich sein, junge Dame?« –, über Mike, den armen Mike, und über die ganze Meute, Bio-Art, schmierige Körperflüssigkeiten und Selbstverstümmelungen, die Fluxus-Bewegung und die Sadomaso-Deppen der Aktionisten. Aber die wahre Geschichte Wandas behielt sie für sich, ihre Bedürfnisse, ihre Tobsuchtsanfälle, ihr kindliches Geheul und den Seelenschmerz.

Sie erzählte ihm auch nicht, dass ihrer Meinung nach Wandas Erfolg auf einer Blendung der Kunstszene beruhte, ein Fall von des Kaisers neue Kleider, in dem auch die jubelnde Menschenmenge nackt war. Trotz seiner Leidenschaft für Eves Werk schien auch Luka der haarsträubenden konventionellen Ansicht zu sein, dass Wanda eine Art Pionierin war. Deshalb spielte Eve mit. Ja, sie kannte die große Wanda Wilson, ja, sie waren eng befreundet gewesen, hatten sich eine Wohnung geteilt und zuweilen auch einen Liebhaber ... es gefiel ihr, Luka zu gefallen, also redete sie weiter, beantwortete seine Fragen, so gut sie konnte, ohne ihn, die Kunstwelt oder die Nachwelt zu verprellen, und lieferte ihm bei laufender Kamera eine diplomatisch bearbeitete Fassung ihres Lebens.

Abgesehen davon beschwor sie mit der Geschichte ihres Aufenthalts in New York, wenn auch nur in einer zensierten Version, ihre Jugend noch einmal herauf, durchlebte sie so, wie sie vielleicht gewesen wäre ohne Ängste, Fehden und Selbstzweifel. In jener ersten Zeit, als sie nach dem schmerzhaften Durcheinander mit Florian blindlings losgestolpert war, hatte sie keine Ahnung gehabt, wohin ihr Werk sie führen würde. Vielleicht wäre sie zurückgeschreckt, wenn sich der Schleier gelüftet und sie die enttäuschenden Jahre, die vor ihr lagen, hätte sehen können, als die Kunstwelt ihr den Rücken zukehrte, sie herabsetzte und Wandas größenwahnsinnige Mittelmäßigkeit heiligsprach.

Doch wenn Eve noch weiter in die Zukunft hätte blicken, die öden Jahre ihrer Ehe und ihrer eigenen Bedeutungslosigkeit hätte überspringen können, sich an diesem Nachmittag im Atelier mit ihrem jungen Liebhaber neben sich hätte sehen können, wie er mit ihr am wichtigsten Werk ihrer Karriere arbeitete, wären ihr all die harten Jahre der Mutlosigkeit halb so schlimm erschienen. Die Routinearbeit war getan, die Pigmente gemischt, die Grundierung gewissenhaft auf der Leinwand aufgetragen, auf der ihre Errungenschaften schließlich wie Polarsterne im Nichts erstrahlen würden.

17

Sie lässt Bloomsbury Square hinter sich und bleibt an der Ampel stehen, um die Southampton Row zu überqueren. Tagsüber ist diese Kreuzung im Stadtzentrum stark befahren, nachts hingegen eher ruhig, wenn man von gelegentlichen Taxen oder Nachtbussen absieht, die beim Vorbeifahren einen Schwall von Regenwasser versprühen. Auf dem Bürgersteig neben Eve wartet ein asiatisches Pärchen, ein junger Mann und eine Frau, wahrscheinlich Chinesen, die ebenfalls über die Straße wollen. Ein Windstoß weht den Abfall – Fast-Food-Verpackungen, kostenlose Zeitungen, Kataloge und Flugblätter – über das Pflaster. Eve steht mittendrin und erinnert sich an Jeff Nuttall, einen Guru der Gegenkultur aus den sechziger und siebziger Jahren, der sich über die Konformisten lustig machte – »Spießer« hieß das damals –, die an einer leeren Straße darauf warten, dass die Ampel auf Grün springt, ehe sie sich trauen, die Straße zu überqueren. Nuttall war wie all die *soixantehuitards* ein rastloser Mensch. Eve dagegen schlägt die Zeit tot, obwohl ihr jetzt immer weniger davon bleibt. So steht sie neben dem Pärchen und wartet, dass die Ampel grün wird ...

Alles war so gut gelaufen. Hans rief an. Er wollte wissen, wie das Projekt vorankam. Sie erzählte ihm, dass sie ihr Personal reduziert hätte.

»Hab ich schon gehört«, antwortete er. »Solange es die Arbeit nicht behindert.«

Er kündigte sich für den nächsten Tag an. Als er eintraf, waren vier Aquarelle, vier Fotoserien, drei riesige Leinwände und drei Vitrinen fertig, und die Sequenz der *Artemisia* so gut wie.

»Und das alles schaffst du ohne Josette und Glynn?« Er wandte den Leinwänden den Rücken zu und hielt sich das Aquarell mit dem Waldnachtschatten auf Armeslänge vor die Augen.

»Luka arbeitet mehr als alle anderen zusammen. Außerdem komme ich sehr gut mit ihm zurecht.«

»Das glaube ich gern«, sagte Hans und musterte Luka mit Kennerblick.

Mit ausdruckslosem Gesicht schlenderte er durchs Atelier, den linken Arm über seinen Wohlstandsbauch gelegt, das Kinn auf die rechte Faust gestützt, und sah sich die Bilder genauestens an: erst der lange Blick aus drei Metern Entfernung, dann der aus der Nähe, wobei er die Brille anhob, um die Pinselführung zu inspizieren, schließlich vorgebeugt, die Nase so dicht an der Leinwand, als wollte er die Blumen auf der Leinwand beschnüffeln. Vor dem Seziertisch und den Fotos blieb er kurz stehen und warf einen Blick in die beleuchteten Vitrinen, wo die Pflanzen zitternd in der Konservierungsflüssigkeit schwebten.

Er sagte nichts, und es war schwer, seine wortlose Prüfung nicht als Kritik aufzufassen. Er hatte nie versucht, Eve in irgendeine Richtung zu lenken, und sie war ihm dafür dankbar. Trotzdem empfand sie eine bislang unbekannte Ungeduld ihm gegenüber. Allein der Form halber hätte er vor Luka irgendetwas sagen können. Dieses Schweigen war demütigend.

Während Hans seine stumme Patrouille durch das Atelier fortsetzte, schaltete Luka den Computer ein, um den Film über den Lebenszyklus des Mönchshuts vorzuführen. Eve kam mit Hans zum Tisch, und beide standen hinter Luka, als er auf Start drückte. Der summende Computer hörte sich wie ein alter Projektor an.

»Nein, Luka, halt an«, sagte Eve leicht irritiert. »Spul noch mal zurück. Irgendetwas stimmt da nicht.«

Der Film lief in umgekehrter Abfolge ab; welke braune Blütenblätter wurden mit Farbe durchtränkt und flatterten empor, um sich wieder an einen leicht gebogenen, ausgetrockneten Stengel zu heften, der sich aufrichtete und erfüllt von schimmerndem Lebenssaft dem Licht entgegenstreckte. Standbild – die abgestorbene Blüte, vertrocknet und spröde, hatte sich in einen leuchtend violetten Stab verwandelt.

Ihre Hand fuhr zur Tastatur, um den Film anzuhalten.

»Nein«, sagte Luka und hielt sie sanft am Handgelenk zurück. »Warte!«

Er widersprach ihr – vor ihrem Kunsthändler. Hilflos sah sie zu und fragte sich, was sie als Nächstes tun sollte – ein offener Streit wäre unter ihrer Würde –, als die Blütenblätter in ihrer ganzen kaiserlichen Pracht aufflammten und dann wie lebendige Seide in kleine grüne Geldbörsen gezwängt wurden und in die grüne Kraft des Stiels zurückschrumpften. Wieder ein Standbild. Die Pflanze verblasste, schwankte und ringelte sich abwärts, wie eine Kobra, die sich in den Korb eines Schlangenbeschwörers legte. Am Ende schien ein rührend winziges Blatt ein letztes Mal trotzig zu winken, ehe es in der Erde versank.

»Interessant«, sagte Hans und nickte langsam.

»Wir müssen das Ganze noch einmal abspielen. Aber in der richtigen Abfolge«, sagte Eve. »Den Zyklus. Vom Leben zum Tod ... Ohne Standbilder.«

»Nicht nötig«, sagte Hans und hob die Hand. »Überlass das den Wildlife-Dokumentationen – vorhersehbar, banal. Das hier ist Kunst, vom Tod zum Leben. Das ist viel interessanter.«

Luka sah sie an und hob fragend die Augenbrauen.

»Meinst du wirklich?«, fragte Eve. Sie tadelte sich selbst, weil ihre Stimme so unsicher klang. »Ich meine, ich weiß ...«

»Ja, wirklich!«, sagte Luka. »So stellst du die alten langweiligen Gewissheiten in Frage. Das ist ein genialer subtiler Einfall.«

Eve errötete. Er hatte alles geplant, ihre Anweisungen ignoriert und war einfach seinen eigenen Weg gegangen. Doch da war Hans' Reaktion. Und Luka hatte wenigstens ihr die Anerkennung überlassen. Hans reagierte, noch ehe sie antworten konnte.

»Damit hast du eine neue Ebene erreicht, Eve. Die großen Fragen neu gestellt. Sehr beeindruckend. Damit können wir wirklich was anfangen.«

»Ich kann Ihnen den Film mailen, wenn Sie möchten, dann können Sie ihn potenziellen Kunden zeigen«, bot Luka an.

Hans nickte. »Das wäre sehr hilfreich.«

Eve beugte sich vor und schaltete den Computer aus. Dann lächelte sie ihm zu. Er lächelte zurück.

An der Clerkenwell Road bleibt sie vor der kleinen St. Peter's Basilica stehen, der italienischen Kirche mit ihren Mosaikfriesen: das Wunder der Brote und Fische; der heilige Petrus, als er die Schlüssel zum Himmelreich entgegennimmt. Schwarzgold verzierte Geländer schützen das Denkmal für die 471 italienischen Zivilisten, die während des Zweiten Weltkriegs aus Großbritannien deportiert worden waren und in kanadische Internierungslager gebracht werden sollten, jedoch umkamen, als ihr Schiff von einem deutschen U-Boot torpediert wurde. Das Geländer schreckt auch die Obdachlosen ab – Immigranten ebenso wie Einheimische –, die in dem Eingang mit dem doppelten Bogen übernachten wollen. Hier gibt es keine Brote und Fische. Keine Schlüssel zu irgendeinem Königreich. Ein weiterer abgesperrter Zufluchtsort. Sie geht weiter und senkt den Kopf vor dem schneidenden Wind.

Sie wusste von Anfang an, dass sie nach Delaunay Gardens zurückkehren musste, wenn Kristof aus Singapur zurückkam. Aber sie hatte sich nicht vorstellen können, wie schwer es ihr fallen würde: als träte sie aus den leuchtenden Farben eines Matisse in die monotone Düsterkeit eines Motherwell. Der Abschied von Luka am Ende eines produktiven Arbeitstages war angespannt. Er war so deprimiert, fast den Tränen nah, dass sie ihm ohne nachzudenken versprach, dass sie bald zusammen wären.

»Richtig zusammen?«, fragte er, und sein Gesicht hellte sich auf.

»Richtig zusammen«, log sie.

»Wie bald?«

»Bald.«

In Wahrheit hatte sie keine Ahnung, wo und wie das Ganze enden würde. Die gemeinsamen Mahlzeiten mit ihrem Mann in der höhlenartigen Küche erinnerten in der ersten Woche nach seiner Rückkehr an Vorstandssitzungen: Berichte der Mitglieder, Angelegenheiten, die sich aus der letzten Sitzung ergeben hatten, weitere Fragen. Sie empfand keine Feindseligkeit ihm gegenüber, tatsächlich empfand sie gar nichts. Hätte »Entschuldigtes Fehlen« auf dem Küchenplan gestanden, hätte sie sich selbst angeben können. Sie fühlte sich seltsam körperlos, bewegte sich schwerelos durch die weiten Räume ihres luxuriösen Hauses und sehnte sich nach der beengten Intimität im Wohnbereich ihres Ateliers.

Ein neuer Alltag bildete sich heraus. Sie verließ das Haus in aller Frühe am Morgen, noch ehe Kristof aufwachte, und wenn sie im Atelier ankam, war Luka bereits bei der Arbeit, vergoldet vom Morgenlicht, wie ein junger Medici-Edelmann. Seite an Seite arbeiteten sie dann bis spät abends, ihre Zusammenarbeit war ein Akt der Liebe, viel aufreibender und transzendenter als bloße körperliche Vereinigung.

Kristof wunderte sich nicht, wenn sie erst spät abends vom Atelier zurückkam oder in aller Frühe das Haus verließ – er hatte selbst genug zu tun. Der Vertrag für Wandas Art-Ranch-Projekt stand kurz vor dem Abschluss, und nächstes Jahr würde wahrscheinlich auch sein Entwurf für ein neues Hochhaus in der Nähe des Hafens von Sydney bewilligt.

Doch eine Woche nach seiner Rückkehr bat er sie, ihn zu einem Abendessen bei einem wichtigen neuen Kunden zu begleiten.

»Ich weiß, dass du alle Hände voll zu tun hast, trotzdem wäre ich sehr froh, wenn du mitkommen könntest. Alle bringen ihre Partner mit.«

Sie war davon ausgegangen, dass ihre Tage als Anhängsel vorbei waren.

»Es kommt mir wirklich ungelegen«, entgegnete sie. »Ich habe so viel im Atelier zu tun. Ines, die Kuratorin der Gerstein Gallery, will vorbeischauen, um sich meine alten Arbeiten anzusehen. Und Hans ist völlig aus dem Häuschen wegen des neuen Projekts, er meint, es könnte einen Bieterkrieg geben. Ich muss mich beeilen.«

»Bitte«, sagte er und griff nach ihrer Hand.

Kristofs Kunde, Albrecht Bernoise, ein Schweizer Hotelier, hatte ihn gebeten, eine neue Anlage im Nahen Osten zu entwerfen. Ein langweiliger Abend war garantiert. Doch ohne sie dort aufzukreuzen, behauptete Kristof, wäre ein Affront und würde ihm beruflich schaden.

»Könntest du nicht am Wochenende im Atelier übernachten, um die verlorene Zeit wieder aufzuholen?«, bat er. »Kannst du dir in dieser Woche keinen einzigen Abend freinehmen?«

Sie verkniff sich die Anmerkung, dass eine Nacht fern der Arbeit und ihrem Geliebten, um brav ihren Mann bei seinen beruflichen Ambitionen zu unterstützen, nicht das war, was sie sich unter »einen Abend freinehmen« vorstellte. Aber er war immer so nett, wenn sie zufällig beide in Delaunay Gardens waren, und er forderte so wenig von ihr, dass es ihr schwerfiel, ihm den Wunsch abzuschlagen. Zudem war die Aussicht auf ein ganzes Wochenende mit Luka, ohne sich eine Entschuldigung ausdenken zu müssen, unwiderstehlich. Sie lächelte, nickte und drückte seine Hand.

»Du hast was gut bei mir«, sagte Kristof.

»Und ob …«

18

Sie hasste es, an diesem Donnerstagabend die Arbeit so früh abzubrechen. Und noch mehr hasste sie es, Luka zu verlassen. Er hatte angefangen, den Hintergrund für die nächste Leinwand aufzutragen, und würde die ganze Nacht daran arbeiten.

»Es ist wie eine Hommage an dich«, sagte er. »So bin ich bei dir, auch während deiner Abwesenheit.«

Doch als es Zeit war zu gehen, fummelte er ihren Reißverschluss auf und zog sie verführerisch in Richtung Schlafzimmer. Sie waren so in die Arbeit versunken gewesen, dass sie sich seit Tagen nicht geliebt hatten, und während das Taxi draußen auf sie wartete, spürte sie wieder einmal, wie stark die Begierde an ihr zerrte. Wenn sie jetzt nachgab, war der Abend gelaufen. Dann würde sie das Atelier nicht mehr verlassen.

»Nein, nein, ich muss jetzt wirklich los ... Ich ertrage es ja selber kaum. Viel lieber würde ich hier bei dir bleiben. Aber es geht um die Arbeit«, erklärte sie. »Unsere Arbeit. Morgen komme ich, so früh ich kann.«

Es war nur die halbe Wahrheit. Es ging um Kristofs Arbeit. Doch inzwischen hatte sie erfahren, dass auch Otto Stoltzer eingeladen war, ein bedeutender Galerist und Kunstsammler aus Zürich, mit seinem Freund, einem jungen Künstler aus Italien. »Es werden also nicht nur Architekten und Geldleute da sein«, hatte Kristof ihr versichert und hinzugefügt, dass Stoltzer »auf Einkaufstour« sei und darauf brannte, seine riesigen Kapitalrücklagen zu dezimieren.

Im Taxi nach Knightsbridge erhielt sie drei mit rührend kindlichen xxx verzierte SMS von Luka, der sie daran erinnerte, dass er sie erwartete, wenn sie zurückkäme. Die Reise von ihm weg führte sie siebeneinhalb Meilen nach Westen und deckte das ganze sozioökonomische Spektrum Londons ab, vom notleidenden Osten, der von Armut wie zu Dickens' Zeiten geprägt war, über Straßenzüge mit jungen Bohèmekünstlern, vorbei an heruntergekommenen Vierteln, in denen die wenigen Frauen auf der Straße schattenhafte, schwarz gekleidete Gestalten waren, einer lauten, neonbeleuchteten Durchgangsstraße, wo betrunkene Mädchen in kurzen Röcken und Stöckelschuhen Mühe hatten, das Gleichgewicht zu halten, während sie laut durcheinanderkreischend Schlange standen, um in einen Nachtclub eingelassen zu werden, bis zu den plutokratischen Villen im Westen mit Concierges, Wachdiensten und Parkservice für die Luxuslimousinen.

Sie schaltete ihr Handy auf stumm und betrat das Penthouse. Die Marmorböden und das Wasserspiel in der Mitte des Foyers hätten aus einem der Hotels des Eigentümers stammen können. Sie kam eine Dreiviertelstunde zu spät und bemerkte auf den ersten Blick, dass ihr Kalkül aufgegangen war. Das lästige Vorstellungsritual war vorbei, und der Champagner hatte Gastgeber und Gäste bereits aufgetaut. Nüchtern und gelassen war Eve im Vorteil.

»Ah, meine Frau«, sagte Kristof und erhob sich, als sie den Raum betrat. »Meine verschollene Frau!«

Ein anerkennendes Lachen flog durch den Raum. Die Humorschwelle würde heute Abend niedrig sein. Otto Stoltzer nickte ihr knapp zu und wandte sich wieder seinem Freund zu. Sie war nicht interessant für ihn; er würde morgen früh nicht Hans anrufen, um ein Angebot zu machen. Der Abend war, wie sie jetzt schon sah, eine kolossale Zeitverschwendung. Wie viele Stunden müsste sie über sich ergehen lassen? Die übrigen Gäste waren genauso langweilig, wie sie befürchtet hatte. Zwei Männer mittleren Alters, die in der Finanz-, Hotel- und Immobilienbranche tätig waren, mit ihren jungen, unterwürfigen und dekorativen Zweit- oder Drittfrauen. Der interessanteste Mann im Raum war ihr eigener Ehemann. So schlimm war es.

Albrecht, der Gastgeber, führte sie zu ihrem Platz am Tisch. »Sie sind also Künstlerin? Meine Frau Laura auch. Und natürlich Otto und Enzo. Wir alle hier sind große Mäzene der schönen Künste.«

Eve hatte sich informiert. Der katzenhaft elegante Enzo in seinem purpurnen Smokingjackett hatte sich mit gewaltigen erotischen Kollagen aus Bonbonpapierchen einen internationalen Namen gemacht. Es hieß, Madonna sei ein Fan von ihm. Eve und Enzo würden nicht über künstlerische Techniken und Visionen fachsimpeln.

Ein opulentes Arrangement aus orangen Gerbera und Zierkohl erstreckte sich über den langen Tisch. Eve erkannte sofort, dass ihr Platz in der Sitzordnung, mit handgeschriebenen, in ein Kohlblatt gesteckten Kärtchen markiert, ein zweischneidiges Schwert war – Kränkung und Ehre zugleich. Sie saß an einem Tischende, dem Gastgeber gegenüber, und hatte keinen Tischnachbarn zu ihrer Linken.

Die Vorspeisen wurden von einem beflissenen Diener serviert, der einen Arm auf dem Rücken behielt, als versteckte er ein Messer. Eve gab sich Mühe, mit Albrecht ins Gespräch zu kommen, aber es wurde schnell deutlich, dass er nur ein Thema hatte – das Hotelgewerbe und insbesondere das neue Anwesen, das er in Doha erworben hatte.

»Wir planen ein Tausend-Betten-Kulturhotel – Konzerte, Ausstellungen, Aufführungen – für die internationale Elite …«

Eve betrachtete ihren Teller auf der Suche nach einer weiteren Frage. »Und wie macht sich Ihr Kulturhotel in Österreich angesichts der aktuellen wirtschaftlichen Lage?«

Die rosa Mousse, Räucherlachs vermutlich, war zwischen ölig glänzenden grünen Apostrophen arrangiert, als hätte der Chefkoch einen visuellen Witz zum Thema »Essen« machen wollen.

»Angesichts aller Zwänge und Unsicherheiten hat es sich überaus erfolgreich geschlagen«, sagte Albrecht. »Der Umsatz ist hervorragend, und unser Wellness-Programm hat großen Anklang in der Presse gefunden.«

Wellness, noch so eins von Nancys Schlagworten. Eine vielsagende Kombination von Konsumdenken und Narzissmus.

Rechts von Eve saß Clive Etchinghall, Vermögensberater und Aufsichtsratsmitglied in Albrechts Hotelkonzern. Vorsichtig piekste er seine Gabel in die Mousse, als könnte sie jeden Augenblick vor seiner Nase explodieren. Er war aufgedunsen, hatte rote Bäckchen und eine krächzende

Stimme, die auf Zigarren und Brandy als Grundnahrungsmittel schließen ließ, und selbst in seinen banalsten Äußerungen schwang ein anzüglicher Unterton mit. Als er zum zweiten Mal ohne Vorwarnung oder Entschuldigung aufstand, um zur Toilette zu gehen, vermutete Eve dahinter eher Kokain als ein Problem mit der Prostata oder eine Revolte des Magens gegen das exotische Essen.

Seine Frau, eine schlanke, in Kaschmir gehüllte Chiffre, saß am anderen Ende des Tisches gegenüber von Kristof, offenbar in eine angeregte Unterhaltung mit ihm verwickelt. Wahrscheinlich beglückte er sie mit einer detaillierten Fassung seiner beruflichen Erfolge.

Nachdem Eve ihr Repertoire an Fragen erschöpft hatte, wandte sich der Hotelier seiner Nachbarin zu. Sie war um die vierzig, hatte einen furchtsamen Blick und vorstehende Zähne, die an Barry Flanagans tanzende Hasen erinnerten. Es war seine Frau Laura. Hatte es ein Versehen bei der Tischordnung gegeben? Ein falsch verteiltes Namenskärtchen, für das später jemand in der Hölle schmoren würde? Oder hatte die nervöse Laura darauf bestanden, dass ihr Mann neben ihr saß, als Puffer gegen mögliche feindliche Mächte?

Sie war, wie man Eve erklärt hatte, eine »angesagte Goldschmiedin«, und wollte man ihre Berufung als Kunst bezeichnen, so ließ sie sich, den klobigen Goldketten und brutalistischen Anhängern auf ihrem sommersprossigen Dekolleté nach zu urteilen, vom Baumarkt inspirieren. Clive kam seinen gesellschaftlichen Verpflichtungen gegenüber dem Bonbonpapier-Freund des Galeristen zu seiner Rechten nach, und Eve, die nun nichts mehr zu tun hatte, lauschte mit einem freundlichen Allzwecklächeln der Unterhaltung der Gastgeber.

»Wir planen ein Tausend-Betten-Kulturhotel – Konzerte, Ausstellungen, Aufführungen – für die internationale Elite ...«

Seine Ehefrau schob die unangetastete Vorspeise beiseite, nickte und gab ihre eigene, angestrengte Version von Eves Allzwecklächeln zum Besten.

Clive streckte den Arm mit seinem Glas aus, um sich nachschenken zu lassen. Offensichtlich war er fertig mit Enzo und wandte sich nun wieder Eve zu.

»Ein ausgezeichneter Friaul«, sagte er und nahm einen kräftigen Schluck. »Floral und gleichzeitig cremig, mit einem Hauch von Teearoma. Aus Albrechts Weingut.«

»Hmm«, sagte Eve und nahm unbeeindruckt einen Schluck. »Waren Sie schon mal da? In dem Weingut, meine ich?«

Sie wusste, dass es eine belanglose Frage war, aber ihre bemühte Höflichkeit entsprach der bisherigen Unterhaltung. Clive dachte eindeutig anders und ignorierte sie. Er beugte sich über sie hinweg zu Albrecht und hob sein Glas.

»Prost!«

»Prost!«, erwiderte Albrecht und hob seinerseits das Glas.

Eva sah Laura an und bemerkte, dass sich auf ihren beiden Gesichtern das gleiche angespannte Lächeln spiegelte.

»Nur gut, dass die Russen in Doha den Schwanz eingezogen haben«, sagte Clive.

»Die waren uns einfach nicht gewachsen, was?«, entgegnete Albrecht.

Dann wurde der Hauptgang serviert. Scheiben von nicht identifizierbarem Fleisch in einer fuchsiaroten Sauce, mit einer aus einem Radieschen geschnitzten Rosenknospe garniert. Albrecht und Clive plauderten weiter über die Höhepunkte ihres letzten Geschäfts.

»Die haben wirklich geglaubt, wir würden die Segel streichen. Und dann hast du …«

»… Was für ein Gesicht er gemacht hat … Ich hätte nie gedacht, dass er sich darauf einlassen würde. Aber nach der Sache mit Kohler dachte ich, er würde …«

Laura Bernoise wandte sich von ihrem Mann ab und drehte sich ihrem anderen Tischnachbarn zu, Otto Stoltzer. Er hatte silbernes Haar und war tadellos gekleidet. Sein Einstecktuch mit Mondrian-Muster war ein dezenter Hinweis auf seine ästhetischen Vorlieben. Vielleicht machte Laura sich Hoffnungen, ihre tragbaren goldenen Sanitäreinrichtungen in Zürich ausstellen zu können. Unterdessen brach Eves Nachbar schon wieder zu einem hastigen Besuch im Badezimmer auf, und sie war erneut allein.

Als Clive zurückkehrte, entschied er, dass das gesellschaftliche Vorgeplänkel abgeschlossen war und man jetzt zur Sache kommen konnte. Er schob seinen Stuhl zurück und drehte sich um, so dass er Eve eine Dreiviertelansicht seines Rückens präsentierte. Er lachte über einen lahmen Witz von Kristof, wobei er sich um Enzo herumbeugte. Für Clive fielen schwule Männer allem Anschein nach in dieselbe Kategorie wie Frauen: bestenfalls dekorative Beigabe für ein zivilisiertes Leben, wie der Zierkohl und die Gerbera. Seine Stimme wurde lauter. Offenbar war er tatsächlich high; wie sonst konnte man das, was Kristof da von sich gab, lustig finden? Kristof schien von dem ungewohnten Klang des Gelächters, mit dem seine dummen Sprüche bedacht wurden, überrascht zu sein und reagierte fiebrig strahlend auf die Situation.

»Warum kommen Architekten nicht in den Himmel?«, fragte er. »Weil Jesus ein Zimmermann war.«

War das ein Witz? Kristof erzählte nie Witze. Hatte er ihn aus einem Knallbonbon bei der letzten Weihnachtsfeier? Sie müsste ihn später warnen, bevor seine Witzeleien aus dem Ruder liefen. Zwar quittierte Clive Kristofs Versuche mit schallendem Gelächter, doch über seine eigene erbärmliche Schlagfertigkeit lachte er noch viel lauter.

»Mit Bauunternehmern zu streiten ist zwecklos«, schnaufte Clive. »Man verzettelt sich nur … in Zementik.«

»Das ist großartig«, sagte Enzo. »Ihre Bauunternehmer interessieren sich für Semantik! Kennen Sie zufällig Noam Chomsky? Wir haben im Village mit ihm und Wanda Wilson zu Abend gegessen.«

Eve begann, ihren Abgang vorzubereiten. Sie brauchte einen Vorwand, um Kristof hierzulassen und ein Taxi ins East End zu nehmen. Ein Unfall im Atelier, nichts Ernstes, ein Rohrbruch, oder ein kleines Feuer. Sie nahm ihr Handy aus der Tasche. Vier neue flehentliche SMS von Luka, weitere Kussgirlanden.

Sie antwortete gerade »ich auch x«, als ein Flattern am Rand ihres Gesichtsfeldes ihre Aufmerksamkeit auf Otto Stoltzer lenkte, der den Zeigefinger auf sie gerichtet hatte. Sie winkte ihm vage zu. Sie hatte ihn zu früh abgeschrieben. Er hatte den Kopf auf die Seite gelegt und hob fragend die linke Augenbraue. Sie wechselten ein anerkennendes

Lächeln – ein Treffen verwandter Seelen in einer fremden Umgebung.

Sie waren zu weit voneinander entfernt, um miteinander zu sprechen; eine Savanne orientalischer Kohlköpfe breitete sich zwischen ihnen aus. Sie nahm eine Visitenkarte aus ihrer Tasche mit Kontaktdaten von Hans und ihr selbst und beugte sich schräg über den Tisch, um sie ihm zu reichen. Er könne, versuchte sie ihm zu signalisieren, ihr morgen mailen oder sie anrufen, wenn dieser triste Abend hinter ihnen lag. Aber Otto winkte ab. Er wies ihre Visitenkarte zurück und wedelte erneut mit dem Zeigefinger. Zeigte auf den Wein. Sie reichte ihm die Flasche.

19

Sie biegt in die Old Street ein, ehemals eine tote Zone zwischen dem kalten Kommerz der City, dem menschlichen Chaos in Hackney und dem alten East End. In diesem Monat hektischer Feiern erinnert sie mit den umliegenden Clubs und Bars, die um diese Stunde noch immer aus allen Nähten platzen, an eine kühlere, windigere Mischung von Las Ramblas und Copacabana. Und über dieser Party erhebt sich die St. Luke's Church mit ihrem obeliskartigen Turm von Nicholas Hawksmoor, der nachts blau leuchtet und zum Himmel zeigt wie ein neonfarbener Tadel für Eve und die Clubbesucher, die auf der Suche nach dem nächsten Nervenkitzel durch die Straßen ziehen.

Für eine Atheistin kennt Eve sich mit Kirchen sehr gut aus. Ihre anglikanisch angehauchten Eltern waren nur selten in die Kirche gegangen, aber sie hatte in ihren frühen Teenagerjahren eine kurze und peinliche Leidenschaft für Pauszeichnungen gehabt, war mit Papierrollen und Wachs durch die historischen Gemeinden von London gezogen und hatte geduldig Abdrücke der großen gravierten Gedenktafeln angefertigt. Obwohl ihr Interesse am bloßen Kopieren zugunsten der eigenen Kreativität bald verblasst war, besuchte sie weiterhin gern die Gebäude selbst – Larkins »ernste

Häuser auf ernstem Grund«. Die alte Sehnsucht nach Grandezza.

Noch etwas, worüber Florian und sie sich gestritten hatten. Er hatte jede Art von Religion verabscheut und war der Ansicht, dass ihre Wertschätzung für ein ruhiges Kirchenschiff, einen barocken Chorraum und ein gemeißeltes Taufbecken von ihrer abergläubischen Natur zeuge. Er hätte gar nicht falscher liegen können. Für Eve war jede Kirche ein Roman oder eine Vielzahl von Romanen, eine Gesamtausgabe von Anthony Trollope, die im Lauf der Jahrhunderte von vielen Autoren verfasst worden war, Überbleibsel einer Zeit, in der es einfacher war, auf eine unsichtbare Welt zu setzen als auf die greifbare, sichtbare, die einen umgab. Ein fortlaufendes Programm von Hoffnung und Trauer, über all die Jahre hinweg. Unzählige Hochzeiten, Taufen und Beerdigungen. Später hatte Kristof ihr die Augen für die architektonische Komplexität geöffnet. St. Luke's in seiner heutigen Form war ein weltliches Musikzentrum, wo sie mehrere Konzerte besucht hatten, das London Symphony Orchestra ebenso wie Patti Smith, obwohl Kristof einen gewissen Groll gegen die Kirche hegte. 2002 hatte er Entwürfe für ihren Umbau eingereicht und den Kürzeren gezogen. Eine Kränkung. Er war leistungsorientiert, was seine Arbeit anging, und hasste es, zu verlieren. Noch etwas, das ihr Mann und sie gemeinsam hatten.

Während sie nach der schrecklichen Dinnerparty vor Albrechts Wohnung auf ein Taxi warteten, war Kristof in bester Laune und zuversichtlich, dass er den Doha-Vertrag so gut wie in der Tasche hatte. Eve nutzte seine alkoholisierte

Siegesstimmung aus und erklärte rundheraus, dass sie heute Abend nicht nach Delaunay Gardens zurückkehren würde.

»Am besten fahre ich direkt ins Atelier zurück, um die verlorene Zeit aufzuholen«, sagte sie. »Eins der Herbarien muss dringend morgen früh versiegelt werden. Nächste Woche kommt Ines Alvaro, also kann ich genauso gut dort übernachten und früh aufstehen, um mich an die Arbeit zu machen.«

»Kann das nicht Glynn übernehmen? Oder Josette?«

Er hatte ihr neues Arrangement vergessen. Falls er es überhaupt je registriert hatte. Sie machte sich nicht die Mühe, ihn aufzuklären.

»Nein. Darum muss ich mich selbst kümmern«, entgegnete sie.

»Du arbeitest zu viel«, sagte Kristof beschwipst und half ihr in ein zweites Taxi. »Es wird Zeit, dass du dir einen neuen Assistenten suchst.«

Sie starrte aus dem Fenster auf die nassen Straßen der Stadt, während sie mit zwanzig Meilen pro Stunde die soziale Skala wieder herunterrutschte – dieselbe Strecke, die sie jetzt, sechs Monate später, zu Fuß zurücklegt –, und begann zu zweifeln. Vielleicht wäre es besser gewesen, nach Delaunay Gardens zurückzufahren. Sie fühlte sich erschöpft nach diesem Abend, alt, unattraktiv und unbedeutend, und sie wollte nicht, dass Luka sie in diesem Zustand sah.

Doch als sie die Tür zum Atelier öffnete und ihren Liebhaber noch wach am Computer vorfand, spürte sie einen Anflug von Erleichterung. Er hatte den grünen Hintergrund für das nächste Gemälde fertiggestellt und war dabei, das neueste Filmmaterial hochzuladen. Er drehte sich zu ihr um, begrüßte sie mit seinem engelsgleichen Lächeln und führte sie ins Schlafzimmer. Erlösung. Er würde sie ins Leben zurückversetzen.

Für mehr körperliche Intimität blieb an diesem Wochenende keine Zeit. Es gab zu viel zu tun. Er musste das Herbarium für das Wermutkraut fertigstellen, und anschließend konnten sie zur gelben Sequenz übergehen. Sie begann mit der Zeichnung einer Wilden Jasminblüte, einem trügerischen fünfblättrigen Stern, der wie eine Orangenblüte duftet und so unschuldig aussieht wie das von einem Kind gemalte Bild einer Sommersonne. Die Wasserfarben würde sie später auftragen. Luka fing an, das Ölpigment für die Leinwand zu mischen, Kobaltgelb mit Kaliumkobaltnitrit und Arylidgelb, dann kehrte er mit einigen Exemplaren an den Seziertisch zurück.

»Und die hier?« Er drehte die Pflanze in der behandschuhten Hand.

»Die ist interessant«, entgegnete sie, öffnete das Kräuterhandbuch und las daraus vor: »›Aus der Zeit des Kalten Krieges ... stammt das Gerücht, russische und chinesische Geheimdienste hätten sie für Morde benutzt.‹«

»Wie die Russen in Salisbury?«

»Wenn du darauf bestehst«, sagte Eve mit deutlich irritierter Stimme. »Du weißt doch, banale Kommentare über aktuelle Ereignisse interessieren mich nicht. Der Schwerpunkt dieser Arbeit ist planetarisch und zeitlos.«

Doch er hörte gar nicht zu.

»Wenn man es in einem Sandwich versteckt ... was würde dann passieren?«, rätselte er.

Sie seufzte und griff erneut nach dem Handbuch. »Krämpfe, Lähmungen und Tod durch Ersticken.«

»Da fallen mir ein paar Kandidaten ein ...«, sagte er und beugte sich endlich wieder über seine Aufgabe.

»Können wir jetzt weitermachen?«

Als das Wochenende vorbei war, begann die Farce ihres Ehelebens von neuem. Luka verbrachte die Nacht im Atelier, während Eve nach einem vollen Arbeitstag pflichtbewusst nach Delaunay Gardens zurückkehrte. Ines kam ins Atelier, um sich Eves alte Arbeiten anzusehen und die neuen zu bejubeln, doch ihre Begeisterung war erdrückend und trug nicht dazu bei, Eves Laune zu bessern. Wie lange würde sie dieses gespaltene Leben ertragen? Und wie lange würde Luka es tolerieren?

Noch in derselben Woche erhielt sie anscheinend eine Antwort darauf. Nachdem er das Artemisia-Herbarium gefüllt und versiegelt hatte, erzählte ihr Luka, er würde zu seiner Schwester zurückkehren.

»Nur für ein paar Nächte. Im Atelier ist es so einsam ohne dich.«

Als Eve dieses Eingeständnis hörte, lächelte sie, sagte aber nichts. Es war eine schwierige Lage für ihn. Seine wachsende Unsicherheit wirkte sich negativ auf ihr Liebesleben aus. Manchmal schien es in ihren Nächten mehr um Beruhigung als um Sex zu gehen. Die Rückkehr zu seiner Schwester war ein Ultimatum, und Eve konnte es ihm nicht übelnehmen. Sie musste eine Entscheidung treffen, aber sie fürchtete sich vor den Konsequenzen, so oder so.

Am Ende der Old Street geht sie um den Kreisel herum – eine alberne Bezeichnung für das mörderische, fußgängerfeindliche Verkehrschaos; hatte Kristof nicht irgendwas mit einem dieser hässlichen Keksdosen-Gebäude zu tun? – und gelangt nach Shoreditch. Als sie sich als junge Studentin mit Wanda und Mara eine schäbige Wohnung geteilt hatte, war die Gegend für ihre verwahrlosten Sozialwohnungen und Hausbesetzungen bekannt gewesen. Nachts bevölkerten Straßenräuber und Vagabunden des zwanzigsten Jahrhunderts die Gegend. Und heute? Die Neubauten, einige davon nach Kristofs Entwürfen, wurden für Millionen an ausländische Investoren veräußert, Industrielager und viktorianische Banken in angesagte Clubs verwandelt, schummrig ausgeleuchtete Gin-Lane-Versionen des einundzwanzigsten Jahrhunderts mit Champagner, Kokain und Surround-Sound.

Vor fünf Jahren, als diese Vergnügungsstätten noch in den Kinderschuhen steckten, arbeitete ihr Patenkind Theo als DJ in einem der neuen Clubs, einem glorifizierten illegalen Rave-Schuppen, der allein durch Bargeld legitimiert wurde. Er erzählte ihr von diesem Job wie ein junger Musiker, der sich gerade ein Dauer-Engagement in der Wigmore Hall gesichert hatte.

Heute Abend lungern vor den Clubs Junkies und Alkoholiker herum, die kein Geld haben, um ihre Sucht zu finanzieren, und bearbeiten die wohlhabenden Zugezogenen.

»Kleine Gabe für einen Obdachlosen?« Ein hagerer alter Mann in einem zerlumpten Mantel streckt ihr seine schmutzige Hand entgegen.

Er hat sich die Falsche ausgesucht. Eve schüttelt den Kopf, zieht den Kragen hoch und geht weiter.

Nach Lukas erster Nacht in Archway trafen sie sich am nächsten Morgen vor der Tür des Ateliers. Eve fragte leichthin, wie sein Abend gewesen sei, doch er antwortete knapp und ausweichend.

»Gut. Ja, ich habe sie gesehen. Es geht ihr gut.«

Er öffnete die Kühltruhe, nahm ein paar Zweige Wilden Jasmin heraus, trug sie zum Seziertisch und machte sich schweigend an die Arbeit.

»Was ist denn los?«, fragte Eve.

»Nichts.« Mit der Pinzette hob er eine Blüte hoch und ging hinüber zum Herbarium.

»Sag schon.«

»Nichts, hab ich gesagt!«

Seine Stimme klang gereizt, und als er ihre Frage mit einer Geste abwies, fiel ihm die Pinzette aus der Hand in die Vitrine und spritzte die Konservierungsflüssigkeit auf seine ungeschützte Hand.

»Vorsicht!«, rief sie.

»Mist!«

Er schüttelte die Hand, pustete darauf und suchte nach etwas, womit er die ätzende Flüssigkeit wegwischen konnte. Sie nahm einen sauberen Lappen, machte ihn nass und lief zu ihm. Schmerzverzerrt schob er sie weg und ging zum Becken, um seine Hand unter den Wasserhahn zu halten. Sein Zorn schien ihr zu gelten. Das war nicht fair. Er war unvorsichtig gewesen, nicht sie.

Wenn er ihre Hilfe nicht wollte – sie hatte eine Menge

andere Sachen zu tun. An Arbeit mangelte es nicht. Sie schaltete die Nachrichten an. Eine neue Schlechtwetterfront war im Anmarsch ... starke Windböen ... Stromausfälle ... Lebensgefahr durch umherfliegende Teile. Turbulenzen also offenbar überall. Lieber legte sie etwas Musik auf. Lester Young, in voller Lautstärke, in der Hoffnung, die frei schwebenden Riffs des Saxophons würden ihre Stimmung heben.

Sie kletterte auf die Leiter, um an dem gelben Gemälde weiterzuarbeiten. Unbeobachtet sah sie auf ihn hinab, als er das pulverisierte Pigment ausschüttete. Er schmollte noch immer. Es war wie bei Nancy, die ständig erwartete, dass man versuchte, aus ihren Gefühlen schlau zu werden, und sich fragte, ob man sie möglicherweise gekränkt hatte. Er mischte die Farbe – ein zitternder Klacks Eigelb –, zog die Handschuhe an und kehrte zum Herbarium zurück.

Am frühen Nachmittag hatte sie genug von der Musik. Die Nachrichten – Säbelrasseln in Amerika und Brexit-Panikmache in England – waren auch nicht besser. Es war Ines Alvaros Pech, ausgerechnet in diesem Augenblick anzurufen. Nach ihrem Besuch im Atelier hatte sie noch Gesprächsbedarf.

»Ich denke noch immer über die Kobralilie nach«, sagte die Kuratorin zu Eve. »Und ich frage mich, ob dein alter *Amaranthus* – der Fuchsschwanz – an der Stelle nicht besser zur Geltung käme.«

»Wirklich, Ines. Ich habe keine Zeit, um mich um solche Einzelheiten zu kümmern«, erwiderte Eve möglicherweise unangemessen scharf. »Für so was habe ich einen Kunsthändler. Ruf Hans an.«

Sie legte auf. Lukas anhaltendes Schweigen drückte auf ihre Stimmung, und ihre Gelassenheit begann zu bröckeln. Kristof und sie waren am Abend mit Nancy und Norbert bei einer Präsentation von einer von Nancys Partnerfirmen verabredet – einem Fair-Trade-Unternehmen, das »Luxus-Loungewear« produzierte. Die treue Mara war zwar nicht unbedingt eine Anhängerin von Luxus-Loungewear, würde aber trotzdem mit Dot kommen. Auch Maras Tochter Esme, Nancys IT-Adjutantin, hatte sich angesagt. Trotzdem hätte Eve den ganzen Abend mit ihnen für eine einzige Stunde im Atelier mit Luka eingetauscht, selbst in seiner derzeitigen Laune.

Sie musste los. Ihre Abwesenheit hätte zu Hause Verdacht erregt. »Du musst deine Tochter unterstützen«, darauf hatte Kristof gepocht, und Eve wollte keine Konfrontation. Doch die Aussicht auf eine schlaflose Nacht mit quälenden Gedanken an Luka brachte sie an den Rand der Verzweiflung. Unausgesprochene Fragen und von Selbsthass getränkte Antworten erfüllten die Stille. Hatte er sie satt? Wie auch nicht? War es vorbei? Warum nicht? Und überhaupt, was machte er bei ihr? Sie saß in ihrem farbverschmierten Overall mit zerzaustem dünnem Haar auf der Trittleiter. Wann war sie das letzte Mal beim Friseur gewesen? Streifen von gelbem Pigment zogen sich über ihr müdes und, ja, altes Gesicht. Wie konnte sie erwarten, dass der über seine Arbeit gebeugte schöne Knabe da unten sie begehrte?

Inzwischen saß er mit gerunzelter Stirn wieder am Seziertisch. Sie kletterte die Leiter hinunter, tauchte die Borsten in die dicke goldene Flüssigkeit und bewegte sie mehrmals hin und her. Mit neutraler Stimme fragte sie, ob er am Abend wieder nach Archway fahren würde. Er schüttelte den Kopf und griff nach der Standkamera. Belle und er hätten sich gestritten, erklärte er.

»Es war ein großer Streit. Wir sprechen nicht mehr miteinander.«

»Warum?«, fragte sie leise. Die Einzelheiten interessierten sie nicht. Das einzig Wichtige war, dass er sich über seine Schwester ärgerte, nicht über sie.

»Sie hält mich für einen Taugenichts. Ich würde nichts wirklich durchziehen. Ich müsse endlich ein ordentliches Leben führen.«

Er arbeitete weiter, fotografierte methodisch ein Segment der Pflanze nach dem anderen.

»Wieso hast du ihr nicht gesagt, dass du längst ein ordentliches Leben führst? Ein ganz wunderbares.«

»Hab ich ja. Aber sie hängt nun mal diesen großen Ideen nach und meint, alle anderen müssten genauso denken wie sie.«

Eve ging zu ihm und nahm seine Hand, die noch immer rauh und vom Formalin entzündet war, hob sie an die Lippen und küsste sie.

»Ruf sie an. Bring sie hierher. Noch heute Abend. Bevor ich gehe. Zeig ihr dein Leben. Unser Leben. Ich wollte sie ohnehin kennenlernen.«

Es war ein Impuls, ausgelöst teilweise von Schuldgefühlen wegen seines Missgeschicks mit dem Formalin – als wäre es irgendwie ihre Schuld –, aber auch von Dankbarkeit seiner Schwester gegenüber, weil sie die Ursache seiner schlechten Laune war. Außerdem wollte sie, dass er sich besser fühlte. Belle sollte ihren Bruder in guten Händen wissen. Eve wusste, dass die Einladung irrational war, dass ihre Affäre mit Luka immer noch ein Geheimnis war und sie den Ärger geradezu herausforderte. Aber irgendwas in ihr war auf Ärger aus. Sie brauchte einen belebenden Stoß. Aus Selbstzufriedenheit ist noch nie gute Kunst entstanden.

20

Vor dem Rathaus in Shoreditch blockiert eine Menschenmenge die Straße. Sie hört französische und spanische Akzente, vielleicht auch russische und italienische. Alles wohlhabende Menschen, die durcheinanderlaufen, sich umarmen, auf ein Taxi warten und zu sehr mit sich selbst beschäftigt sind, um die einsame Fußgängerin zur Kenntnis zu nehmen, die versucht, sich einen Weg durch sie hindurch zu bahnen. Sie waren in dem mit Michelin-Stern ausgezeichneten Restaurant gewesen, das sich heute in einem Flügel des hellen Gebäudes im italienischen Stil befindet, wo früher die örtliche Gemeindeverwaltung untergebracht war. Sie weicht auf die Straße aus, um die Menge zu umgehen, und blickt zu dem Turm in der Mitte hinauf. Auf der Säulenplatte zu Füßen der entschlossenen steinernen Frau, die eine Fackel schwingt, steht »Fortschritt«. Daneben befindet sich ein Buntglasfenster mit dem eingravierten alten Motto der Gemeinde: »Mehr Licht, mehr Macht.« Das ist wenigstens eine Maxime, nach der man leben kann.

Belle war selbstsicher und hübsch, aber das würde nicht lange so bleiben – fehlende Knochenmasse. Sie hatte das Haar mit Henna gefärbt und den geschminkten Mund zu einem unhöflichen Schmollen verzogen. Um den Kragen des nicht zur Jahreszeit passenden Tweedmantels war ein zerlumpter Fuchspelz drapiert. Sie knöpfte den Mantel auf und reichte ihn Luka. Wie ein Kammerdiener nahm er ihn ihr mitsamt dem baumelnden toten Viech ab. Unter dem übergroßen Mantel wirkte sie jungenhaft, wie in einer umgekehrten Hosenrolle, der junge Held der Pantomimen-Bühne in Leopardenjacke, Lederminirock und Netzstrumpfhose, bereit für einen Schlagabtausch mit dem Hausdiener Buttons. Ihr Stil – ironische Schlampe – wurde durch plumpe Schnürstiefel abgerundet. Mode als wandelnder Widerspruch. Nur die Jugend kam damit durch. Belle war eine klischeehafte Reminiszenz an die Zeit der Sex Pistols und The Clash, das nervöse London der Stromausfälle, Demonstrationen und Rock gegen Rassismus – mehr als zehn Jahre vor ihrer Geburt. Eve hatte das Original erlebt. Sie hatte alles mitgemacht. Alles getragen. Jetzt musste die intellektuell und kulturell verarmte Jugend in Mottenkisten wühlen, um die Gegenkultur ihrer Vorfahren in langweiligen Versionen zu recyceln.

Eve schenkte Belle ein Glas Wein ein und bemerkte, dass sie auf der rechten Hand, zwischen Daumen und Zeigefinger, dasselbe Tattoo wie Luka hatte, den grinsenden mexikanischen Totenschädel.

»Gibt es eigentlich ein Gen für die Auswahl von Tattoos?«, fragte sie.

Belle legte die Stirn in Falten. »Wir haben es uns auf einem Festival stechen lassen.«

Entweder hatte sie Eves vorsichtigen Versuch eines Witzes – ein freundliches Angebot – nicht begriffen, oder sie war eingeschnappt. Wie Nancy regelmäßig unter Beweis stellte, hatte diese Generation eine besondere Gabe, sich gekränkt zu fühlen.

Die junge Frau sah sich mit dem Glas in der Hand um und nahm die Dimensionen des Ateliers in sich auf.

»Cool. Ich habe Fotos gesehen, aber im Original sind sie noch mal ganz was anderes …«

»Von *diesen* Arbeiten kannst du keine Fotos gesehen haben«, sagte Eve. »Nur mein Kunsthändler hat welche zu Gesicht bekommen.«

»Und ich«, sagte Luka.

»Und Luka«, berichtigte sich Eve.

»Phantastisch«, sagte die junge Frau ausdruckslos.

Luka führte sie zum Seziertisch.

»Das ist ein Teil von dem, was ich hier mache«, erklärte er, nahm ein Skalpell und schwang es durch die Luft.

»Ich zerlege die Pflanzen in ihre Einzelteile, fotografiere sie und lege sie in die Konservierungsflüssigkeit der Herbarien, so dass man ihren gesamten Lebenszyklus betrachten kann.«

Seine Begeisterung für dieses Projekt übertrug sich nicht auf seine Schwester.

»Und hier«, sagte er und führte sie zu der Leinwand mit dem Wermutskraut. »Dieses Bild habe ich zusammen mit Eve gemalt. Siehst du einen Unterschied zwischen meiner und ihrer Arbeit?«

Belle zog ihre Jacke aus. Ihr schwarzes Spitzenhemd war fast bis zur Taille aufgeknöpft, über den prallen Brüsten, die in einem roten BH steckten, hing ein Durcheinander von billigem Modeschmuck. Sie hätte eine Verkäuferin in Vi-

viennes Chelsea-Boutique aus den siebziger Jahren sein können.

»Gibt es noch Wein?«, fragte sie und hob ihr Glas, als wollte sie einen Toast aussprechen.

Was war bloß los mit diesen jungen Dingern, ausnahmslos selbsternannten Feministinnen, die das Recht für sich einforderten, wie Prostituierte alter Schule herumzulaufen? »Sieh mich an!«, schrien sie. »Sieh mich an! Sieh mich bloß nicht an, du sexistisches Schwein!«

Mit aufgefülltem Glas schlenderte Belle an den bunten Leinwänden vorbei, als gäbe es sie nicht, und blickte zu den Tragbalken in den dunkelsten Ecken des Ateliers auf. Sie war die Jüngere der beiden Geschwister, aber eindeutig die Dominante. Luka schwänzelte um sie herum und buhlte um ihre Anerkennung. Je näher er ihr kam, desto weiter zog sie sich zurück.

Wäre Belle sympathischer oder wenigstens etwas begeisterter gewesen, hätte sie auch nur den Versuch unternommen, ein höfliches Interesse an ihrem Werk vorzutäuschen, hätte Eve eine weitere Flasche aufgemacht und bei einem Lieferservice etwas zu essen bestellt. Ihr graute vor Nancys Party, einem Abend voll gähnender Leere und billigem Wein. Da aber die Alternative dazu bedeutete, über mehrere Stunden hinweg die unfreundliche Belle ertragen zu müssen, war Eve froh, einen Grund zum Aufbrechen zu haben.

»Luka kann dir alles zeigen. Bleib, solange du Lust hast«, sagte sie.

Sie hört das Heulen eines herannahenden Rettungswagens. Ein fröhlicher Abend – vielleicht eine Bürofeier – hatte ein böses Ende genommen. Sie hält sich die Ohren zu, um den Lärm auszuschließen, während der Krankenwagen vorbeirast und sich sein seltsam festliches Blaulicht mit den flackernden Weihnachtslichtern in den Geschäften und Wohnungen ringsum vermischt.

Mit fünfzehn und sechzehn waren Eve und ihr Bruder manchmal nachts in der Stadt spazieren gegangen. Nicht da, wo sich die Touristen scharten, sondern auf der hässlichen, fünfundzwanzig Meilen langen Verbindungsstraße, die um die tristen Vororte der Stadt herumführte – der North Circular. Es war kein Sightseeing. Das Gehen an sich, das Gespräche und Gedanken anregte, war der Ansporn, die Gelegenheit, sich außerhalb der erdrückenden Grenzen ihres Zuhauses frei unterhalten und denken zu können. Damals gab es noch kein Bewusstsein für die Gesundheitsgefährdung durch Abgase. Ihnen ging es vor allem darum, vor der ansteckenden seelischen Krankheit ihrer Mutter zu flüchten, einem verbitterten Gespenst, dessen blasses Gesicht sich noch lange nach Sendeschluss auf dem Bildschirm des rund um die Uhr eingeschalteten Fernsehers spiegelte. Erstaunlicherweise wurden Eve und John nur einmal angehalten. Ein Streifenwagen überprüfte sie irgendwo außerhalb von Wembley, während die Lastwagen an ihnen vorbeidonnerten, und als die beiden Polizisten feststellten, dass die Geschwister einen harmlosen, wenn auch exzentrischen Nachtspaziergang machten, fuhren sie irritiert weiter. Es war, wie ihr jetzt bewusst wurde, eine Vorbereitung auf den Eintritt in das Erwachsenenleben gewesen – ein eigener, bewusster Schub in die Zukunft.

Damals hatten sich Eve und ihr Bruder sehr nah gestanden, trotzdem war Eve klar, dass ihre Beziehung zu John einer genauen Überprüfung nicht standgehalten hätte, auch wenn sie nicht so offenkundig schädlich war wie die zwischen Belle und Luka. Sie war immer die Stärkere gewesen. Armer John. Wie der Magnolienboy hatte er nie eine Chance gehabt.

Es hatte schon früh angefangen. Die Familiendynamik wird bereits im Mutterleib festgelegt. Eves Entschlossenheit und Hartnäckigkeit füllte schnell die Lücke, die die mangelnde Fürsorge ihrer Eltern hinterlassen hatte – die zerstörten Träume ihrer Mutter, die verbissene Einhaltung von Regeln und Routine ihres Vaters. Es gab einige Fehltritte in ihrer Jugend, als sie sexuellen Hunger mit Liebe verwechselte, und Florian hatte diese Verwirrung noch verstärkt. Als Kind erlernte sie die seltene Gabe, Einsamkeit zu ertragen, auch in Gesellschaft. Sie wusste immer, dass sie auf sich allein gestellt war, selbst in ihren geselligsten Jahren, auf der Kunstakademie in New York, und auch in den besten, frühen Zeiten mit Kristof. Die versiegelte Kapsel, in der sie sich einen Weg durchs Leben bahnte, wurde zu ihrem Schutzpanzer und dann zu ihrer zweiten Haut.

John teilte ihre Vorliebe für die Einsamkeit, hatte sich aber nie einen Schutzpanzer zulegen können. Von Anfang an rieb das Leben ihn auf. Der Mangel an Wärme in seiner Kindheit weckte in ihm eine lebenslange Sehnsucht. Er tauschte die lieblosen Eltern und die herrische Schwester gegen zwei dominante, lieblose Ehefrauen, von denen die zweite noch schlimmer war als die erste. Sie verstärkten sein Schuldgefühl, dass er nie genug für andere tun konnte. Das war seine traurige Berufung – Glück zu bringen, wo es Elend gab. Und so spürte er dem Elend nach und fand es mehr und mehr in sich selbst.

Die Temperatur ist gefallen und der Schauer in Eisregen übergegangen. Eve zittert und sieht sich in dem spärlich fließenden Verkehr um, in der Hoffnung, das freundliche gelbe Licht eines freien schwarzen Taxis zu sehen. Kein Glück. Sie kramt nach ihrem Handy, um einen Uber-Wagen zu bestellen. Doch in ein Taxi zu steigen bedeutet Umgang mit Menschen, und selbst die elementarste Form: »Hatten Sie einen schönen Abend? Wollen Sie nach Hause?«, wäre mehr, als sie ertragen kann. Und falls der Fahrer auf den Brexit zu sprechen käme – heute sprach man ja von nichts anderem –, wäre sie versucht, den Gurt zu lösen, die Tür zu öffnen und sich auf die Straße zu stürzen. Obendrein würde ein Taxi, egal ob mit oder ohne politische Kommentare, sie viel zu früh an ihre Zukunft ausliefern. Noch ist sie nicht bereit. Besser draußen in einer wilden Nacht zittern, allein mit ihren Gedanken.

Während sie weiter arbeiteten, erzählte Luka ihr nach und nach seine Familiengeschichte. Jetzt war es an Eve, die Fragen zu stellen, obgleich die Einzelheiten sie wenig interessierten. Die verstorbene Mutter, die einsamen Jahre im Internat, der Vater, der schnell wieder geheiratet hatte, die böse Stiefmutter, die, nachdem sie zur Witwe geworden war, Luka und Belle um das Erbe brachte. Es war, als hörte sie der Zusammenfassung einer Seifenoper zu, die sie nicht zu sehen gedachte. Was sie daran anzog, war Lukas Drang, sich ihr anzuvertrauen; er band ihn umso stärker an sie. Seine Einsamkeit rührte sie und spiegelte ihre eigene wider. Sie waren Seelenverwandte, und sie konnte ihn vor der Verbitterung retten.

Sie kamen so gut mit dem Florilegium voran und waren beide so voneinander hingerissen, dass Eve Mühe hatte, sich daran zu erinnern, dass sie auch außerhalb des Ateliers ein Leben hatte. Sie wurde unvorsichtig. Sie übernachtete im Atelier und schickte Kristof späte faule Ausreden per SMS. Er hatte selbst Sorgen wegen seiner Arbeit. In letzter Minute hatte ein deutsches Architektenbüro ein Gegenangebot für Wandas Art-Ranch-Projekt eingereicht, und er war gezwungen, seinen Preis zu senken. Daher machte er Eve wegen ihrer Abwesenheit keine Vorhaltungen.

Nachdem sie ein Leben lang darum gekämpft hatte, ein gewisses Gleichgewicht zwischen dem häuslichen Leben und den Anforderungen der Arbeit zu finden, entschied sich Eve für die Arbeit, ließ die Zügel fahren und genoss das köstliche Ohnmachtsgefühl des freien Falls in ihr Inneres. Sie pfiff auf Konventionen und Gewissensbisse. Das war alles, was zählte, hier wollte sie sein – in der anschwellenden Woge von Kreativität und Sinnlichkeit.

Eines Abends machte sich Luka einen Spaß daraus, ihr Handy zu verstecken, und als er es ihr am nächsten Morgen zurückgab, entdeckte sie, dass sie drei Anrufe von Kristof verpasst hatte. Sie dachte sich eine Geschichte über ein verlegtes Handy aus – irgendwie stimmte es ja fast – und einen Notfall im Atelier. Ihr Mann war nie ein misstrauischer Typ gewesen, was sie in der Vergangenheit sehr irritiert hatte, wenn sie sich mit Affären rächen wollte. Doch obwohl er ihr die Sache mit dem verlegten Handy und dem Stromausfall im Atelier abkaufte, schien er sich unmerklich von ihr zurückzuziehen.

Es war unvermeidlich, dass sie auffliegen würde. Sie hatte es förmlich darauf angelegt. Die Einladung an Belle war der erste Schritt gewesen. In der folgenden Woche kehrte sie nach zwei Nächten Abwesenheit ohne Erklärung nach Delaunay Gardens zurück. Luka verabschiedete sie besonders zärtlich, als wüsste er, was geschehen würde.

»Du, ich und die Arbeit, mehr gibt es nicht«, sagte er.

Kristof erwartete sie, sein Gesicht war angespannt vor Ärger. »Ich weiß, dass du etwas vor mir verbirgst.«

Kristof war kein gewalttätiger Mann. Sie fürchtete sich nicht vor ihm, so wie früher vor Florian, der ohne Anlass um sich schlug und den vermeintliche Verbrechen wie Mittelmäßigkeit und Ungehorsam ebenso in Rage versetzten wie ein eingebildeter Verrat. Andererseits war Florian auch ein Genie, wenn es um liebevolle Versöhnung ging.

»Sag es mir!«, rief Kristof und schlug mit der Faust auf den Küchentisch.

Eine Sekunde lang überlegte sie, ob sie alles abstreiten sollte. Es war noch nicht zu spät, sich zu retten und in das vor sich hin treibende, empfindungslose Mittelmaß ihrer Ehe zurückzukehren. Es wäre einfach gewesen. Sie hätte nur den Schalter umlegen und alles abstellen müssen. Aber sie wollte nichts abstellen. Sie wollte keine Bequemlichkeit. Sie wollte Schwierigkeiten – leidenschaftliche, verzehrende Schwierigkeiten.

Also sagte sie es ihm.

Kristofs Reaktion fühlte sich an wie eine schallende

Ohrfeige. »Ist das dein Ernst?« Er machte sich lustig über sie.

»Es war mir noch nie so ernst!« Sie benutzte sogar das Wort »Liebe«, das sie Luka bisher vorenthalten hatte. Es fühlte sich gut an, es auszusprechen, um ihrer Hingabe Nachdruck zu verleihen. Und doch war noch alles in der Schwebe. Sie konnte, wenn sie wollte, Abbitte leisten, zurückrudern und ihr altes Leben wieder aufnehmen. Noch war es nicht zu spät.

Während Kristof ihr Vorhaltungen machte und sie anflehte, sah sie zwei Arten von Zukunft vor sich, ein anschauliches Diptychon: das eine ein *tableau mort,* in dem sie wie erstarrt im Mausoleum ihres Ehebettes lag; das andere ein *tableau vivant* mit zerwühlten Laken und den reifenden Früchten des Lebens mit Luka. Es war kein Zufall, dass sie jetzt, da ihr sinnliches Ich entfesselt worden war, das beste Werk ihres Lebens schuf. Sie wusste es. Luka sagte es. Sogar Hans hatte es gesagt.

Diese neue Liebe zu verraten würde bedeuten, sich selbst zu verraten. Sogar das Wort Liebe – Deckmantel für jede Menge Sentimentalität und schlechte Kunst – war eine unzulängliche Beschreibung ihrer Beziehung mit Luka. Er war ihr psychischer Zwilling. Seine Ambitionen, seine Verwundbarkeit und seine dunkelsten Triebe spiegelten die ihren wider. Er durchschaute sie bis in ihr Innerstes, so wie sie ihn. Zum ersten Mal in ihrem Leben wurde sie als Künstlerin und Frau verstanden und geschätzt, und sie fühlte sich unbesiegbar. Ermutigt durch Lukas Glauben an sie konnte sie aus dem Schatten heraustreten und ihren Platz als vielversprechende Künstlerin behaupten.

»Er ist doch noch ein halbes Kind«, sagte Kristof. »Du machst dich lächerlich.«

»Nicht mehr als du mit der Sexbombe Elena.«

»Eben!«

Noch während sie es sagte, wusste Eve, wie schwach dieses Argument war. Sie war selbst überrascht, als ihr der Name des unbedeutenden Mädchens, das ein paar Monate lang lästig gewesen und schon lange aus ihrem Leben verschwunden war, über die Lippen kam. Kristof auch. Er hatte geglaubt, sie sei darüber hinweg. Sie auch.

Sie saßen in der sich verdüsternden Küche, warfen sich Beleidigungen an den Kopf und kramten uralte Kränkungen hervor oder Verletzungen, die seit Jahren unausgesprochen geblieben waren. So sehr waren sie auf Vergeltung aus, dass aufzustehen und das Licht anzuschalten eine banale Unterbrechung des fesselnden Dramas gewesen wäre, das den Gerechten endlich den Sieg versprach. Jeder staunte über die Kleinlichkeit des anderen. Der jahrzehntelange, im Dunkeln gärende Groll hatte monströse Früchte getragen. Als die Nacht hereinbrach, wurde das grüne Blinken der Zeitschaltuhren in ihrer Küche heller. Kaffeemaschine, Mikrowelle, Herd und Kochfeld zählten die Sekunden herunter, und es schien, als befänden sie sich im Cockpit eines Raumschiffs, das auf das äußerste schwarze Ende der Galaxie zuraste.

21

Ist das Gesang? Nicht das Grölen von Betrunkenen, sondern ein harmonischer kleiner Chor. Sternsinger? Hier? Sechs junge Männer aus verschiedenen Ethnien kommen Arm in Arm und breit lächelnd auf sie zu. Ein nett gemeinter Hinterhalt. Alkohol könnte im Spiel sein – der Graupel, der ihnen ins Gesicht bläst, scheint ihnen nichts auszumachen –, wirkt sich aber nicht negativ auf ihre versierte Harmonie aus. Lokale Musikstudenten, die einen draufmachen? Versprengte Mitglieder einer Kirchenfeier, die die Ermahnung *Let nothing you dismay* wörtlich nehmen? Sie wirken zu ausgeglichen und sorglos, um gutgläubige Christen zu sein. Sie gehen an ihr vorbei und verkünden eine Botschaft des Trostes und der Freude. Dabei wäre *In the Bleak of Midwinter* eine passendere musikalische Begleitung auf dieser Via Dolorosa, denkt Eve.

Nachdem die Wahrheit über ihre Affäre auf dem Tisch war, reagierte sie erleichtert, fast euphorisch. Sie wollte Kristof leiden sehen und spürte eine schwindelerregende Freude an der Provokation, während sie die Mängel ihrer Ehe aufzählte und sie für tot erklärte: ihr nicht vorhandenes Sexualleben, seine Arroganz, sein mangelndes Interesse an ihrer Arbeit, seine ständige Abwesenheit. Er wehrte sich, so gut er konnte, warf ihr Kälte, Selbstbezogenheit und *ihr* Desinteresse an *seiner* Arbeit vor. Mit diesem Austausch von historischen Anschuldigungen und einer Spirale von Schuldzuweisungen – ein Wettrüsten in Verleumdungen – wollte sie nicht nur alle Brücken hinter sich verbrennen, sondern auch die Zufahrtsstraßen in die Luft sprengen. Sollten ihr Mann und sie in diesem Moment im Feuergefecht umkommen, umso besser. Es gab kein Zurück mehr.

»Und vergessen wir Mara nicht …«, sagte sie. Dann holte sie Luft, und Kristof war an der Reihe.

Mit kalter Stimme zählte er irgendwelche Verbrechen auf, die sie als Ehefrau vor neun Jahren begangen hatte, vorenthaltene Unterstützung, nicht geteilte Begeisterung, auf anderes gerichtete Aufmerksamkeit, und am Ende kam er zu ihren Fehlern als Mutter.

»Du interessierst dich nicht für unsere Tochter, hast es nie getan.«

Eve ertrug es nicht mehr. Sie verließ die Küche, trat in den hell erleuchteten Flur und ließ ihn in der Dunkelheit weiter wüten.

»Und was soll aus unserem Enkel werden …?«, brüllte er. »Was ist in dich gefahren?«

Oben packte sie ein paar Kleidungsstücke und Toilettenartikel in einen kleinen Koffer. Es war ganz einfach. In dieser neuen Lebensphase würde es nur noch Handgepäck geben.

Als sie wieder nach unten kam, schenkte Kristof sich gerade Wein nach. Auch er hatte genug.

»Ich habe dir ein Taxi bestellt. Ins Atelier, vermute ich.«
»Nett von dir.«

Sollte es Nachrufe für Ehen geben – die die guten Seiten zusammenfassten und die schlechten beschönigten –, würde ihrer lauten: Selbst im äußersten Notfall konnten sie zu frostiger Höflichkeit zurückkehren.

Als sie an der Tür stand, wirkte das Gesicht ihres Mannes im schwachen Licht verhärmt.

»Eve«, sagte er leise, »weißt du überhaupt, was du tust? Was du gerade aufgibst?«

Sie wusste ganz genau, was sie tat. Sie konnte nicht anders als dem Sog der Schwerkraft nachgeben und sich in die Zukunft stürzen. Ein Schritt und danach die köstliche schwindelerregende Kapitulation.

Hinter ihr heult eine Sirene – ein Kranken- oder Streifenwagen. Der schrille Klang ist beklemmend, deshalb biegt sie hastig in eine ruhige Seitenstraße ein, wo sich die Schieferfassade eines Blocks mit neuen Luxuswohnungen über eine verwahrloste niedrige Betonsiedlung auf der anderen Seite erhebt. Sie geht weiter und bemerkt gerade noch rechtzeitig eine Gruppe von Menschen im Dunkeln weiter vorn. Etwa acht junge Männer, soweit sie erkennen kann. Sie verlangsamt ihre Schritte. Kann sie unbemerkt umkehren? Kehrtmachen und losrennen wäre wahrscheinlich eine Provokation. Den ganzen Abend schon kämpft sie gegen diese anschwellende Panik. Jetzt hat sie sie überwältigt; sie spürt nur noch nackte Angst. Die Luxuswohnungen wirken leer und gegen Außenstehende abgeschottet. Soll sie die Straße zu den Sozialwohnungen überqueren, in der Hoffnung, dort Hilfe zu finden? Oder wenigstens einen Zeugen?

Ihre Rettung scheint ein Wagen zu sein, der vom anderen Ende der Straße angerast kommt. Mit quietschenden Reifen bremst er vor der Gruppe, die jungen Männer versammeln sich um ihn und unterhalten sich mit dem Fahrer. Dann treten sie zurück, der Wagen fährt weiter und hält neben Eve. Der Fahrer lässt seine Scheibe herunter und hält eine kleine Plastiktüte in die Luft.

»Interesse?«, fragt er.

Sie schüttelt den Kopf; der Wagen fährt weiter.

Die Gruppe hat sich zerstreut, und die jungen Männer gehen ihren diversen Privatvergnügen nach. Sie denkt an ihr Patenkind Theo, diesen strahlenden Jungen, der sich für ein zwielichtiges Dasein entschieden hat. Noch so ein Votum für die Mittelmäßigkeit. Was für eine Verschwendung von Talent und Eigenständigkeit. Sie kehrt um und geht zur Hauptstraße zurück.

Eine Woche nach dem Streit mit Kristof kamen zwei Briefe im Atelier an, der eine, handgeschrieben mit der schmeichelnden, vorwurfsvollen Bitte zurückzukommen, verbunden mit einer Warnung vor den möglichen Konsequenzen; der zweite, offiziell, abgestempelt im Zentrum von London, wahrscheinlich von dem Anwalt, mit dem er ihr gedroht hatte. Den ersten beantwortete sie nicht, und den zweiten öffnete sie gar nicht erst. Dafür hatte sie keine Zeit.

Sie kehrte zu ihrer Leinwand zurück, und Luka begann zu filmen, während sie eine weitere Jasminblüte malte.

»Erzähl mir von Florian Kiš«, sagte Luka.

Sie seufzte.

»Jetzt nicht, Luka.«

»Wann dann?« In seiner Stimme schwang ein unangenehm quengelnder Unterton mit.

»Meinst du nicht, dass die Welt schon genug von Florian Kiš gehört hat? Er war nur ein paar Monate lang Teil meines Lebens.«

»Okay, okay. Ich verstehe. Dann erzähl mir, was dich beeinflusst hat.«

Das war schon besser. Sie hatte nie Gelegenheit gehabt, ausführlich darüber zu sprechen. Sie legte die Lupe beiseite und erzählte direkt in die Kamera, wie sie Karnak und den Tempel von Thutmosis III. besucht hatte. Dass Kristof sie auf ihrer Hochzeitsreise dorthin geführt hatte, brauchte Luka nicht zu wissen.

»Die Basreliefs mit fast dreihundert Pflanzenarten stammen aus dem fünfzehnten Jahrhundert vor Christus. Die Beschäftigung des Menschen mit diesem Zweig der Natur ist nicht neu. Neu ist unser zunehmendes Desinteresse daran. Unsere Pflanzenblindheit.«

Sie sprach von den mittelalterlichen Kräutern, den Italienern der Renaissance, die Blumen in der religiösen Kunst als allegorische Ergänzung benutzten, den holländischen *stilleven*, in dem Gefühl, ihre Ausführungen seien ein passender Kommentar zum richtungsweisenden und zeitlosen Charakter ihrer Arbeit.

»Die gesamte Tradition des Stilllebens – *nature morte*, französisch für unbelebte oder tote Natur – entsprang dem menschlichen Impuls zur Darstellung und Klassifizierung. Der Beschäftigung mit dem Reichtum der Natur und der Vergänglichkeit des Lebens. Wenn wir die samtige Blüte einer prallen Rebe und den Tautropfen auf einem Blütenblatt für immer festhalten, spielen wir der Zeit einen Streich.«

Luka stand still und andächtig da, während die Kamera lief.

Sie erzählte ihm von den Xenia-Motiven: »Geschenke für Gäste – üppige Tafeln mit den Erträgen des Feldes, Bechern voller Wein, köstlichem Obst, Käse, Wild und Blumen vom prächtigen Gut des Gastgebers; und die *vanitas,* wie eine *xenia,* aber mit dem Zusatz eines Totenschädels, der uns daran erinnert, dass wir mit leeren Händen ins Grab gehen.«

Nur einmal zuvor hatte sie ein so aufmerksames Publikum gehabt. Vor langer Zeit war Theo in Paris ähnlich begierig auf die Details der Tradition gewesen, auf die sie sich bei ihrer Arbeit stützte.

»Und die Kuriositätenkabinette«, fuhr sie fort, »die exotischen Pflanzen, die man aus den neuen Kolonien mitbrachte, die Enzyklopädien der mittelalterlichen Kräuter und Botaniker, die Gemälde von Früchten und Blumen, die von den Malern religiöser Szenen – wie etwa die Lilien der Verkündigung – und Rhyparographen, Schmutzmalern, gleichermaßen verwendet wurden.«

»Schmutz?«, sagte er mit plötzlich lebhafter Stimme.

»Nicht was du denkst.« Sie lachte. »Schmutz im Sinne von gewöhnlich oder vulgär, also alltägliche Themen, die in den alltäglichen menschlichen Kontext gebrachte Natur, der einzelne Stengel einer Malve in einem Glas in der Taverne, der struppige Wildblumenstrauß neben den Leisten eines Schusters; die Freude an der Eintönigkeit und dem häuslichen Leben, sobald Gott und seine Gefolgsleute aus dem Rennen waren.«

»Verstehe.«

»Die holländischen Marktszenen sind ein anderes Beispiel ...« Sie merkte, dass er das Interesse verloren hatte.

»Und was ist mit den Kritikern?«, fragte er.

Sie blickte rasch auf, von der Kamera zum Kameramann.

»Was soll damit sein?«

»Die Leute, Experten, die meinen, du spielst auf Nummer sicher? Dass alles nur Dekor ist? Nachahmung?«

Das war ein Affront.

Sie drehte ihm den Rücken zu, tauchte einen Linierpinsel in Farbe und begann, mit leichten Strichen die bambusartigen Blätter der Blume zu skizzieren. Als sie schließlich wieder sprach, war ihre Stimme kühl.

»Früher war man der Meinung, die Malerei sollte nur religiöse Themen behandeln. Dann wurde die sterbliche menschliche Gestalt zu einem akzeptablen Motiv, aber die *nature morte* hatte es schon immer schwer. Die Mimese, also die gekonnte Abbildung der natürlichen und materiellen Welt, wurde als Nachahmung verworfen, obwohl Caravaggio einmal sagte, es sei genauso schwierig, Blumen zu malen wie Figuren.«

»Und die heutigen Kritiker?« Er wollte partout nicht davon ablassen.

»Die heutigen Kritiker halten das Sehen und die präzise Wiedergabe dessen, was wir sehen, für überflüssig; es komme eher auf das an, was der Künstler *empfindet*, und wie viel von sich selbst, seinem Allerwertesten und seinem Sitzfleisch er bereit ist, im Gruselkabinett preiszugeben.«

»Aber Florian Kiš ...«

»Luka!« Sie ließ den Pinsel sinken.

»Das gehört alles zu deiner Arbeit, deiner Geschichte«, protestierte Luka und folgte ihr mit der Kamera.

Für sie war das Gespräch beendet. Aber Luka bohrte weiter.

»Nehmen wir Brian Sewell. Hat er nicht gesagt, dass deine Bilder ›verführerische Trivialitäten‹ seien? ›Frauenbilder‹?«

Was schmerzte, waren nicht Sewells alte verbale Spitzen, sondern dass Luka sie gesehen und in Erinnerung behalten hatte.

»Er hielt nichts von Künstlerinnen.«

Luka ließ nicht locker.

»Und Ellery Quinn? Hat er dich nicht als ›Nachäfferin der Natur‹ bezeichnet und deine Arbeit als ›sklavische Imitation, höchstens geeignet für Kinderbücher, Kurzwaren und die Geschenkpapierindustrie‹?«

Eve starrte in die Kamera, als wäre es nicht ihr Liebhaber, der diese beleidigenden Fragen stellte, sondern der leblose Kasten mit seinem Schaltkreissystem.

»Kennst du Quinns Kritik meiner Sigmoid-Ausstellung?«, fragte sie und zog ihren Pinsel zurück. »›Keine Kunst, die die Natur nachahmt, sondern das Leben selbst.‹ Er hat's endlich kapiert.«

Lukas passte den Fokus an.

»Aber er ist der Liebhaber deines Kunsthändlers. Jedenfalls gelegentlich. Kein Wunder, dass er so was über eine Künstlerin sagt, die Hans vertritt, oder nicht?«

Erneut warf Eve den Pinsel hin.

»Jetzt reicht es, Luka! Was ist in dich gefahren?«

Er befestigte die Kamera wieder auf dem Stativ.

»Entschuldige, ich wollte dich nicht provozieren. Aber das sind die Fragen, die die Leute stellen werden. So wird darüber geredet. Besser, du gehst direkt dagegen an. Außerdem will ich wissen, wie du damit fertig wirst.«

Sie hob den Pinsel wieder auf, tauchte ihn in Terpentin und trocknete ihn mit einem Tuch ab.

»Die Leute sagen alles Mögliche«, sagte sie. »Aber man muss hart sein, sich einen dicken Panzer zulegen, seiner Vision treu bleiben und weitermachen.«

»Hast du jemals Zweifel gehabt?« Jetzt filmte er wieder.

»Was meine Arbeit angeht? Nein, nie. Es ist kein geringes Unterfangen, in einem pflanzenblinden Zeitalter die Augen für die Komplexität und das Wunder der Natur zu öffnen.«

»Vielleicht solltest du an dieser Stelle ausführlicher erklären, was du mit Pflanzenblindheit meinst«, schlug er vor.

Sie war froh, wieder auf sicherem Boden zu sein.

»Niemand nimmt Pflanzen mehr wirklich wahr«, sagte sie direkt in die Kamera. »Sie sind weder groß, auffällig noch bedrohlich genug, um unsere Aufmerksamkeit auf sich zu ziehen, und so verschwinden sie aus unserem Blickfeld. Auch ihre Namen verschwinden aus unserer Kultur.«

»Welche?«

»Glockenblume, Butterblume, Weidenkätzchen, Himmelsschlüssel ...«

Er stoppte die Kamera.

»Was ist ein Himmelsschlüssel?«

Sie war erleichtert, ihn lachen zu sehen.

22

Am nächsten Morgen kam noch ein Brief im Atelier an. Es war eine persönliche Einladung von Wanda Wilson zur Eröffnung ihrer Ausstellung in der Hayward Gallery. Selbst nach all der Zeit erkannte Eve ihre schwungvolle Handschrift wieder. Wenigstens war der Brief an sie persönlich gerichtet, offenbar erkannte Wanda ihre Autonomie endlich an. Zeit für Vergebung.

»Komm vorbei!«, hatte sie auf die Rückseite der gedruckten Einladung geschrieben. Die Ausstellung mit dem Titel *The Five Ages of Women,* die vor fünfzehn Jahren im Whitney erstmals gezeigt worden war, wurde nun in London wiederbelebt und gehörte der Einladung zufolge zu den »am ungeduldigsten erwarteten Kulturereignissen des Jahres«. Eve ließ die Karte in den Papierkorb fallen. Luka warf einen Blick darauf, erkannte das Logo der Gallery und fischte sie wieder heraus.

»Das kannst du unmöglich ablehnen«, sagte er. »Einladungen zu ihren Ausstellungen sind Gold wert.«

Eve schüttelte den Kopf.

»Ich habe keine Zeit, und du auch nicht.«

»Ach, komm schon!«

Sie sagte nicht, dass sie sich lieber einen Zahn ziehen lassen würde, als zu einer Ausstellung von Wanda zu gehen.

»Wirklich Luka, wir haben hier jede Menge zu tun.«

»Ich weiß schon, du schämst dich meinetwegen. Du willst nicht mit mir zusammen gesehen werden.«

»Unsinn«, erwiderte sie und beugte sich vor, um ihn zu küssen. »Natürlich schäme ich mich nicht.«

Er wandte das Gesicht ab und schob sie weg. Sie sah, dass er wie ein gekränkter Teenager mit schweren Schritten und hochgezogenen Schultern zum Herbarium zurückkehrte.

Und dann dachte sie plötzlich: Warum nicht? Sie waren schon so lange hier eingesperrt und arbeiteten so intensiv. Es würde ihn glücklich machen. Es wäre ihre Reaktion auf Kristofs Briefe. Sie war neugierig, Wanda aus der Nähe wiederzusehen. Offensichtlich war die alte Hochstaplerin nach all den Jahren nicht mehr wütend auf sie. Arbeitete sie inzwischen nicht mit Kristof zusammen an ihrem Art-Ranch-Projekt? Eve würde zu der albernen Ausstellung gehen. Arm in Arm mit Luka. Es wurde Zeit, aus dem Schatten herauszutreten.

Doch am Abend der Eröffnung verebbte ihr Trotz im horizontalen Regen. Sie ging mit Luka an der langen Schlange vor der Galerie vorbei, zwängte sich durch die Tür in das Foyer, schüttelte ihren durchnässten Regenschirm aus und zeigte einem stämmigen Mann mit Kopfhörern und einem Stapel Papier ihre Einladung. Er suchte ihren Namen auf seiner Liste und schüttelte den Kopf.

»Nur VIPs«, sagte er und winkte Solokoff, den russischen Oligarchen, und eine frische Ladung von Dessous-Models durch.

Eve schickte er wieder nach draußen, ans Ende der Schlange.

»Egal. Stellen wir uns eben an!«, sagte Luka und öffnete erneut den Schirm.

Es sollte eine obere Altersgrenze für das Anstellen in einer Schlange geben – sagen wir zwanzig Jahre. Soweit sich Eve erinnerte, hatte sie das letzte Mal in ihren späten Teenagerjahren als Studentin angestanden, um in einen Club in Covent Garden eingelassen zu werden. Die meisten Leute, die sich unter den Regenschirmen drängten, waren zwischen zwanzig und dreißig – jünger und, wie sie pikiert feststellte, auch hipper als diejenigen, die ihre eigene Ausstellung besuchten.

Die Mäzene, Kritiker, Sponsoren und Galeristen, die in der Sigmoid Gallery gewesen waren, würden auch in die Hayward Gallery kommen, um Wandas Ausstellung zu sehen, allerdings durften sie die Schlange überspringen und wurden direkt zu Wanda geführt. Vielleicht war das ihre Rache – sie zwang ihre alte Rivalin in die Rolle einer gewöhnlichen Kirchgängerin, die am hinteren Ende des Kirchenschiffs mit der Masse warten musste.

Langsam arbeiteten sie sich durch die Pfützen auf den Eingang zu, Luka aufgeregt wie ein Kind auf dem Weg in den Zirkus, Eve innerlich kochend. Ein atemloser junger Mann Mitte zwanzig in einem orangen Sweatshirt mit »DOUBLE U«-Logo lief die Schlange ab und verteilte Flugblätter für Wandas nächste Ausstellung – *Artist on the Edge/The Death of Mimesis*. »Ein multimedialer Dauerbrenner. Die Künstlerin als Katalysator, Medium und Sujet. Ein bahnbrechendes relationales Werk, das zeitgleich an führenden europäischen und amerikanischen Veranstaltungsorten präsentiert wird. Sommer 2019.«

Schwachsinn!

»Wahnsinn«, sagte Luka.

Als sie zur Tür kamen, wurde es besser; Eve wurde von einer blassen jungen Frau mit großen Augen und gepiercter Unterlippe erkannt, die die Schlange beaufsichtigte. Sie trug ein schlechtsitzendes Vintage-Kleid und neonpinke Baseballstiefel. Eine Kunststudentin.

Die junge Frau entschuldigte sich bei Eve. »Es tut mir so leid, dass Sie draußen im Regen warten mussten.«

Champagner und ein wenig Respekt linderten die Verstimmung.

Im ersten Raum zeigte eine stumme Videokollage auf drei deckenhohen Wänden Hunderte von kleinen Mädchen aller Hautfarben und Ethnien: in Windeln oder nackt; manche lächelten, ihre Hände öffneten und schlossen sich wie die Tentakel von Seeanemonen; andere schrien in hilfloser Wut mit verzerrten Gesichtern und geballten Fäusten, als hätte sich ein Schleier gelüftet und sie hätten einen Blick auf die Demütigungen erhascht, die noch vor ihnen lagen. Nein! Nein! Nein! Über diese kaleidoskopische Baby-Zeichensprache hatte man eine Tonspur mit dem verstärkten, misstönenden Geklimper einer kaputten Spieluhr gelegt: »Für Elise«. Während die Zuschauer durch die Galerie gingen, streiften ihre Köpfe Tausende von rosa Schnullern, die an rosa Schleifen von der Decke hingen.

Luka war begeistert.

Immer wieder sagte er: »Wow!«, während er sich die Videos ansah und dann zu den Schleifen aufsah. Er hob den Arm und fuhr mit der Hand durch die Bänder, so dass die Schnuller hin und her schwangen und sich im Kreis drehten.

»Wow!«

Durch die Menge hindurch erkannte Eve Hans und Ellery Quinn und machte sich auf den Weg zu ihnen. Als sie sich umdrehte, sah sie, wie Luka sich mit einer attraktiven jungen Rothaarigen in einem orangeroten Kostüm unterhielt. Sie sah aus wie die Stewardess einer Billigfluglinie. Irgendwann drehte sie sich um und winkte Eve zu, und sie erkannte Belle. Was hatte sie denn hier verloren? Und was hatte sie an? Ihr Klemmbrett und ihre »Double U«-Armbinde deuteten auf irgendeine offizielle Rolle hin.

Eve wandte sich wieder Hans zu. Sie verdrehte kurz die Augen, er runzelte die Stirn. Quinn zeigte auf die Videokollage mit den Babyfotos.

»Ein Werbespot für Verhütungsmittel?«, fragte er.

Sie lachten und gingen gemeinsam in den nächsten Raum, wo ihre Schritte auf einem zuckrigen Untergrund knirschten: zehntausende pastellfarbene Love-Heart-Bonbons wurden, wie die Informationen zur Ausstellung verrieten, unter den Füßen der Besucher allmählich zu Puder zermahlen und alle zwei Tage neu aufgefüllt. Auch hier flimmerten stumme Videos auf drei Wänden: eine Kollage von Teenagern, die mit Schmollmund für Selfies posierten, Kosmetika auftrugen, kicherten, über Fotos von Popstars schwärmten und Kleider anprobierten.

Der Soundtrack bestand aus verstärktem Stöhnen und Seufzen – Mädchen im Teenageralter, vermutlich beim Sex. Von der Decke hingen Tausende von rotgefärbten Tampons an Schnüren: nicht Wandas eigene, wie es früher der Fall gewesen wäre. Die Jahre der Hygieneprodukte hatte sie längst hinter sich gelassen, wie auch ihre typische »Biokunst« – beispielsweise die *Curse*-Ausstellung aus den 1990er Jahren, als sie mit ihrem eigenen Menstruationsblut grobe nackte Selbstporträts angefertigt hatte.

Wanda hätte ein Heer von jungen Frauen rekrutieren müssen, um die für diese Show erforderliche Menge an Blut zu produzieren. Sicher gab es genug potenzielle Rekrutinnen, Legionen naiver Kunststudentinnen wie das junge Ding an der Tür mit dem gepiercten Mund. Aber in der heutigen hygienebesessenen Zeit würden die Gesundheits- und Sicherheitsvorschriften der Galerien wahrscheinlich keine Authentizität zulassen. Nein, die baumelnden Tampons waren hell und sauber – ein sattes Alizarin-Karminrot statt des hämatitfarbenen Originals, das Wanda vor dreißig Jahren einem bewundernden Publikum präsentiert hatte.

Luka stand jetzt wieder neben Eve.

»Wahnsinn!« Er blickte zu dem karminroten Vorhang über ihren Köpfen auf.

»Hmm. War das Belle?«

»Ihr Teilzeitjob. Kunstmarketing und Events.«

»Ich habe sie in der Firmenuniform zuerst gar nicht erkannt.«

Er lachte.

»Sie schlägt sich gut, nicht wahr? Das ist ihr Ding. Sie hat ihr Kostüm, und sie spielt ihre Rolle.«

»Nun, solange sie dafür bezahlt wird …«

»Es ist ihr bester Job in diesem Jahr. Persönlicher Kontakt zu Wanda Wilson.«

»Die Glückliche.«

23

Unter einer Eisenbahnbrücke bleibt Eve stehen, um ihren Regenschirm aus der Handtasche zu nehmen. Der Graupel ist in strömenden Regen übergegangen. Die Graffito-Arabesken an den roten Ziegelsteinmauern erinnern sie an die unheimlichen prähistorischen Höhlen von Patagonien, wo Urmenschen ihre Spuren hinterließen, indem sie ihre Hände als Schablonen benutzten und mit Hilfe eines Schilfrohrs Farbe darum sprühten. Eve tritt über einen Haufen schmutziger Lumpen, und als der sich plötzlich rührt, wird ihr bewusst, dass sie in einen Obdachlosenschlafplatz geraten ist. Rasch geht sie weiter.

Das Thema des nächsten Raums der Hayward Gallery war nicht schwer zu erraten, das aus Verstärkern übertragene Stöhnen und Schreien verkündete es, noch bevor sie eintraten: Mutterschaft. Den Mittelpunkt bildete eine lebensgroße Gipsmadonna mit Kind, wahrscheinlich aus einer stillgelegten Kirche entwendet. Drei weitere Wände mit Stummfilmen: Geburt – verschwommene Bilder von Fleisch, Blut und den gequälten Gesichtern der Mütter, als Gegensatz zu dem heiteren, zuckersüßen Mittelstück. Und über ihnen? Von der Decke baumelten Tausende von dreckigen Windeln. Auch hier hätte Wanda früher echte verwendet, doch diese hier waren mit schludrig aufgetragenem Van-Dyck-Braun und Ocker-Gouache beschmiert.

In der hinteren Ecke des Raumes entdeckte Eve Ines Alvaro, die nach oben starrte, als bewunderte sie die Decke der Sixtinischen Kapelle. Ines suchte ihren Blick, winkte ihr zu und machte sich auf den Weg zu ihr.

»Bist du fertig?«, fragte Luka, nicht gerade begeistert von den schmutzigen Windeln über seinem Kopf.

»Machen wir, dass wir hier wegkommen«, sagte Eve. »Diese Ines ist eine Stalkerin.«

Sie betraten den nächsten Saal und fanden sich in einem abgeschlossenen Raum wieder – einer Blackbox, in der nur das monotone Surren von zwei Industrieheizungen zu hören war, sonst nichts. Keine Videos, keine störenden Soundtracks, keine vermeintlich unhygienischen Objekte. Nur die drückende Hitze – die unsichtbaren Wechseljahre der Frau, nachdem sie ihr biologisches Schicksal erfüllt hat und die Hitzewallungen ein grausamer Spott sind, der Schwanengesang auf die erlöschende innere Glut. Schlaue alte Wanda – selbst ihre Wechseljahre hatte sie zu Geld gemacht, und das ohne jegliche Anstrengung. Hier war nichts, nur eine von schlichten Wänden umgebene Leere, die als Kunst präsentiert wurde. Irgendein wohlhabender Mäzen, Solokoff vielleicht, würde einen absurden Preis dafür zahlen, um diese Erfahrung der Midlifecrisis mit ihrem Verlust an Sinnlichkeit in einem ungenutzten Raum seiner Holland-Park-Villa nachzubilden.

Eve war froh, als sie den Raum verließ, doch sie würde noch einen ertragen müssen, bevor sie sich einen weiteren Drink genehmigen konnten.

Die laute Chormusik klang auf absurde Weise unheilvoll und vertraut – Soundtrack einer schwarzen Messe in der Vorstadt oder Erkennungsmelodie für ein Treffen der Aleister-Crowley-Gesellschaft in einer Croydon-Außenstelle: *Carmina Burana.* Hier war Tod, besser gesagt, Tod der Frau. Standbilder von Toten und Sterbenden in Zeichnungen, Gemälden und alten Fotos (selbst für Wanda wäre es schwierig gewesen, die Genehmigung zum Abspielen von Videos zu erhalten, die frisch aus einem Hospiz oder einer Leichenhalle stammten). Angefangen bei Millais' mit Blumen bedeckter, halb im Wasser versunkener *Ophelia,* über Salgados *Vanitas* mit einem selbstgefälligen Engel, der einen Haufen von Goldschmuck und menschlichen Schädeln bewacht, Posadas Zinkradierung *La Catrina* aus dem Jahr 1913, einer Skelettparodie auf die moderne Weiblichkeit, bis hin zu Frida Kahlos Selbstporträt als tödlich verletztem Hirsch.

Es gab Mordopfer, Martyrien und raffinierte Foltermethoden, durch die Heilige wie Agatha, Agnes, Katharina, Maria Goretti, Martha und Ursula gestorben waren. Das Meisterstück aber war zwangsläufig die alte Exhibitionistin selbst: Wanda, mit grimmigem Gesicht, in magentafarbenen Gewändern als die heilige Lucia dargestellt. Sie hatte die Augen geschlossen und bot auf einem Teller Augäpfel dar, die sie von einem kulanten Schlachthof bezogen hatte. Und darüber, wie ein diabolisches Windspiel zu Carl Orffs mittelalterlichem Chor-Potpourri *O Fortuna,* hingen an Drähten Tausende von sterilisierten, klimpernden Tierknochen, laut Katalog eine Stiftung desselben freundlichen Schlachthofs.

Luka machte wieder große Augen und zeigte bewundernd auf die Archivbilder von mexikanischen Zuckerschädeln, die ihn zu seinem idiotischen Tattoo inspiriert hatten, und obwohl Eve wusste, dass es unfair war, konnte sie nicht anders, als ihn dafür ein bisschen zu verachten.

Als sie wieder ins überfüllte Foyer zurückkehrten, besorgte er frischen Champagner und führte sie zu einer anderen Schlange. Diese war mit Seilen abgesperrt, wurde von wichtigtuerischen jungen Ordnern in oranger »Double U«-Livree bewacht und wand sich wie die Schlange vor der Gepäckkontrolle eines Flughafens durch das Gebäude. Ganz vorn erkannte Eve an einem Tisch mit einem Stapel Hardcover-Ausgaben von Wandas neuestem Manifest *The Artist's I* den unverkennbaren Haarschopf ihrer alten Gegnerin, inzwischen weiß, so dass er an die gepuderte Perücke einer Monarchin aus dem achtzehnten Jahrhundert erinnerte. Ein Ausdruck erstaunter Arroganz lag auf der furchterregenden Maske des Gesichts, das nervenlähmende Gifte paralysiert, chemische Gels aufgeschwemmt und Schönheitsoperationen gestrafft hatten. Sie saß in einem Sessel mit hoher Rückenlehne, der in dieser Umgebung die Illusion eines Throns vermittelte.

»Na komm!«, sagte Luka und nahm Eves Hand.

Seine Berührung, diese Erinnerung an ihre Intimität, war der Grund. Warum sonst hätte sie sich freiwillig in einer Empfangsreihe anstellen sollen, um ihrer alten Mitbewohnerin, die sie seit mehr als drei Jahrzehnten nicht gesehen hatte, ihre Aufwartung zu machen? Es war erbärmlich, Eve wollte ihren jungen Liebhaber beeindrucken, und das war offenbar der Preis, den sie dafür bezahlen musste.

Schweigend schoben sie sich vorwärts, wie in einer New Yorker Einwanderungsschlange, und je weiter sie kamen, umso größer wurden Eves Bedenken.

»Ich weiß nicht, Luka. Es ist so lange her, dass ich sie gesehen habe. Vielleicht sollte ich sie lieber privat treffen.«

Luka hielt ihre Hand ganz fest.

»Komm schon, Eve. Bitte. Es bedeutet mir so viel.«

Ein weiterer Ordner kam vorbei. »Einer nach dem anderen, bitte. Miss Wilson gewährt nur Einzelpersonen Audienzen.«

Eve wurde an den Tisch geleitet, und plötzlich stand sie vor Wanda, einer schamanistischen Gestalt mit einer Skarabäusspange im wilden Haar, gehüllt in Bahnen aus scharlachroter Seide, die ihren aufgedunsenen Körper verbargen, einen rubingeschmückten Gehstock in der linken Hand. Eve hatte im Lauf der Jahre Fotos von ihr gesehen, dennoch, beim Anblick der Resultate ihrer Schönheitsoperationen fuhr sie innerlich zusammen.

Nur Wandas Augen waren dieselben, tiefliegend und unruhig. Nervös starrten sie aus der neuen Wachsmaske über einer scharfen, nach oben gebogenen Nase und einem aufgequollenen Mund, der an seltsam wulstige Schamlippen erinnerte.

Ein spitzbärtiger Jünger, ein Van-Dyck-Höfling, neben Wanda gab Eve ein Exemplar des Buches und streckte die Hand aus. »Macht fünfundzwanzig Pfund, bitte.«

Eve tastete in ihrer Tasche nach dem Geld und reichte das Buch weiter an Wanda, die mit einem Stift in der Hand deutlich gelangweilt dasaß.

»Für wen soll ich es signieren?«, fragte sie und schaute

kurz zu Eve auf, ehe sie das Buch auf der Titelseite aufschlug.

»Luka«, sagte Eve, innerlich kochend, weil der Junge sie in die Rolle der Bittstellerin genötigt hatte.

»Wie schreibt man das?«, fragte Wanda, den Füller bereits aufgesetzt.

Eve schaute sich um. Luka stand ein paar Meter hinter ihr und hatte ihren Wortwechsel nicht gehört. Seine Schwester hatte sich zu ihm gesellt, die beiden unterhielten sich angeregt und filmten die Begegnung mit ihren Handys.

»Hallo, Wanda«, sagte Eve mit klarerer Stimme. »Wie geht es dir?«

Sie schaute auf. »Kenne ich Sie?«

Eve beugte sich über den Tisch und murmelte in das ausdruckslose Gesicht der Künstlerin.

»Komm schon, Wanda … Du weißt genau, dass ich es bin, Eve … Hornsey? Hoxton? Avenue B?«

Sie runzelte die Stirn.

»Mike … Kristof … Florian … weißt du noch?«, zischte Eve.

Der Groschen fiel.

»Ach ja! Natürlich! Wie geht's?«

Wanda beugte sich vor, signierte das Buch, schloss es und gab es Eve zurück. »Wie läuft das Blumengeschäft?«

Eve hatte keine Zeit zu antworten – ein Fotograf bat sie, für ein Bild mit Wanda zu posieren. Diese bat Luka dazu, der sein Glück kaum fassen konnte. Wanda weigerte sich aufzustehen – der Gehstock mit dem Rubin, die vorübergehende Gebrechlichkeit genügte als Ausrede –, also wurden Luka und Eve fotografiert, wie sie sich über die Künstlerin beugten, zwei Leibeigene, die einer schweigsamen Zarin kriecherisch über die Schulter grinsten.

Innerhalb von Sekunden wurden sie von einem neuen Ordner verscheucht – die Schlange wurde immer länger –, und Luka rief schon wieder: »Wow!«

»Lass uns hier verschwinden«, sagte Eve.

Sie sehnte sich nach ihrem Atelier. Sie sehnte sich danach, wieder zu arbeiten. Ihr Liebhaber hielt ihre Hand, und gerade als sie die Galerie verließen, kam ihr Mann herein. Sie tauschten einen eiskalten Blick, dann wanderten Kristofs Augen von ihr zu Luka; er musterte seinen Rivalen und zeigte seine Verachtung, indem er fast unmerklich die Oberlippe hochzog. Eve richtete sich auf, als wollte sie Kristof herausfordern. Luka drückte ihre Hand fester.

»Komm. Wir haben im Studio noch jede Menge zu tun«, sagte er.

Sie gingen in Richtung Fluss. Eve schaute sich noch einmal um und sah, wie Belle mit ihrem Klemmbrett Kristof überschwenglich begrüßte. Keine Warteschlange für ihn. Sein Auftrag für die Art Ranch war mittlerweile vermutlich unter Dach und Fach, und sollte das Alter Wandas Namensgedächtnis und ihre hervorragenden Netzwerkfähigkeiten beeinträchtigen, wäre Belle da, um zu soufflieren.

Wieder arbeiteten sie bis spät in die Nacht, Luka angespornt von freudiger Erregung, Eve von ihrem Zorn und der festen Überzeugung, dass ihr einziger Schutz gegen den Affront dieses Abends die Arbeit war. Sie begann mit der Skizze für die orange Sequenz – *Arum maculatum* –, während er das Pigment für die grüne Grundierung der Leinwand mischte. Der vorletzten.

Als er vor dem Zubettgehen die Pinsel reinigte und das Atelier aufräumte, fiel Eve Wandas Buch ein. Ein masochistisches Bedürfnis veranlasste sie, es aus der Tasche zu nehmen. Auf dem Schutzumschlag las sie: »Wanda Wilson, die international bekannte multidisziplinäre Künstlerin, hat mit ihrer relationalen Kunst und ihren fundamental immersiven Begegnungen, bei denen sie das Leben der Zuschauer in einen bahnbrechenden Diskurs über den sozialen Korpus verwandelt, Tabus in Frage gestellt und die Definition von Kunst verändert.«

Obwohl Eve aus gutem Grund nie ein Fan von Brian Sewell gewesen war, hatte sie sich über seine Rezension von Wandas Ausstellung in der White Cube Gallery in den 1990er Jahren gefreut. »Die Delirien einer archetypischen Wahnsinnigen. Euthanasie wäre eine freundliche Geste«, hatte er geschrieben. Er konnte schließlich nicht *jedes* Mal falschliegen. Auch diese Rezension hatte sie auf ihrem Handy gespeichert. Eve wandte sich dem Titelblatt des Buchs zu. Da war die Widmung. Sie galt nicht Luka.

»Fick dich, Eve! Bis zu meiner nächsten Ausstellung ... WW.«

24

Unterdessen hat sie den Victoria Park erreicht. Die Tore werden zur Abenddämmerung verschlossen, das ist schon Stunden her. Vielleicht küssen sich ein Magnolienjunge und ein Mädchen aus dem einundzwanzigsten Jahrhundert unter den kahlen Ästen der Bäume am nördlichen Ende des Parks. Sie biegt rechts ab und geht um das Eisengeländer des Parks und den Kanal herum, der jetzt ölig wie Pech ist. Die meisten Hausboote machen einen verwaisten Eindruck, aber den Lichterketten, die sich um einige Fenster schlängeln, und den auffällig am Bug befestigten Plastik-Tannenbäumen nach zu urteilen sind einige bewohnt. Vielleicht wäre ein Kanalboot und ein Anlegeplatz hier kein so schlechtes Ende.

Orange. Luka hatte die Pigmente gemischt. Perinonorange changiert Richtung Rosa, wenn man es mit Zinkweiß mischt. Der Zusatz von Kadmiumorange und Chinacridongold verleiht ihm Wärme und Leuchtkraft. Sie beendete die Bleistiftzeichnung und das Aquarell der beiden Aronstäbe in verschiedenen Phasen ihres Lebenszyklus: die Frühlingsform mit einem violetten Kolben, der von einem grünen Hochblatt umrahmt ist, und die sommerlichen Trauben von orangen Beeren auf einem blassen Stiel. Luka stand am Seziertisch, drehte ein Frühlingsexemplar zwischen den Fingern und bereitete sich darauf vor, es abzufotografieren.

»Die habe ich schon einmal gesehen. Im Freien?«

»Stimmt. Aronstab. Eine Waldpflanze. Man nennt ihn auch Pfaffenspint. Er mag es schattig.«

»Sieht irgendwie phallisch aus.«

»Trotzdem würdest du ihn lieber nicht in deinem Schlafzimmer haben wollen«, sagte sie. »Es sei denn, du stehst auf Schmerzen … Er versengt einem den Mund. Ein Pflanzenkenner aus dem siebzehnten Jahrhundert empfahl ihn über das Fleisch gestreut als Mittel gegen ungebetene Gäste. Er bringt sie zum Schweigen, und sie kommen nie wieder. Er zersetzt einem die Schleimhäute.«

Er ließ die Probe auf das Tablett fallen.

»Könnte auch ein Heilmittel gegen unerwünschte Liebhaber sein, nehme ich an«, sagte er.

Am nächsten Morgen stellte er die Videokamera auf das Stativ, gesellte sich zu ihr an die Leinwand, übernahm die obere Hälfte des grünen Feldes und bedeckte sie mit lauter identischen Iterationen ihres Aronstab-Aquarells in Öl.

Sie waren in ihre Arbeit vertieft, als die Klingel sie aufschreckte, schrill wie das Bohrgerät eines Zahnarztes. Nur Kuriere benutzten die Klingel, und heute erwarteten sie keine Lieferungen. Die wenigen Besucher des Ateliers – Hans und Ines, wenn Eve sie überhaupt noch hereinließ – wussten Bescheid und klopften an die Tür. Heute Nachmittag hörte sich der Ton besonders bösartig an, fast so, als kündigte er eine Polizeirazzia an.

Luka öffnete einer wütenden Abgesandten aus Eves früherem Leben die Tür. Es war ihre Tochter. Wie eine selbstherrliche Baudicea trat Nancy mit ausgefransten Jeans und dem Mops auf dem Arm ein und warf Luka einen kalten Blick zu. Er lächelte, schnappte sich seine Jacke, murmelte eine Ausrede … ein paar Besorgungen … und verließ das Atelier.

»War er das?«, fragte Nancy und nickte in Richtung Tür.

»Luka. Sein Name ist Luka.«

»Er ist noch ein Kind. Ist das überhaupt legal?«

»Mach dich nicht lächerlich. Du hättest wenigstens ›Hallo‹ sagen können. Hallo, wie geht's? Tochter?«

Nancys Gesicht verdüsterte sich, sie drückte den Mops fester an sich.

»Was glaubst du wohl, wie es mir geht? Mein Vater ist am Ende, weil meine Mutter gerade mit jemandem durchgebrannt ist, der halb so alt ist wie sie. Einem Studenten. Wie soll es mir da gehen?«

»Einem Studenten!« Eve lachte. Ihre Tochter hatte schon immer ein Talent zum Übertreiben gehabt. »Du hast ihn gerade gesehen, Nancy. Luka ist ein erwachsener, eigenständiger junger Mann.«

»Eigenständig? Das bezweifle ich. Und erwachsen? Wohl kaum. Du bist sechzig. Hast du das vergessen? Und er ist so alt wie ich, Herrgott!«

Eve senkte den Pinsel und seufzte. »Siehst du nicht, dass ich arbeite? Für so was habe ich jetzt keine Zeit.«

Nancy streichelte ihren japsenden Hund. Offenbar bildete sie sich tatsächlich ein, dass sie beide ein einnehmendes Bild abgaben – Singer Sargents Porträt von Beatrice mit ihrem Spielzeug-Terrier vielleicht. Nur George Grosz oder möglicherweise Diane Arbus konnten diesem Haustier und seiner Besitzerin gerecht werden.

»Es geht nicht um mich«, sagte Nancy. »Es geht um dich und um Dad.«

»Ist das eine Premiere? Meine Tochter macht sich tatsächlich Sorgen um jemand anderen als sich selbst?«

Nancys Augen schwammen in Tränen.

»Oh, Mum ...«

Bei dieser Koseform fuhr Eve immer zusammen. Als junge Mutter hatte sie das dänische Wort »Mor« vorgezogen, mit seinem passenden Anklang an Oliver Twist, der mit leerer Schale nach »more« verlangt. Sie wäre sogar mit der kühlen, zeitlosen »Mutter« klargekommen. Am Ende hatte sie sich für »Mama« entschieden, international und nicht gänzlich unsexy. Doch Nancy hatte auf den Druck von Gleichaltrigen reagiert, so wie sie es bis heute tat, und jedes Mal, wenn sie zu »Mum« zurückkehrte, kam es Eve vor wie eine Beleidigung; eine bewusste, spießige Herabsetzung.

Als Nancy vor anderthalb Jahren ihre Schwangerschaft bekanntgab, hatte Eve ihr von Anfang an gesagt, dass sie nicht mit Grandma, Oma, Nana oder mit irgendeiner anderen Bezeichnung für alte Frauen angesprochen werden wollte. Als Nancys Kind endlich sprechen konnte, bestand Eve darauf, dass es sie Eve nannte. Doch jetzt würde der kleine Jarleth, dieses pummelige, krächzende, zwölf Kilo schwere Bündel von Bedürfnissen, überhaupt keinen Namen für sie haben. Ihr Name würde aus dem Familienbuch gestrichen und ihre Statue in das interne Gegenstück der *damnatio memoriae* gekippt werden.

Ihre Tochter straffte die Schultern und hob sich den

Hund an die Wange – wischte sie ihre Tränen etwa an seinem Fell ab?

»Du hast es vermutlich in der Presse gelesen, oder?«, sagte Nancy und kämpfte darum, sich selbst zu beruhigen. »Die Enthüllungen?«

»Nein. Ich arbeite.«

»Sie machen sich über dich lustig«, erklärte Nancy mit einem Hauch von sadistischer Schadenfreude in den Augen.

Eve wandte sich wieder der Leinwand zu.

»Würdest du mich jetzt entschuldigen? Wie gesagt, ich arbeite.«

Der Aronstab hatte etwas leicht Pornografisches, wie Luka bemerkt hatte, vor allem im Frühling, wenn sich der violette phallusartige Kolben des Spadix in die Vulva seiner falschen Blüte schmiegte. Manche Künstler spielten diese Verbindung hoch. Eve mochte es lieber subtiler, das war immer etwas schwerer zu meistern.

»Eine Großmutter, die ihren erfolgreichen Mann für einen jugendlichen Liebhaber verlässt«, fuhr Nancy fort.

»Wie erbärmlich«, sagte Eve über die Schulter. »Aus einem der Skandalblättchen, die du immer liest, nehme ich an?«

»Aus einem der Skandalblätter, die alle lesen. Der *Daily Mail*. Twitter ist ebenfalls voll davon.«

Eve steckte den Pinsel in ein Glas, wischte sich die Hände ab und drehte sich wieder zu ihrer Tochter um.

»Meinst du wirklich, es würde mich interessieren, was ein Haufen von neidischen Schwachköpfen von mir hält?« Doch ihre Stimme verriet sie. Sie holte tief Luft und sagte leise: »Jetzt verstehe ich, was dich ärgert. Das, was die anderen denken. Du hast dich immer nur um oberflächliche Dinge gekümmert. Ob der gute Ruf Schaden nehmen könnte, besser gesagt, *dein* guter Ruf ...«

Jetzt weinte Nancy hemmungslos. Doch es waren Tränen der Wut.

»Du kapierst es nicht, stimmt's? Was du da wegwirfst. Dad, mich, Jarleth, Delaunay Gardens, und was weiß ich noch alles. Das ganze Leben, das ihr euch zusammen aufgebaut habt. Und wofür? Für einen dummen Sonnyboy, der seine große Chance wittert.«

»Du weißt nichts über uns. Weder über Luka noch über mich.«

»Ich weiß genug, um zu sehen, wie eine alte Frau dabei ist, ihr Leben für einen dahergelaufenen Gigolo aus dem Fenster zu werfen, der sie fallen lassen wird, sobald er sie nicht mehr braucht.«

Eve zuckte nicht mit der Wimper.

»Ach wirklich? Und warum sollte ich Wert auf deine Meinung legen? Sieh dich doch an! Du kannst dich ja nicht mal anständig anziehen. Diese Jeans? Bei deinen Oberschenkeln?«

Normalerweise hätte eine solche Bemerkung Nancy zu einem gekränkten Wutausbruch provoziert. Doch sie knickte nicht ein. Ihre Tränen tropften auf den runzligen Kopf des Mopses, der die hervorquellenden Augen noch weiter aufriss, als fühlte er sich stellvertretend für seine Besitzerin beleidigt.

»Versuch nicht, das Thema zu wechseln. Ich bin wegen Dad und dir hergekommen. Ich versuche dich von einer katastrophalen Entscheidung abzubringen.«

Ihre Stimme war ruhig, ihr Gleichmut fast bewundernswert. Wie wenig sie einander kannten. Und jetzt würden sie sich für immer fremd bleiben.

»Du hast keine Ahnung, Nancy. Hast du nie gehabt und wirst du nie haben. Was willst du hier überhaupt? Musst du nicht irgendeine wichtige Nachricht an die Welt loslassen? ›Schals – in oder out?‹ ›Röcke – kurz oder lang?‹«

Nancy schüttelte den Kopf. »Du kannst dir nicht vorstellen, wie das aussieht, oder? Du mit diesem *Jungen*.«

»Mag sein.« Eve hielt inne, dann lächelte sie und senkte ihre Stimme: »Aber ich weiß, wie es sich *anfühlt*.«

Nancy stöhnte. »Du widerst mich an.«

Das waren die letzten Worte ihrer Tochter. Sie verließ das Atelier, und Eve stand einen Moment lang da und lauschte dem verebbenden Nachhall der zugeschlagenen Tür, bevor sie zur Leinwand zurückkehrte.

Der Aronstab im Spätsommer, dessen giftige Beeren wie glühende Kohlen leuchteten, war eine Herausforderung für sich. Sie reinigte den Pinsel und tauchte ihn in die orange Farbe. Und dann traf es sie wie der Blitz. Nancy war volle zwanzig Minuten im Atelier gewesen und hatte die riesigen farbigen Leinwände an den Wänden des Ateliers, die Herbarien, Fotos und Aquarelle keines Blickes gewürdigt. Sie hatte sich noch nie wirklich für ihre Mutter oder deren Arbeit interessiert. Gut, sich das noch einmal vor Augen zu führen.

Zehn Minuten nachdem Nancy weg war, kam Luka zurück, und sie machten sich wortlos wieder an die Arbeit. Sie kochte noch immer wegen des Besuchs ihrer Tochter und war ihm für sein Schweigen dankbar.

Draußen dämmerte es, und die Straßenlaternen flammten auf, ockerfarbene Auren färbten die zunehmende Dunkelheit. Im Innern des Ateliers wirkten die orangefarbenen Beeren von Eves Aronstab beinahe wie eine eigenständige Lichtquelle. Luka versiegelte das Herbarium und nahm die Videokamera vom Stativ.

»Hast du nicht manchmal das Gefühl, dass das alles ein bisschen brav ist?«, fragte er, während er die Kamera auf sie richtete.

»Brav?« Eves Pinsel hielt mitten in der Bewegung inne.

»Wirst du das Thema nie leid? Kommst es dir nicht manchmal vor, als würdest du in einem Blumenladen arbeiten?«

»Nein, ich werde es nicht leid«, entgegnete sie und starrte ihn an. »Und es kommt mir nie so vor, als würde ich in einem Blumenladen arbeiten. Das weißt du doch.«

Was war in ihn gefahren? Er bohrte weiter.

»Oder dass du eine Schauspielerin in einem Kostümfilm bist? Dass dir nur noch die Haube und ein Korb fehlen? Die Haube einer Großmutter?«

Er war zu weit gegangen. Er machte sich lustig über sie. Sie stieß ihren Pinsel in die Farbe.

»Wir haben keine Zeit für so was. Leg die Kamera weg und hilf mir. Du musst mehr Pigmente mischen.«

Er befestigte die Kamera wieder am Stativ und ging hinüber, um das Pulver auszumessen.

»Und was ist mit Florian Kiš? Er war doch auch nicht gerade ein Fan deiner Blumen, oder?«

Sie war wie gelähmt. »Scheiß auf Florian Kiš.« Sie warf den Pinsel auf den Tisch. »Das hier ist eine ganz andere Ästhetik. Er fand das Hässliche im Schönen und Schönheit im Hässlichen. Ich habe mich für die Schönheit entschieden, und zwar ohne Wenn und Aber. Hier geht es um mich, nicht um irgendeinen Giganten einer vergangenen Kunstszene. Also, machen wir weiter. Es sei denn, du hast genug von der Floristik …«

War das ein Lächeln auf seinem Gesicht? Er beugte sich über die Anreibeplatte und arbeitete mit scheinbar spöttischen Eifer an der neuen Mischung aus Kadmium und Chinacridon. Was war los mit ihm? Dass ihre Tochter sie beleidigte, hatte sie erwartet. Aber ihr Liebhaber? Sie griff nach ihrem Pinsel und kehrte zur Leinwand zurück, aber ihr Zorn und ihre Verwirrung verliehen der Linienführung eine zittrige Ungenauigkeit. Es war nicht gut. Nach einer weiteren Stunde tauchte sie entsetzt über ihre Schlampigkeit einen Borstpinsel in die Farbe und übermalte alles, was sie an diesem Nachmittag geschaffen hatte. Morgen würde sie noch einmal von vorn anfangen müssen.

Schweigend gingen sie zu Bett, wo Eve die ganze Nacht wach lag, während Luka ihr den Rücken zugekehrt hatte und wie ein zufriedenes Kind schlief. Sie starrte an die Decke, ließ ihr Gespräch Revue passieren, erinnerte sich an seine grausamen Worte und versuchte, Entschuldigungen für ihn zu finden. Sie hockten schon so lange aufeinander, er war so fleißig gewesen, sie hatte keine Rücksicht auf seine Bedürfnisse und Unsicherheiten genommen, es musste einen Grund haben. Gleichzeitig konterte sie jede Ausrede mit gesteigerter Empörung. Woher kam das? Wie konnte er es wagen? Dann spulte sie die Endlosschleife ihrer Ausreden erneut ab. Vielleicht war es der Arbeitsstress. Eve war an die langen Arbeitszeiten, die ausgefallenen Mahlzeiten und die fieberhafte Konzentration gegen Ende eines Projekts gewöhnt; sie hatte ihr ganzes Erwachsenenleben dafür trainiert und nicht daran gedacht, dass es von ihm einen Tribut fordern könnte. Mit Sicherheit belastete es ihre sexuelle Beziehung.

In letzter Zeit hatte er sich jede Nacht auf seine Seite des Bettes zurückgezogen und war sofort fest eingeschlafen. Beide waren geistig oder körperlich für die aufreibende Intensität von Sex nicht empfänglich gewesen. Es war ohnehin schwierig, nach einem hektischen Arbeitstag in die Normalität des gewöhnlichen Lebens zurückzufinden. Man kann das viele zusätzliche Adrenalin ja nicht wie einen Wasserhahn einfach abstellen. Es muss irgendwie verarbeitet werden. Das Ende des Florilegiums war in Sicht, und obwohl es nicht leicht sein würde loszulassen, würde die körperliche Leidenschaft nach den Strapazen ihren Platz wieder einfordern.

25

Die Brücke über den Kanal ist mit primitiven Graffiti übersät. Hingeschmierte Tags (Sax, Piq, Rok), sexuelle Aufschneiderei und Schimpfwörter. Wer Graffiti mit dem Begriff »Kunst« ehrte, hatte eine Menge zu verantworten. Sie waren Street Art, »Straßenkunst«, so wie das obszöne Gekritzel in öffentlichen Toiletten – als es noch öffentliche Toiletten gab – »Toilettenkunst« war.

Anders sah es aus mit dem ästhetischen Wert von Geisterzeichen, den Palimpsesten und verblassten Schriftzügen alter Reklame, die einst von geschickten Arbeitern auf Leitern, die sich selbst als Handwerker, nicht als Künstler verstanden, mit Pinseln, Emailfarben, Zollstöcken und Malstöcken, um gerade Linien zu garantieren, direkt auf Gebäude gemalt wurden. Diese Geisterzeichen sind hier allgegenwärtig, wenn man genau hinschaut – elegante typografische Phantome mit illustrativen Verzierungen, die längst verschwundene Tabakmarken, Seifen, Biersorten, Füllfederhalter, Droschkenunternehmen, Kohlehändler und Hersteller von Berufskleidung für Dienstmädchen und Köche anpriesen. Das ist wahre Straßenkunst, sie befasst sich mit den alltäglichen Dingen des Lebens – den Motiven der Rhyparographie – und beschwört über die Zeit hinweg eine verschwundene Welt herauf.

In gewisser Weise galt das auch für ihr eigenes Projekt. Sie wollte eine Spur hinterlassen und künftigen Generationen ein Gefühl für die zunehmend zerbrechliche Welt von heute vermitteln. Falls es überhaupt zukünftige Generationen geben sollte. Ihre Befürchtung, die Befürchtung aller Künstler ist, dass sie ungeachtet der Anstrengungen, die sie für ihre Mission und die monumentale Natur ihrer Werke aufwenden, niemanden interessieren. Luka hatte mit seinem unbedachten und boshaften Ausbruch mitten ins Herz dieser Angst getroffen.

Am nächsten Morgen, beim Kaffee, wirkte er zerknirscht.

»Ich kann es kaum erwarten, das Projekt zu beenden. Damit wir uns zurücklehnen und feiern können«, sagte er.

Als Entschuldigung musste das reichen.

Sie arbeiteten weiter an der Arum-Leinwand und waren am Nachmittag beinahe fertig. Eve stand an der hinteren Wand, um das Gemälde in seiner Ganzheit zu betrachten, und war mit einem Detail oben links auf dem Bild unzufrieden – der Maßstab war völlig daneben. Besonders ärgerte sie sich darüber, dass sie es gewesen war und nicht Luka.

Als sie auf die Leiter stieg, um das Problem zu beheben, schaltete er die Videokamera ein.

»Also«, rief er ihr zu, »früher hast du mit einer Armee von Mitarbeitern gearbeitet. Und jetzt bist du allein.« Dann korrigierte er sich: »Sind *wir* allein. Wie findest du das?«

Die Richtung, in die die Frage ging, war nicht schlecht. Sie verzieh ihm die gestrige Dummheit und wollte ihr lockeres, liebevolles Bündnis erneuern. Wieder einmal machte sie sich daran, mit einem breiten Borstpinsel und einer frischen Ladung grüner Grundfarbe die fehlerhaften Pflanzen zu entfernen.

»Der Künstler ist immer allein«, sagte sie, ohne die Arbeit zu unterbrechen. »Sogar in Gesellschaft.«

»Inwiefern?«

»Florian sagte immer, wenn man ein neues Werk anfängt, ist das Atelier gerammelt voll.«

»Florian Kiš?«

Welcher Florian hätte es denn sonst sein sollen? Doch die Überraschung in Lukas Stimme war entschuldbar. Eve hatte den Namen ihres berühmten Liebhabers zum ersten Mal in den Mund genommen, obendrein im Geiste der Großzügigkeit. Das wollten alle hören. Nun, sollte Luka seinen Willen haben. In dem weitläufigen Raum ihres Ateliers, umgeben von ihren besten Werken, auf dem Höhepunkt ihrer Karriere, brauchte sie sich nicht zurückzunehmen.

»Nicht nur mit dem Personal«, fuhr sie fort, »das ein Künstler anstellt, um ihm bei der Verwirklichung des Projekts zu helfen, Hersteller und Manager, oder in Florians Fall eine einzige Assistentin, die gleichzeitig Modell war, sondern auch mit seiner Vergangenheit, den Geistern seiner Familie, seinen Freunden, Feinden, Kritikern, Unterstützern und all seinen lärmenden, miteinander konkurrierenden Ideen. Dann fängst du an zu malen, und alle verschwinden, einer nach dem anderen schließt leise die Tür hinter sich, bis du schließlich allein bist. Nur du und das Werk. Farbe und Leidenschaft, das ist alles, was man braucht. Und dann, wenn es gut geht, verlässt auch der Künstler das Atelier und schließt die Tür hinter sich zu.«

»Das hat er gesagt?«

Sie nickte und stieg die Leiter hinunter, um einen neuen Pinsel und frische Farbe zu holen.

»Und was ist mit *Mädchen mit Blume*?«, fragte er. »Was empfindest du, wenn man dich als Florian Kiš' Muse bezeichnet?«

Jetzt bedauerte sie ihre impulsive Großzügigkeit.

»Es war nicht gerade ein exklusiver Club. In manchen Kreisen wäre es schwierig gewesen, eine Kunststudentin zu finden, die nicht für Florian Modell und mit ihm im Bett gewesen war.«

»Wanda Wilson?«

Beim Klang dieses Namens, in diesem Kontext, fuhr sie zusammen. Wollte er sie schon wieder provozieren? Wanda, die ansonsten kein Blatt vor den Mund nahm, was persönliche Dinge betraf, war in dieser Sache diskret gewesen. Wahrscheinlich weil es für sie nicht gerade gut ausgegangen war. Sie war nur eins von vielen Künstler-Groupies gewesen, die vergeblich darauf gehofft hatten, zur Muse befördert zu werden.

»Möglich wäre es. Obwohl es keine Beweise dafür gibt. Ich glaube nicht, dass sie Florians Typ war.«

Wandas geradezu zwanghaftes Namedropping in der Presse und im Fernsehen enthielt stets einen Hauch von Tourette-Syndrom. Immer eifrig mit der Prominenz beschäftigt, zählte sie Rapper, Technik-Innovatoren, Reality-TV-Stars ebenso wie leichtgläubige Intellektuelle – Schriftsteller, angesagte Philosophen und Politiker –, die ihren demographischen Einflussbereich ausdehnen wollten, zu ihrem Kreis. Trachtete Wanda am Ende etwa nach künstlerischer Glaubwürdigkeit, indem sie behauptete, eine besondere Beziehung zu dem großen Kiš gehabt zu haben?

»Es war bestimmt Wahnsinn, zum inneren Kreis zu gehören«, sagte Luka. »Ich meine Florian Kiš' und Wanda Wilsons. Hattest du damals das Gefühl, Teil einer wichtigen Bewegung zu sein?«

Schon wieder stellte er ihre Geduld auf die Probe.

»Gott, nein. Warum sollte ich? Ich bitte dich. Leg die Kamera weg. Sind das deine letzten Blumen? Oben rechts in der Ecke?«

»Was ist mit ihnen?«

»Die Proportionen stimmen nicht.«

Er war empört. »Unsinn! Das Verhältnis ist perfekt.«

»Nein, ist es nicht. Es ist völlig daneben. Siehst du das nicht? Der ganze Teil muss neu gemacht werden.«

Er seufzte und machte sich lammfromm wieder an die Arbeit.

Sie beobachtete ihn und versuchte, die Erinnerungen an einen anderen Künstler bei der Arbeit zu vertreiben. Vor all den Jahren, nach ihrer letzten Verbannung ins Badezimmer – der meditativen Dreiviertelstunde, in der sich Florian mit seiner Besucherin vergnügte –, hatte Eve Florians Klopfen an der Tür gehört und war in das Atelier zurückgekehrt, das jetzt von einem vertrauten harzigen Mief erfüllt war.

Vier Jahrzehnte später stand sie in ihrem eigenen Atelier vor ihrer eigenen Arbeit, und diese Bilderflut aus der Vergangenheit lenkte sie vom Malen ab. Sie würde sich mit Papierkram beschäftigen, um einen klaren Kopf zu bekommen – mit dem letzten Stapel ungeöffneter Briefe, darunter mehrere von ihrem Mann und seinem Anwalt. Es war ein ziemlich dicker Haufen. Jetzt hatte sie genügend Abstand zu Kristof, um sie sich vornehmen zu können. Den letzten Brief öffnete sie als ersten.

Er war schlimm. Kristof beabsichtigte, Delaunay Gardens, »das gemeinsame Zuhause, das du verlassen hast«, die Scheune – ihre Scheune – in Wales und die Wohnung in Tribeca zu behalten. Im Gegenzug bot er ihr »einen Anteil auf Lebenszeit« am Atelier und eine Pauschalsumme »als volle und endgültige Abfindung« an, der nicht einmal den Kosten ihrer gemeinsamen Weltreisen in den letzten Jahren entsprach. Sie konnte im Atelier auf dem neuen »Technologie-Campus« im Bartlett Business Park bleiben, teilweise als seine Pächterin, in einer Art Hofdienstwohnungsregelung, solange sie es schaffte, am Leben zu bleiben. Wenn nicht – und sie stellte sich vor, dass der rachsüchtige Kristof nun darum betete –, würde es an Kristof zurück oder, im Falle seines eigenen Ablebens, an die Begünstigten seines Testaments gehen: vermutlich Nancy und ihr Baby. So sorgte Kristof mit Hilfe seines teuren Anwalts dafür, dass Luka oder ein zukünftiger Liebhaber das Atelier nie in die Hände bekommen würde.

Sie zerriss den Brief und ging wütend an die Arbeit zurück. Die vorgeschlagene Vereinbarung degradierte sie zu einem dummen Kleinkind, als wäre sie in ihrer Ehe keine gleichberechtigte Partnerin gewesen, als hätten ihre Opfer nicht zu seinem großen Erfolg beigetragen, als wäre ihre Entscheidung, auf eigenen Füßen zu stehen, nur einer törichten Laune geschuldet. Luka stand auf der Plattform und trug den grünen Hintergrund der letzten Leinwand für die rote Sequenz auf, und sie griff nach ihrem letzten Motiv –

einem Zweig des Wunderbaums oder *Rizinus* mit seinen fröhlichen scharlachroten Bommeln. Sie zwang sich, ihren Blick einzugrenzen und sich auf dieses eine stille, kleine Objekt der Schönheit zu konzentrieren.

Es nützte nichts. Ihre Konzentration war dahin. In diesem Augenblick hasste sie Kristof, nicht wegen seines beleidigenden Vorschlags – kleinlich und vorhersehbar –, sondern weil er sie bei ihrer Arbeit aus der Bahn geworfen hatte. Er hatte ihr die Ruhe und nötige Fokussiertheit genommen, um ihr neues Motiv anzugehen. Sie trat an die Anreibeplatte und häufte noch mehr Chinacridongold darauf. Sie würde die orange Leinwand retuschieren, eine Übung in Zen-Wiederholung, bis sie so weit war, sich die letzte Sequenz vorzunehmen.

Luka stieg die Leiter hinunter und begann zu filmen.

»Also ihr drei in New York. Siehst du Mara Novak noch gelegentlich? Erzähl uns von ihr.«

Ihre ganze Wut auf ihn war verflogen und Dankbarkeit gewichen. Luka spürte ihre Verzweiflung über Kristofs kränkenden Vorschlag und führte sie zu ihrer eigenen Geschichte zurück, zu ihrem sicheren, unangefochtenen Platz in der Welt. Den konnte ihr Kristof niemals nehmen.

Sie arbeiteten und redeten die ganze Nacht hindurch, Wein und Erschöpfung verwischten ihre Gereiztheit. Als sie nicht mehr arbeiten konnten, gingen sie zu Bett und liebten sich zum ersten Mal seit Tagen, neu erregt durch das aufgestaute Verlangen. Sie waren wieder auf dem richtigen Weg.

»Dieses Mal brauche ich wirklich einen Anwalt«, sagte Eve am nächsten Tag am Telefon zu Mara.

»Ich weiß. Ich wollte dich gerade anrufen.«

»Woher?«

Ihre alte revolutionäre Genossin Mara, die sich als lesbische feministische Therapeutin neu erfunden hatte, mied die Kunstwelt, las die *Daily Mail* aus Prinzip nicht und war in ihrem ganzen Leben noch nie auf Twitter gewesen.

»Jeder weiß es. Du bist Stadtgespräch. Ganz schöne Leistung ...«

Mit Sarkasmus stand man einer alten Freundin in der Krise nicht bei. Eve unterdrückte ihre Wut. Sie brauchte Mara. Sie brauchte ihre Erfahrung in Sachen gescheiterte Ehen. Sie verabredeten sich für denselben Abend in einer Bar an der South Bank.

Sie ließ Luka zurück, der das Atelier aufräumte, damit sie mit der letzten Sequenz des Florilegiums vorankamen. Als sie am National Theater eintraf, saß Mara wie eine Babuschka gegen die Kälte eingemummelt bereits im überfüllten Foyer an einem Tisch und wärmte sich die Hände an einer Tasse mit grünem Tee. Eve stellte sich an der Theke an, bestellte einen Gin Tonic und gesellte sich zu ihrer Freundin.

»Er will mich in den finanziellen Ruin treiben«, sagte sie zu Mara.

»Wer?«

Stellte sie sich absichtlich dumm?

»Kristof. Ich werde mit nichts dastehen.«

Mara nippte an ihrem Tee. Sie wirkte seltsam abwesend.

»So kann man es sehen«, sagte sie. »Oder aber als Bestätigung dafür, dass du eine unabhängige Frau mit einer eigenständigen, erfolgreichen Karriere bist.«

Dieser unparteiische Therapiesprech war zum Verrücktwerden.

»Ich werde mittellos sein. Er bietet mir einen Pauschalbetrag, der kaum für Farben und Pinsel reicht, und einen halben Anteil am Atelier auf Lebenszeit, es sei denn, Google oder Amazon wollen sich dort einmieten.«

»Wieso glaubst du denn, dass du seine Almosen brauchst?«, entgegnete Mara mit dieser nervigen Stimme der Vernunft. »Du bist auf dem Höhepunkt deiner Karriere. Die Sigmoid-Ausstellung war ein Riesenerfolg. Im Januar steht die Gerstein-Ausstellung an. Deine Aktien auf dem Kunstmarkt standen noch nie so gut wie jetzt. Kristof ist nichts weiter als ein hochgejubelter Ingenieur mit einem verletzten Ego. Geh einfach deinen Weg.«

Das war nicht hilfreich.

»Er bestraft mich«, erklärte Eve. »Er bestraft mich dafür, dass ich ihn gedemütigt habe und mich für Leidenschaft statt Ehrbarkeit entschieden habe.«

Mara stellte die Tasse ab. »Seien wir ehrlich«, sagte sie und ließ ihren neutralen Ton fallen. »Dieser kleine Fehltritt – das war doch nicht das erste Mal, oder?«

Eve zuckte zusammen. Maras Tonfall war feindselig.

»Was willst du damit sagen?«

»Scheint dein Ding zu sein. Unverdorbenes junges Fleisch … Wenigstens ist dein aktuelles Opfer volljährig.«

Das war es also. Die zivilisierte Fassade, die sie über Jahrzehnte hinweg aufrechterhalten und gepflegt hatten, zeigte schließlich Risse.

»Falls du von Theo sprichst, das ist lange her. Du weißt das. Ein unbedachter Augenblick.«

»Unbedacht? Ziemlich freundliche Art, es auszudrücken.« Maras Stimme war hart, anklagend. »Er war ein Kind. Und das hast du ausgenutzt.«

»Das ist lächerlich. Theo war sechzehn. Es war vollkommen legal.«

Mara schaute sie mit unverhohlenem Hass an.

»Genau genommen war er fünfzehn, wenn du dich erinnern magst. Eine Woche vor seinem Geburtstag hast du ihn mit nach Paris genommen, um dort mit ihm zu feiern.«

Eve schob ihr Glas beiseite.

»Um Himmels Willen, Mara! Du weißt doch selbst, dass das nur Haarspalterei ist. Warum bringst du das jetzt aufs Tapet? Das kann man doch nicht vergleichen. Ich dachte, du wärst damit klargekommen. Du hattest Kristof, ich hatte Theo.«

»Ehrlich gesagt hatte ich keine Ahnung, bis vor zwei Wochen, als Theo mir in einem wirren Anruf aus Thailand davon erzählte.«

Zu ihrer Verwunderung brach Mara in Tränen aus. Eve war das Verhalten ihrer Freundin peinlich, deshalb beugte sie sich vor und streichelte ihre Hand. Mara hatte es also nicht gewusst. Eve hätte nie erwartet, dass Theo ihr Geheimnis für sich behalten würde. Welcher Teenager konnte der Verlockung widerstehen, mit seiner ersten ernstzunehmenden sexuellen Erfahrung zu prahlen? Aber er hatte offensichtlich dichtgehalten. Bis jetzt. Eves Genugtuung über ihre erlesene Rache vor all den Jahren war unangebracht gewesen; keineswegs war Mara durch die Nachricht, dass ihr geliebter Sohn Opfer einer sexuellen Vergeltung geworden war, ins Unglück gestürzt worden, und sie hatte auch nicht die Augen vor der Affäre verschlossen und akzeptiert, dass Eves Reaktion durch ihr eigenes Verhalten gerechtfertigt war. Mara hatte nie etwas mitbekommen. Trotzdem, auch wenn sie es erst vor kurzem erfahren hatte, war ihre Reaktion auf diese alte Geschichte übertrieben. Sollte diese neue emotionale Labilität auf einen Nervenzusammenbruch hindeuten – vielleicht hatten Dot und sie sich getrennt – oder lag es gar an einer beginnenden Demenz?

»Ich kann nicht glauben, dass du jetzt damit ankommst«, schimpfte Eve leise mit ihr. »Du weißt, wie gern ich Theo hatte. Ich habe alles getan, um ihm während seiner schwierigen Jugend zu helfen, habe seine Reha bezahlt, ihm ein Praktikum in einem Tonstudio verschafft und ihn nach Paris zurückgeschickt …«

Heftig zog Mara die Hand zurück und starrte Eve mit verquollenen, geröteten Augen an.

»Ist dir nie in den Sinn gekommen, dass seine Teenagerzeit vielleicht weniger problematisch verlaufen wäre, wenn eine mächtige ältere Frau nicht seine Unschuld ausgenutzt und ihn aus der Bahn geworfen hätte?«

Eve griff nach ihrem Glas. Sie konnte Wut mit Wut bekämpfen. Das würde sie sich von Mara nicht bieten lassen, der Freundin, die sie verraten und ihr Bestes getan hatte, um ihre Ehe zu zerstören.

»Lächerlich«, sagte Eve. »Theo war in jeder Hinsicht erwachsen. Vielleicht willst du das nicht hören, aber es war eine harmlose, schöne Sache, eine intensive körperliche Beziehung zwischen emotional ebenbürtigen Partnern. Und es war nicht das erste Mal für ihn. Das hat er doch wohl nicht behauptet, oder? Hat er gesagt, dass ich schuld an seinem verkorksten Leben bin?«

»Er sagt jetzt gar nichts mehr.«

»Was soll das heißen?«

»Er ist letzte Woche in Thailand an einer Überdosis gestorben. Am Dienstag wird seine Leiche nach Hause überführt.«

Eve lehnte sich im Stuhl zurück und schloss die Augen. »Nein! ... Theo? ... o Gott ...« Sie schüttelte den Kopf. »Das tut mir so leid.«

Sie beugte sich über den Tisch und griff nach Maras Hand, ebenso sehr um sich selbst zu trösten wie ihre Freundin. Diesmal wurde sie weggeschlagen.

»Ja, das glaube ich dir. Aber es wird dir nie genug leid tun können.«

Maras Stuhl scharrte laut über den Boden, als sie aufstand. »Such dir deinen Scheidungsanwalt selbst.«

26

Eves Herz fängt an zu rasen, scheinbar noch ehe sie das Geräusch hört. Es ist ein einsames Gefährt, dessen fernes Dröhnen in ein Heulen und dann in ein leises Knattern übergeht, je näher es kommt. Ein Moped. Früher galt es als dekadentes Transportmittel – der »mobile Föhn« der Mods mit ihren Parkas, ein Zwerg im Vergleich zu den Harleys und Nortons der »schweren Jungs« –, doch jetzt sieht sie es als echte Bedrohung. Sie hatte Nachrichten gehört: Banditen auf Mopeds sind die neuen bösen Straßenräuber, die die Londoner Straßen unsicher machen. »Geld oder Leben.« Manchmal auch beides. Sie umklammert ihre Tasche noch fester, obwohl sie weiß, dass es klüger wäre, sie loszulassen. Am besten gibt man dem, der einen gleich mit einem Messer aufschlitzen oder mit Säure übergießen könnte, alles – Bargeld, Karten, Telefon, Schlüssel.

Genau wie sie befürchtet hat, hält das Moped direkt neben ihr an.

»Entschuldigen Sie«, ruft der einsame Fahrer.

Sie geht weiter, krank vor Angst, aber trotzig. Heute Abend steht ihr eine größere Abrechnung bevor als bloß ein gewalttätiger Raubüberfall.

»Entschuldigen Sie, Miss.«

Ist seine Höflichkeit ironisch gemeint? Sie wendet sich

dem Quälgeist zu, um ihn mit ihrem Zorn herauszufordern, obgleich sie weiß, dass dies nach der Reihe von unglaublich dummen Fehlern das Dümmste sein könnte, was sie je getan hat.

Er nimmt den Helm ab und zeigt ihr sein blasses, aknevernarbtes und lächerlich junges Gesicht.

»Können Sie mir sagen, wie ich zur Sewardstone Road komme?«

Sie wirft einen Blick auf das Moped, sieht das Logo auf der Ablagebox und schickt den Pizzaboten zurück zur Brücke über den Kanal. Dann geht sie weiter. Der Regen durchnässt allmählich ihren Mantel.

In den ersten Tagen nach der Nachricht aus Thailand war die Arbeit wie Balsam. Luka hatte sich beruhigt, und seine schweigende Anwesenheit war tröstlich, während sie noch mit den Rändern der orangen Leinwand beschäftigt war. Es würde nicht mehr lange dauern, bis sie bereit war, die rote Sequenz in Angriff zu nehmen. In weniger als einer Woche hätte sie ihr *Poison Florilegium* abgeschlossen.

Eines Morgens erhielt sie eine knappe Textnachricht von Hans. Er sei auf dem Weg ins Atelier. Luka baute gerade die Kamera auf, als sie das leise Klopfen an der Tür hörten. Hans sah ihn kaum an, während er auf Eve zuging. Sein Gesichtsausdruck war ernst.

»Ich wollte es dir persönlich sagen.«

Eve nahm einen Lappen und wischte sich die Hände ab.

»Ich bin auf der Zielgeraden! Wenn wir fertig sind, wollte ich dich zu einem Drink einladen.«

Sie zeigte auf das Atelier – durch eine optische Täuschung sah es fast so aus, als wären es die leuchtenden Gemälde, nicht die untergehende Wintersonne, die den Raum mit Glanz überzogen und den Kanal draußen in einen Strom von Blut verwandelten. Die Aquarelle und Fotografien waren ordentlich auf dem Tisch ausgebreitet, und sechs versiegelte Herbarien standen nebeneinander an der Ostwand, wie die Auslagen eines Juweliergeschäfts. Nur ein Aquarell, eine Leinwand und ein Herbarium fehlten noch.

Doch Hans' Blick wirkte oberflächlich und ungeduldig. Er war nicht gekommen, um ihre Arbeit zu bewundern.

»Es geht um die Gerstein Gallery«, sagte er. »Sie haben die Retrospektive abgesagt.«

»Was?« Eve ballte den Farblappen in der Faust. »Das können sie nicht!«

»Haben sie aber.«

»Wieso denn?«

Er warf eine Zeitung auf den Tisch. »Hast du den Artikel nicht gesehen?«

Die aufgeschlagenen beiden Seiten zeigten das unverwechselbare Kiš-Porträt, *Mädchen mit Blume,* daneben den körnigen Schnappschuss eines jungen Mannes mit nacktem Oberkörper am Strand, das Haar von einer Meeresbrise zerzaust. Theo. Die Schlagzeile lautete: NIEDERTRÄCHTIGE BESTIE TÖTETE MEINEN BRUDER. Darunter in kleinerer Schrift: »Berühmte Künstlermuse war pädophil, behauptet Familie des toten DJs.«

Eve streckte die Hand aus, um sich am Tisch abzustützen. Esme hatte sich gerächt. Und da war sie, die trauernde Schwester, in einem Button-down-Hemd mit streitlustig verschränkten muskulösen Armen, speziell für den Artikel abgelichtet. Dazu die Bildunterschrift: »Eve Laing zerstörte den unschuldigen Theo, behauptet IT-Berater Emmet.«

Es gab noch zwei weitere Fotos – eins von Eve und ihrem »aktuellen Lustknaben Luka Marlow« neben Wanda in der Hayward Gallery, und noch ein anderes von Eve, scheinbar heiter lächelnd an Kristofs Arm bei der Sigmoid-Vernissage. Die Bildunterschrift lautete: »In glücklicheren Zeiten: die mutmaßliche Kinderschänderin Laing mit ihrem Ehemann, dem millionenschweren Architekten Kristof Axness, von dem sie inzwischen getrennt lebt.«

»Absurd!«, sagte Eve und warf Hans die Zeitung entgegen. »Niederträchtiger Schwachsinn. Was hat das mit meiner New Yorker Retrospektive zu tun?«

»Die offizielle Begründung ist, sie passt nicht mehr ins Programm der Gerstein Gallery.«

Plötzlich wurde Eve bewusst, dass Luka da war.

»Das reicht nicht als Grund«, sagte sie zu Hans. »Was wird hier gespielt? Man kann die Ausstellung doch nicht einfach absagen. Wie konnten sie sich dermaßen in ihrer Programmplanung irren?«

Hans schüttelte den Kopf. »Das Programm ist eine Ausrede. Sie haben deine Ausstellung deswegen abgesetzt.« Er zeigte auf die Zeitung. »Und dann ist da auch noch die Sache auf Twitter ...«

»Was für eine Sache?«

»Die über dich und ...« Hans nickte in Lukas Richtung.

Das Nicken zeugte von Verachtung für sie ebenso wie für Luka.

»Er heißt Luka. Komm schon, Hans. Twitter? *Wirklich?* Noch so eine schwachsinnige moralische Panikmache. Seit wann war die Kunstszene in puncto außereheliche Affären so zart besaitet?«

Sie sah zu Luka hinüber, der hinter der Kamera stand und alles aufnahm.

»Nun, es geht nicht nur um ihn, oder?«, fuhr Hans fort. »Da ist noch der tote Junge. Theo Novak.«

Sie spürte, wie sich Panik in ihr ausbreitete.

»Aber das ist Jahrzehnte her, dass wir ... dass ich ihn ... kannte.«

Die Kamera zeichnete ihre Verwirrung unerbittlich auf.

»Stell das verdammte Ding ab«, herrschte sie Luka an. »Hattest du nicht noch was zu erledigen?«

»Klar doch.«

Er nahm seine Jacke und verließ das Atelier.

»Eve«, sagte Hans, »du weißt, dass ich mich nie in dein Privatleben eingemischt habe.«

»Das hätte noch gefehlt, Hans. Ich kenne die Gerüchte. Sex in Männerklos, am Heath, in den Clubs ...«

Er fuhr zusammen. Dann sagte er mit schroffer Stimme:

»Für mich interessiert sich hier niemand. Außerdem habe ich immer darauf geachtet, mich innerhalb der Grenzen des Gesetzes zu bewegen.«

»Es ist lächerlich, Hans. Die Geschichte ist ein halbes Leben her. Ich habe ihn seit Jahren nicht mehr gesehen. Ich war eine junge, einsame und von meinem treulosen Mann verletzte Frau. Er war ein süßer, liebevoller Junge. Es war echte Leidenschaft für uns beide. Andere Zeiten.«

»Die sozialen Medien sehen das anders. Sie machen dich für seinen Tod verantwortlich.«

»Theo ist ein Opfer der beschissenen Jugendkultur. Sie

hat ihn zum Junkie gemacht. Die Drogen haben ihn auf dem Gewissen. Unsere kurze Affäre vor zwei Jahrzehnten hatte nichts damit zu tun.«

Hans seufzte. »Ich fürchte, die Welt sieht die Sache anders. In diesem neuen Klima gibt es keine Verjährungsfrist für sexuelle Vergehen.«

»Ich kann es einfach abstreiten«, entgegnete sie. »Sie können es nicht beweisen. Es steht mein Wort gegen seins. Und er ist tot.«

»Dein Wort gegen das seiner Schwester – seines Bruders.«

»Esme? Diese kleine Missgeburt?«

»Diese kleine Missgeburt, wie du ihn nennst, weiß, wie man eine Social-Media-Kampagne orchestriert. Dank des Profils deines Mannes hat sie sich schon weltweit verbreitet. Auch deine Tochter mischt kräftig mit.«

Eve schüttelte den Kopf. Dieser Ödipus war also eine Frau, die ihre Mutter ermorden wollte.

Hans ging auf die Tür zu. »Tut mir leid, Eve.«

»Kannst du denn nichts tun?«, rief sie ihm nach. »Kannst du die Gerstein Gallery nicht überreden, es sich noch mal zu überlegen?«

»Sie haben sofort gehandelt und ihr Programm bereits umgestellt. Schadensbegrenzung. Sie zeigen ein neues, immersives Stück von Wanda Wilson, ein sensationelles, kurzes Vorspiel zu ihrer Sommer-Ausstellung *Artist on the Edge*.«

Eves wenig überzeugendes Lachen hallte in der Stille des Ateliers wider.

»Ein Video von ihrer letzten Koloskopie? Zur Musik von Satie?«

Hans wandte sich noch einmal zu ihr um. Er lächelte nicht. »Wanda Wilson ist die größte Künstlerin ihrer Generation.«

»Das ist nicht dein Ernst, Hans, das glaubst du doch selber nicht. Sag mir, dass du es nicht glaubst.«

Er öffnete die Tür und ließ einen blassen Lichtstreifen in die zunehmende Dunkelheit des Ateliers fallen.

»Ich habe einen Anwalt damit beauftragt, deine Optionen zu prüfen, aber ich möchte dir keine Hoffnungen machen, was deine Chancen angeht.«

»*Unsere* Chancen.«

»Deine. Das hier ist allein deine Sache, Eve.«

Nachdem Hans gegangen war, schaltete sie alle Lichter an, fand ihr Handy und wählte Ines' Nummer. Die Mailbox sprang sofort an. Sie hinterließ eine Nachricht, in der sie um einen Rückruf bat. Was blieb ihr anderes übrig, als an die Arbeit zurückzukehren? So wie Luka auch, nachdem er von seinen Erledigungen zurückgekommen war. Er fragte nicht nach dem Besuch von Hans und hielt Abstand. Er schob das Stativ beiseite, und sie räumten das Atelier auf, reinigten die Pinsel, den Glasläufer, die Anreibeplatte und legten sich die pulverisierten Pigmente zur Vorbereitung der Schlusssequenz zurecht.

Rot. Sie hätten jubeln sollen. Stattdessen war es im Atelier so still und trostlos wie in einem Bestattungsinstitut. Eves Gedanken kehrten in das andere Atelier zurück, durch dessen hohe Schiebefenster vor so vielen Jahren das Nordlicht hereingefallen war, während ihr frierender nackter Körper zu Florians Füßen lag.

Luka filmte, wie sie in den Riten des Prozesses Trost

suchte, Bleistifte anspitzte, die Wasserfarben bereitstellte und Pinsel in ein Gefäß mit frischem Wasser steckte.

Jetzt konnte sie anfangen. Sie wählte einen Bleistift – 3B, ein Mittelding zwischen weich und präzise. Über das Pergament gebeugt begann sie ihre vorbereitende Skizze für das Rizinus-Aquarell. Es war schwer, sich zu konzentrieren und zielstrebig zu bleiben, ohne sich zu fragen: »Wozu das alles? Für wen mache ich das?«

Nach einer Weile nervte es sie, wie Luka schweigend auf Zehenspitzen umherging und die Kamera erbarmungslos prüfend auf sie gerichtet hielt, deshalb fuhr sie ihn an: »Mach sie aus!«

Er hob entschuldigend die Hände und ging zurück zum Herbarium.

»Und jetzt erzähl mir von dieser hier«, rief er aufmunternd, in dem Versuch, sie zu versöhnen.

Er wedelte mit einem Wunderbaumzweig, dessen scharlachrote Zwillingsbommeln auf groteske Weise festlich wirkten. Er versuchte, sie aufzuheitern oder sie zumindest abzulenken. Vielleicht war es genau das, was sie brauchte. Als sie nach dem Kräuterhandbuch griff, stellte er Kamera und Stativ neben dem Herbarium auf und fokussierte.

»Rizinus. Die tödlichste Pflanze von allen …«, las sie. »Wurde von den Sowjets benutzt, um Dissidenten im Exil zu ermorden.«

Seltsamerweise, so las sie, hatte angeblich auch Kleopatra sie benutzt, um das Weiß ihrer Augäpfel zu betonen. Noch so eine riskante Schönheitskur.

Er pfiff durch die Zähne und ließ den Zweig mit gespielter Hochachtung ins Formalin fallen. Sie kehrte zu ihrem

Aquarell zurück und arbeitete die skrotale Zartheit der Samenkapsel mit einem feinen Pinsel heraus.

Ihr Handy klingelte, und während sie hastig danach griff, fielen ein paar Tropfen Zinnoberrot über das Aquarell. Sie tupfte noch mit einem Lappen in der Hand verzweifelt darauf herum, als sie sah, dass der Anruf nicht von Ines kam, sondern von Hans. Vermutlich hatte er ein schlechtes Gewissen wegen ihres scharfen Wortwechsels: Es war alles ein Missverständnis; die Vorstandsmitglieder der Gerstein Gallery hatten ihre Meinung geändert; die Retrospektive würde stattfinden.

Doch Hans' Stimme klang düster.

»Nein. Ihre Entscheidung ist endgültig.«

Und es kam noch schlimmer. Die Angebote für das *Poison Florilegium* waren zurückgezogen worden.

»Das war's, fürchte ich«, sagte er. »Und der Druck auf das Dallas Museum, das *Urban Florilegium* abzuhängen, nimmt auch zu.«

»Druck? Von wem denn?«

»Von der Twittergemeinde … Ein Leitartikel in der *New York Times* …«

In ihr fassungsloses Schweigen hinein brachte er eine zaghafte Note der Hoffnung.

»Aber ein Angebot habe ich erhalten. Von Wanda Wilson. Ihre Leute haben sich erkundigt, ob sie Bildmaterial von *Rose/Thorn* verwenden dürfen.«

Eve drückte den durchnässten roten Lappen in der Hand zusammen. Was meinte er mit »Bildmaterial verwenden«?

»Reproduktionsrechte. Sie will sie in ihrer Gerstein-Ausstellung verwenden, bei einem ›Kunstbankett‹ – einem ausgedehnten Fest mit Musik, Essen und Wein – offen für Zuschauer ...«

»Gegen so was tauschen die das *Poison Florilegium* aus? Was hat das überhaupt mit *Rose/Thorn* zu tun?«

»Sie will es auf die Teller, Tassen und Stoffe drucken lassen.«

Eve schleuderte den Lappen quer über den Tisch.

»Hans, ich bin Künstlerin, keine Innenarchitektin. Das weißt du. Und Wanda auch.«

Er ignorierte ihren Sarkasmus. »Sie behauptet – besser gesagt Wanda Wilsons Leute behaupten, dass *Rose/Thorn* ein integraler Bestandteil des Werks sein wird.«

»Willst du mir sagen, dass ich mir bestenfalls Hoffnung auf eine Gemeinschaftsausstellung machen kann, in der gedruckte Reproduktionen meiner alten Arbeiten neben Wanda Wilsons neustem Mist gezeigt werden?«

»Nicht ganz. Deine Arbeit wäre das, was man als Ergänzung – ein Accessoire – zu Wandas Ausstellung bezeichnen würde.«

Eve schaute zu Luka hinüber. Ob er das mitbekommen hatte? Er saß am Computer und schnitt das Filmmaterial.

»Wie lange arbeiten wir schon zusammen, Hans? Zwanzig, fünfundzwanzig Jahre? Dieses Jahr hatten wir die Ausstellung in der Sigmoid Gallery. Noch vor wenigen Wochen sprachen wir über potenzielle Käufer für das neue Florilegium – im Nahen Osten ... Russland ... China ... Und jetzt sagst du mir allen Ernstes, meine einzige Hoffnung solle darin bestehen, bei Wanda Wilsons immersiver Restaurant-Erfahrung auszuhelfen?«

»Eve, du scheinst den Ernst der Situation nicht zu begreifen.« Hans' Stimme klang verzweifelt. »Dein Ruf ist hin, und der Wert deiner Arbeit ist im Keller. Egal wie sehr du Wanda Wilson verabscheust, das ist deine beste, möglicherweise einzige Chance. Es ist ein großzügiges Angebot. Wenn ich du wäre, würde ich mir die Einladung, bei ihrer neuen Ausstellung mitzumachen, nicht entgehen lassen. Es ist eine seriöse Arbeit, die bereits die Aufmerksamkeit der internationalen Presse auf sich zieht.«

»Du bist aber nicht ich, Hans. Du an meiner Stelle wüsstest, dass ich lieber in Vergessenheit sterbe, als in Wanda Wilsons Zirkus aufzutreten.«

»Ich wollte dir nur einen guten Rat…«

Sie drückte ihn weg. Mit Hans war es vorbei.

Außer sich vor Wut wollte sie ihn nie wieder zu Gesicht bekommen. Sie würde verschwinden; das konnte sie gut, vor allen weglaufen – ihren Eltern, ihrem Bruder, Kristof, Nancy. Ein Schritt, und dann noch einer. Und das Ganze wiederholen, bis man außer Sicht- und Hörweite ist. Sie hatte sich auch von Theo abgewendet. Es schien einfach, die Entfernung in Schritten zu messen, ein gemächlicher Spaziergang auf den Horizont zu. Damals war es leicht gewesen.

Selbst Florian hatte sie den Rücken zugekehrt, obwohl sie das mehr gekostet hatte. Wie ein Krebsgeschwür hatte sie ihn aus ihrem Leben herausschneiden müssen, mit Wut als Anästhetikum.

Sie kehrte zu ihrer Zeichnung zurück, aber es war unmöglich; ihre Hand zitterte. Vielleicht war es auch mit ihr vorbei.

27

Der Wind ist aufgefrischt, als eine plötzliche Bewegung sie aufschreckt. Eine kleine Silhouette stiehlt sich aus einer Seitenstraße und kommt auf sie zu. Sie bleibt stehen; es ist ein Fuchs, der seine flatternde Beute hinter sich herschleift.

Ein Nachtbus rast vorbei, jedes beleuchtete Fenster ein gerahmtes Porträt von Edward Hopper – Miniaturstudien städtischer Einsamkeit. Der Fuchs tritt auf die Straße, und im Schein der Rücklichter des Busses sieht Eve, dass es sich bei der Beute nicht um einen tödlich verwundeten Welpen oder ein halbtotes Kätzchen handelt, sondern um einen Müllsack, den er aus einem Abfalleimer in der Nähe geklaut hat. Sie schlägt den Kragen gegen den Wind hoch und geht schnell weiter. Die Vergangenheit bietet keinen Trost. Sie kann ihren Gedanken nicht entkommen. Sie hastet auch nicht ins Atelier zurück. Sie wird verfolgt. Von ihrer Zukunft verfolgt.

Eine halbe Stunde nach Hans' Anruf machte sie eine Flasche Wein auf und schaltete das Radio ein. Dann kehrte sie zu ihrer Zeichnung zurück, während Luka sich um die Kamera kümmerte und das Atelier putzte. Die Nachrichten berichteten von Flüchtlingskolonnen, weiteren Flutkatastrophen, tödlichen Waldbränden und dem bevorstehenden wirtschaftlichen Untergang. Doch nichts davon konnte ihre Gedanken an die letzte Begegnung mit Florian vertreiben. Er hatte seine Besucherin entlassen, an die Badezimmertür geklopft und sie aufgefordert, herauszukommen und ihre Pose wieder einzunehmen. Als sie sich für ihn auf dem Boden des Ateliers ausstreckte, bemerkte sie, dass er ein kleines Gemälde – dreißig mal dreißig Zentimeter, nicht einmal halb so groß wie ihr Porträt – von den Stapeln an der Wand genommen und gegen die Couch gelehnt hatte. Abwesend starrte sie darauf. Es war die halbfertige Aktstudie einer urzeitlichen Fruchtbarkeitsgöttin in einem Zustand der Hingabe, ihr Torso war von subkutanen Fettpolstern gezeichnet, die gespreizten Beine enthüllten das gekräuselte Innere ihrer Geschlechtsorgane, das dunkle Haar glich einem Heiligenschein aus Draht. Ekelhaft.

Als Luka die zweite Flasche öffnete, hatte Eve es irgendwie geschafft, das Aquarell zu vollenden. Er ging zum Herbarium zurück und richtete die Videokamera ein. Sie fing an, die Pinsel und Pigmente zurechtzulegen, die sie am nächsten Morgen für die letzte Leinwand brauchen würde. Sie wusste, was notwendig war, konnte aber die Frage, die nun wie ein böswilliger Dämon über dem Unterfangen schwebte, nicht abschütteln: Wozu das alles?

Luka schien ihre Gedanken zu lesen. Er schaltete die Kamera ein. »Hast du dich schon mal gefragt, worum es hier geht? Ich meine, was willst du damit sagen? Wem gefällt dieses Zeug überhaupt? Wozu das Ganze?«

War er boshaft oder nur beschränkt? Wenn er auf Konfrontation aus war – die konnte er haben. Das würde sie zumindest von dem Abgrund ablenken, der sich vor ihren Füßen auftat.

»Wenn du gehen willst, da ist die Tür«, sagte sie. »Ich komme auch ohne dich zurecht. Aber du dürftest es schwer haben ohne Gehalt oder Status. Welche Zukunft erwartet dich? Eine blendende Karriere als Nachahmer französischer Impressionisten? Willst du Grußkarten entwerfen? Haustiere porträtieren?«

Er trat gegen das Herbarium, und die Pflanzen erbebten in ihrer öligen Flüssigkeit. Jetzt war auch er wütend. Aber er wusste, dass sie recht hatte. So weit war er gekommen. Er war dem Projekt genauso verpflichtet wie sie. Er musste das Florilegium zu Ende bringen. Vielleicht wäre es auch ihr gemeinsames Ende, doch darüber konnten sie später reden. Jetzt mussten sie arbeiten.

Langsam maß er das Pigment ab und mischte die Farbe. In mürrischem Schweigen arbeiteten sie Seite an Seite an der Leinwand. Als sie zu erschöpft waren, um weiterzumachen, war fast die Hälfte des Wunderbaum-Gemäldes fertig. Selbst als Feinde arbeiteten sie gut zusammen.

Es musste vier Uhr früh sein, als er sich ein Bett auf der Couch des Ateliers machte. Sie ging allein ins Schlafzimmer und wachte kurz vor der Dämmerung auf, dreieinhalb Stunden später, völlig erschlagen von zu wenig Schlaf und zu viel Wein. Sie spürte die Angst in ihrem Innern – wegen Luka, wegen Kristof, Florian, Theo, ihrem Ruf, wegen allem –, aber sie musste an die Leinwand zurück. Nur noch ein Tag. Dann konnte sie zusammenbrechen, Bilanz ziehen und über ihren nächsten Schritt entscheiden.

Luka war bereits auf, er saß am Computer und schnitt

das Filmmaterial. Er machte Kaffee, und anschließend mahlte er schweigend neues rotes Pigment. Als sie so weit war, mit dem Gemälde zu beginnen, kehrte er zum Herbarium zurück, baute die Videokamera daneben auf und richtete sie auf sie. Sie beugte sich dicht zur Körnung der Leinwand, ihr Pinsel war mit zähem Karmin verklumpt. Die stacheligen roten Samenkapseln waren so knifflig – sie hatten etwas von einer Piñata, in einem anderen Licht aber sahen sie aus wie die todbringenden Morgensterne eines mittelalterlichen Krieges. Die Farbe war auch nicht gerade hilfreich. Auf der Leinwand wirkte sie flach, es fehlte an Tiefe und Leuchtkraft.

Er versenkte gerade die letzten Samenkapseln und Blätter in der Konservierungsflüssigkeit des Herbariums, als Eve ihm zurief:

»Kannst du dir die Mischung noch einmal ansehen? Die Farbe kommt mir irgendwie falsch vor.«

Es war, als hätte er sie gar nicht gehört. Er ließ weiter Pflanzenteile in das Herbarium fallen, eins nach dem anderen, und sah abwesend zu, wie sich jedes einzelne in Zeitlupe drehte und in der Flüssigkeit schwebte.

»Ich habe gefragt, ob du dir das Rot noch einmal vornehmen könntest. Die Mischung stimmt nicht.«

Er blickte mit einem seltsamen Lächeln im Gesicht auf und rührte sich nicht.

»Hans hatte recht«, sagte er. »Du solltest auf ihn hören.«

»Ich brauche Hans' Rat nicht. Wie viel hast du von dem Anruf mitbekommen?«

»Genug, um zu wissen, dass es verrückt ist, die Einladung zu einem Beitrag an Wanda Wilsons neuer Ausstellung auszuschlagen.«

»Wenn ich deine Meinung hören will, frage ich dich danach. Jetzt halt den Mund und mach dich an die Arbeit.«

Doch er war noch nicht fertig.

»Es ist ein einmaliger Neujahrs-Teaser für die große relationale Kunstausstellung an verschiedenen Veranstaltungsorten im nächsten Sommer, von der jetzt schon alle reden. Das wird ein Hammer. Die Leute werden um den ganzen Block Schlange stehen, und das Büffet kommt vom angesagtesten Chefkoch Manhattans, mit thematisch gestaltetem Geschirr und Jazz zum Dinner. Sie nennt es *Best Eaten Cold/Revenge*.«

Eve blickte ihn ungläubig an. Das grausame Licht des grauen Wintermorgens nahm ihm seine Schönheit und verlieh ihm das Aussehen eines grinsenden Kadavers. Sie wandte sich ab und griff nach ihrem Pinsel. Er zitterte in ihrer Hand. Aus nächster Nähe starrte sie auf die Struktur der Leinwand, die durch das grelle Rot hindurch sichtbar war, und erinnerte sich wieder an das kleine, unfertige Porträt in Florians Atelier. Wie sie die Augen zusammengekniffen hatte, um den Blick zu schärfen, der von der zerfetzten Wunde der Vagina mit den Schamlippen zu den verschwommenen Gesichtszügen gewandert war, die von einer dunklen, Furcht einflößenden Perücke eingerahmt waren. Auf einen Moment leichter Neugier folgte der Schock des Wiedererkennens: Wanda. Unverkennbar.

»Also, zurück an die Arbeit«, sagte Luka. Seine Stimme klang lauter, rüpelhaft und höhnisch. »Dein Publikum wartet …«

Er forderte sie unverhohlen heraus. Sie wischte sich die Hände am Overall ab. Wenn nötig, würde sie die Farbe eben selber mischen.

»Entweder du machst weiter, oder du steigst jetzt aus«, sagte sie.

Wie ein trotziges Kind, das sich einem lästigen Erwachsenen widersetzt, verdrehte er die Augen und ließ bewusst affektiert eine weitere Rizinusfrucht von der Pinzette in das Becken fallen.

»Wenn die Leute diese Pflanzen so mögen, warum züchten sie dann nicht einfach welche?«, fragte er. »Oder stellen sie in eine Vase? Dann könnten sie wenigstens daran schnuppern, sie berühren und ihre Feinde damit vergiften, wenn sie wollen.«

»Das ist doch nicht dein Ernst, Luka«, sagte sie leise.

Selbst jetzt angesichts seines unverhohlenen Spottes war sie immer noch bereit, ihm eine Chance zu geben. Er war alles, was sie hatte. Aber er stand nur da und hatte das Gesicht zu einem hässlichen Grinsen verzogen.

»Ich meine, wer würde schon ein Foto der Realität der tatsächlichen Realität vorziehen? Die Leute suchen nach Echtheit, nach Authentizität. Und was steuerst du zu dieser Geschichte bei, zwei Grad von der Natur entfernt, mit deinen beschissenen Gemälden, die wie Fotos des Eigentlichen aussehen?«

»Was ist in dich gefahren?«, rief sie und hatte plötzlich Lust, ihm in sein unverschämtes Gesicht zu schlagen.

»Wie hat Florian Kiš es noch ausgedrückt?« Er hielt sein Handy in die Höhe. »Ich habe es extra nachgeschlagen ... Hier: ›Sinnloser Klamauk. Eine schändliche Verschwendung von Talent, für die man die Künstlerin mit einem Strauß ihres grässlich blühenden Schwarzdorns auspeitschen sollte.‹«

Sie schlug ihm das Handy aus der Hand, und es fiel zu Boden.

»Florian war sauer«, sagte sie. »Sauer, dass ich ihn verlassen hatte. Sauer, dass ich meinen eigenen Weg gegangen bin und er mich nicht mehr haben konnte.«

Luka lachte, es war ein grausames Kichern, dann hob er sein Handy auf, stand hämisch vor ihr und ergötzte sich an ihrer Wut.

Die Erinnerungen drohten sie vollends aus der Bahn zu werfen. Nachdem sie Wandas Porträt entdeckt hatte, sagte sie nichts zu Florian. Bei ihrer Heimkehr an jenem Abend hatte sie Wanda nicht herausgefordert, die noch auf war und sie mit dem Gesichtsausdruck einer befriedigten Katze erwartete. Trotzdem hatte sich für Eve etwas verändert. Zusätzlich befeuert von ihrer lästigen Schwangerschaft war das der Anfang vom Ende mit Florian.

In puncto Wanda war Eve schon damals klar, dass es ein langes Spiel werden würde. Was auch immer Wanda Wilson jetzt sagen mochte, sie war für Florian nie mehr als eine schnelle Nummer gewesen – nächtliches Fast Food, das man in einem Rausch aus Gier und Ekel verschlang. In dem hoffnungslosen Versuch, Eve zurückzugewinnen, übergab er Wandas Porträt bei einer seiner Vernichtungsorgien zweitklassiger Arbeiten dem Feuer im Hinterhof. Es war *Mädchen mit Blume*, das überlebt hatte.

Auf einmal fiel es Eve wie Schuppen von den Augen. Warum sollte sie versuchen, Luka irgendwas zu erklären?

Er würde es sowieso nicht begreifen. Es war ein Missverständnis. Sie hatte ihn für intelligent, ernsthaft und talentiert genug gehalten, um ihr ein Partner bei der Arbeit und im Leben zu sein. Sie hatte sich geirrt. Sie war auf sich allein gestellt. Diese Klarheit war alles, was sie brauchte. Luka war ein notwendiger Teil des Prozesses gewesen. »Du fängst an zu malen, und alle verschwinden, einer nach dem anderen schließt leise die Tür hinter sich, bis du schließlich allein bist. Nur du und das Werk. Farbe und Leidenschaft.« Die Meute war verschwunden. Bald war es auch für sie Zeit zu gehen.

Verwirrung und Ärger lösten sich langsam auf und wichen einer konzentrierten Gelassenheit. Die Zeit wurde knapp, für ihre Kunst musste sie ein Roboter sein. Jetzt war ihre Hand wieder ruhig, sie griff nach dem Pinsel und widmete sich einer einzelnen roten Samenkapsel. Sie würde die Form skizzieren und später die Farbe korrigieren. Der Rest würde folgen. Nichts anderes zählte, während sie tupfte und ritzte und sich wie all die Jahre abmühte, die Illusion von Leben auf die flache Ebene einer Leinwand zu zaubern. Mit jedem Bild gelang es besser, und anschließend musste man trotzdem lernen, wieder ganz von vorn anzufangen.

Ein Windhauch und ein plötzliches Klappern unterbrachen ihre Konzentration. Luka hatte die Pinzette nach ihr geworfen und sie um Zentimeter verfehlt.

»Was anderes blieb mir nicht übrig, um deine Aufmerksamkeit zu bekommen«, sagte er, über das Herbarium gebeugt, und grinste wie ein böses Kind.

»Es reicht jetzt!«, sagte Eve. »Du kannst gehen, auf der Stelle.«

»Ich gehe, wann ich will. Vorher zahlst du mir meinen Anteil an all dem hier.« Er zeigte auf die Leinwände.

Sie senkte den Pinsel. »Du hast keinen Anspruch auf irgendwas.«

»Ich vermute, dass sie jetzt weniger wert sind als letzte Woche«, fuhr er mit demselben aufreizenden Grinsen fort, »vor den Zeitungsartikeln und dem Shitstorm auf Twitter. Aber man kann nie wissen – die Dinge könnten sich ändern; deine Aktien könnten wieder steigen. Vielleicht kannst du dich ja rehabilitieren. Gemeinnützige Arbeit für die Pfadfinder?«

Seine Transformation war vollendet. Ihr Botticelli-Engel hatte sich als einer von Boschs quälenden Dämonen entpuppt. Wie tief war er gefallen, und wie schnell!

»Raus hier!«

»Es ist meine Arbeit genauso wie deine«, sagte er.

Sie lachte. »Das nimmt dir niemand ab. Du bist ein Niemand. Ein Krämer, der mit billigen Fälschungen hausieren geht.«

Er zeigte auf die rote Leinwand. Was wollte er damit sagen? Sein Finger wies auf die rechte Seite des Gemäldes, wo sie ihre Unterschrift setzen würde, nachdem sie ihre Arbeit beendet hatte. Aber da war schon etwas – ein faustgroßer schwarzer Fleck. Sie schaute genauer hin und sah, dass es eine Tuschezeichnung war. Ein grinsender mexikanischer Totenschädel.

»Ich habe meine Spuren hinterlassen. Auf allen Leinwänden.«

Entsetzt sah sie sich im Atelier um und konnte selbst aus dieser Entfernung erkennen, dass es stimmte. Der fehlende

Schlaf und seine boshaften Sticheleien hatten sie so aufgewühlt, dass sie sich auf eine einzige Samenkapsel konzentriert und den Frevel nicht bemerkt hatte – ein schwarzer Fleck markierte jedes einzelne Bild wie ein entstellendes Sarkom.

Instinktiv reagierte sie. Jeder Künstler, dessen Werk so brutal verunstaltet worden wäre, hätte das Gleiche oder noch Schlimmeres getan.

Während sie durch die Nacht geht und die Szene noch einmal Revue passieren lässt, kann sie sich nicht erinnern, wie sie nach dem breiten Borstpinsel gegriffen hatte. In der einen Sekunde hielt sie ihn in der Hand, und in der nächsten spürte sie, wie er sie verließ. Wahrscheinlich hatte sie ausgeholt und ihn mit voller Wucht auf ihn geschleudert, aber daran hat sie keine Erinnerung. Ihr bleibt nur der Eindruck kontrollierter Ruhe, kurz ehe sich der Pinsel aus ihrem Griff löste, der entsetzliche Moment des Aufpralls – und die Stille, auf die der Schrei folgte …

Der Pinsel landete mit einem Platschen im Herbarium, und die zähe Flüssigkeit spritzte auf. Sein Aufschrei hatte etwas Gutturales, Animalisches, während er sich verzweifelt das Gesicht rieb.

»Meine Augen! Was zum Teufel hast du getan?«

Sie führte ihn ins Badezimmer, ließ kaltes Wasser ins Waschbecken und wies ihn an, sich die Augen auszuspülen. Sie stand hinter ihm, während er sich über das Waschbecken beugte, und schreckte beim Anblick ihres Spiegelbilds zusammen. Haare wie vertrocknete Schnipsel vom Seziertisch, zu glanzlosen Perlen geschrumpfte Augen, die in Falten versanken, der blutleere Mund wie eine runzlige Wunde in einer Leichenschauhaus-Grisaille. Sie ließ den Wasserhahn erneut laufen, hielt einen sauberen Lappen darunter und riet ihm, ihn als Kompresse zu benutzen. Dann brachte sie ihn ins Schlafzimmer und ließ ihn wimmernd auf dem Bett liegen.

»Das wird schon«, sagte sie. »Du musst nur immer wieder mit frischem Wasser spülen. Alles wird gut.«

Sie ging ins Atelier zurück, zog sich Handschuhe an, fischte mit Hilfe einer Pinzette den Pinsel aus dem Herbarium und reinigte ihn. Dann suchte sie die schriftliche Formel für den grünen Hintergrund. Phthalogrün mit Kadmium. Im Verhältnis zwei zu eins. Sie häufte das Pulver auf die Anreibeplatte, goss Leinöl hinzu und bearbeitete es mit dem Glasläufer. Wie lange war es her, dass sie das selbst gemacht hatte? Das war auch so eine Sache, wenn man Assistenten hatte, die sich um solche Arbeiten kümmerten – sie raubten einem die Handlungsfähigkeit und machten einen hilflos. Farbe und Leidenschaft – das war alles, was man brauchte. Das hatte Florian richtig verstanden. Das Ritual des Prozesses war zutiefst befriedigend und bot einen anderen, fundamentaleren Einstieg in die Arbeit.

Schließlich tauchte sie den Borstpinsel in die grüne Farbe, ging zu der noch unfertigen roten Sequenz und tupfte damit auf das entstellende Schwarz. Nach vier leichten Strichen verschwand der Schädel. Innerhalb einer halben Stunde hatte sie Luka von allen sieben Leinwänden gelöscht.

Jetzt konnte sie anfangen. Ihre Hand war ruhiger. Das musste so sein. Sie durfte nicht schwanken.

28

Die Straße ist breiter geworden. Es wird immer belebter. Sechs Spuren mit lärmendem Verkehr, mehr Lastwagen, riesige Brummer, die Giftstoffe in die kalte Nachtluft schleudern und ihre Lasten in den Norden und Osten transportieren. Vor ihr erheben sich brutalistische Hochhäuser mit Sozialwohnungen und Einkaufszentren wie der Himalaja in den Himmel. Diese Art zu gehen macht keinen Spaß. Sie steigt ein paar Stufen hinunter zum Kanal, der von einer weiteren schmutzigen Graffiti-Galerie begrenzt ist. Zwei Gestalten kommen auf sie zu, sie ziehen einen Rollkoffer hinter sich her, der lautstark über das Pflaster voller Schlaglöcher rumpelt. Als sie näher kommt, sieht sie, dass es Kinder sind, vielleicht Geschwister, beide mit breiten, blassen Gesichtern und blondem, zerzaustem Haar – vielleicht dreizehn oder vierzehn Jahre alt. Als sie an ihr vorbeigehen, lächeln sie nervös. Sie sind genauso unsicher wie sie selbst. Ob sie aus einem problembeladenen Zuhause ausgebüxt sind? Oder auf ein noch schrecklicheres Schicksal zulaufen? Es könnten Eve und ihr Bruder sein, vor einem halben Jahrhundert.

Wäre der vor sozialer Fürsorge strotzende John jetzt hier, würde er die beiden Ausreißer anhalten, sie fragen, was sie tun, und sich vergewissern, dass alles in Ordnung ist.

Eve dreht sich um und überlegt, ob Johns Instinkt richtig wäre. Soll sie ihnen nachlaufen? Aber sie sind weitergegangen, schon außer Hörweite, und haben ihr die Verantwortung abgenommen.

Sie verspürt den Drang, mit ihrem Bruder zu sprechen, seine vertraute Stimme zu hören. Er war immer ein guter Zuhörer. Er würde sich Sorgen um sie machen, aber für ihn war Sorge immer ein billiges Gut, das er wahllos verteilte. Der puristische Einsiedler hatte, egal wo er gerade war, im Friedenslager oder in seiner Hütte, noch nie einen Telefonanschluss gehabt. Er sprach zu seinen Bedingungen mit ihr, von einem geliehenen Handy aus oder einer der seltenen öffentlichen Telefonzellen, und auch nur, wenn ihm danach war. Wann war das letzte Mal gewesen? Vor mehr als acht Monaten. Er war zu sehr mit der Rettung des Planeten beschäftigt, um Zeit für seine gefährdete Schwester zu haben. Sie geht weiter, hin und her gerissen zwischen gefühllosem Entsetzen und Panik.

Rot – das Symbol für Leben und Tod, Karneval und Krieg – war immer die Farbe, die am schwersten zu treffen war. Sie konnte es Luka nicht vorwerfen. Es war vor allem ihre Schuld, sie hatte ihn um Hilfe gebeten. Sie brauchte niemanden: weder Luka, Josette und Glynn, das übrige Team noch ihre Familie – sie alle lenkten sie nur ab.

Während Luka im Schlafzimmer stöhnte, stemmte sie die Dose mit Benzimidazol-Kastanienbraun auf und häufte zwei Maßeinheiten des feinen Pulvers auf die Anreibeplatte. Präzision war unerlässlich.

Eine plötzliche Bewegung riss sie aus ihrer Konzentration. Er stand an der Tür und hielt noch immer die Kompresse auf den Augen.

»Ich muss gehen«, sagte er.

»Nur zu. Niemand hält dich auf!«

Sie maß eine mit pulverisiertem Quecksilber vermischte Einheit Zinnober ab.

»Ich muss zum Arzt«, sagte er und tastete mit den Händen die Tür ab, auf der Suche nach dem Schloss.

»Stell dich nicht so an. Spül dir einfach weiter die Augen mit Wasser aus, so lange, bis sie sauber sind.«

Er fand den Griff und zog daran, doch die Tür war abgeschlossen. Der Schlüssel lag auf dem Tisch neben der Anreibeplatte, direkt vor ihr.

»Ich will nur noch hier weg!«

»Ach, wirklich?«, sagte Eve und griff nach der kleinen Dose mit Naphtholrot. »Ich will dich hier auch nicht mehr haben.«

Jetzt fummelte er hilflos an der Tür herum.

»Lass mich einfach raus!«

Eve versuchte, den Überblick über die Pigmentmischung zu behalten. Sie durfte nicht zu viel Naphthol nehmen, sonst würde sie wieder von vorn anfangen müssen.

»Bitte. Ich muss hier weg!«, sagte er. Sein Jammern schwoll zu einem Schrei an. »Sofort!«

Sie seufzte, stellte das Glas beiseite und wischte sich die Hände an ihrem Overall ab.

»Na gut. Wo hast du dein Handy? Deine PIN-Nummer? Ich rufe deine Schwester an.«

Er gab ihr sein Handy und sackte dann zu Boden, wo er den Lappen auf die Augen presste.

Sie fand Belles Nummer. Es klingelte und klingelte. Gerade als Eve ihr eine SMS schicken wollte, entdeckte sie eine Nachricht, die seine Schwester ihm vor einer Stunde geschickt hatte.

»Ich habe dich gewarnt. Wenn du uns jetzt im Stich lässt, ist der Deal geplatzt«, stand darin.

Belles Text war die Antwort auf eine Nachricht von Luka, die er eine halbe Stunde zuvor geschickt hatte:

»Ich muss hier weg. Ich halte es keine Sekunde länger aus.«

Jetzt schrie er wieder. »Sag ihr, sie soll sich beeilen!«

Eve ignorierte ihn und starrte auf das leuchtende Handy in ihrer Hand, als wäre es radioaktiv. Dann scrollte sie durch seine Nachrichten, und da war es. Wie hatte sie nur so dumm sein können?

»Bitte, Eve«, stöhnte er.

»Gib mir eine Sekunde. Sie nimmt nicht ab. Ich versuche es noch mal.«

Sie scrollte zurück.

Luka, 19. April – *Ich glaube, sie hat angebissen.*
Belle, 19. April – *Klar! Wie hätte sie widerstehen können?*
Belle, 20. April – *Gibt es Fotos? Einen Film? Vergiss nicht – Dokumentation ist wichtig.*
Luka, 29. April – *Werde chemische Hilfe brauchen. Die blauen Pillen.*
Belle, 29. April – *Keine Sorge. Alles, was notwendig ist.*
Luka, 30. April – *Es ist vollbracht. Igitt.*
Belle, 30. April – *[Daumen-Hoch-Emoticon]*

Luka, 1. Mai – *Sie ist ein echtes Monster ... wie konntest du mich bloß dazu überreden.*
Belle, 1. Mai – *Augen zu und durch, denk an das Geld.*

»Eve!«, flehte Luka.
»Ich bin dabei.«

Luka, 3. Juni – *Sie nervt. Ehemann auf Reisen. Brauche mehr blaue Pillen.*
Belle, 4. Juni – *Vergeig es nicht. Räum die Mitarbeiter aus dem Weg.*
Luka, 16. Juni – *Erledigt! Nur ich, G, J, und die PoC.*
Belle, 17. Juni – *[drei grinsende Emoticons]*
Luka, 18. Juli – *Ich dreh noch durch.*

Eve zitterte. Sie war wie betäubt. Die blauen Pillen. Der Freund des alten Mannes. Aber auch der alten Frauen, wie es schien. Und PoC? Sie ging die Nachrichten weiter durch und erriet die Wahrheit, Sekunden bevor sie sie sah. Am 28. Juli hatte Luka seiner Schwester geschrieben:

»Mehr Stress von der Princess of Chintzes. Wenn ich noch eine verdammte Blume sehe, bringe ich mich um.«

Er war wieder auf den Beinen, tastete sich um den Tisch herum und versuchte, die Tür zu erreichen.

»Ich muss ins Krankenhaus.«
»Ich kann Belle nicht erreichen.«
»Dann ruf mir ein Taxi!«, brüllte er.
»Du hast mich belogen.«
»Nein!«, protestierte er, knüllte den nassen Lappen zusammen und drückte ihn sich auf die Augen.

»Ich habe deine SMS gelesen«, sagte sie.
»Nein! Gib mir mein Handy zurück!«
»Ich will die Wahrheit wissen!«
»Bitte«, flehte er. »Ich muss wirklich zum Arzt. Ich sehe alles verschwommen. Es ist eine Qual.«
»Ich spüle dir noch mal die Augen aus.«

Er ließ sich zu einem Stuhl führen. Sie kippte seinen Kopf nach hinten und spritzte frisches Wasser in seine verlogenen blauen Augen, die jetzt rot geädert waren. Dann tränkte sie den Lappen wieder mit Wasser.

»Also?«, bohrte sie. »Raus damit. Belle und du …«

»Es war alles ihre Idee. Ich habe nichts damit zu tun«, stöhnte er.

Sie faltete den Lappen und drapierte ihn über sein Gesicht.

»War alles gelogen?«

Sie fing an, den nassen Stoff wie eine Augenbinde um seinen Kopf zu schlingen.

»Sie hat mich überredet, hierher zu kommen.«

Er hob den Kopf, damit sie den Lappen festbinden konnte.

»Warum?«

»Es ging um eine ihrer Performances«, murmelte er.

»Performances?«

Sie zog den Knoten fest.

»Nicht! Das tut weh!«

Sie lockerte ihn wieder.

»Besser?«

Plötzlich wurde er aufsässig. »Tu nicht so, als hättest du nichts davon gehabt.«

»Wie kannst du es wagen!«

»Ich muss los«, sagte er. Er hielt sich an der Stuhllehne fest und kämpfte sich hoch. Mit verbundenen Augen sah er aus wie eine hilflose, ungeschickte Karikatur der Justitia.

»Eine Sache noch«, sagte sie. »Deine Dissertation?«

Er riss sich den Lappen vom Kopf und warf ihn auf den Tisch.

»Es gibt keine Dissertation. Ich habe eine begonnen, dann aber abgebrochen.«

»Es ging gar nicht um mein Werk, oder?«

»Nein.« Er lächelte, als ergötzte er sich an ihrem Unbehagen. »Es ging um einen echten Künstler – Florian Kiš.«

Eve spürte Übelkeit in sich aufsteigen.

»Und Belle?«, flüsterte sie. »Was interessierte sie an meiner Arbeit?«

Er rieb sich wieder die Augen.

»Für dich hat sie sich nie interessiert. Wanda Wilson war ihr Ding. Immersive Arbeit, relationale Kunst ... so hat sie ihr Stipendium für die Art Ranch bekommen.«

Eve hielt sich am Tisch fest.

»Ich rufe dir ein Taxi.«

Sie nahm sein Handy zur Hand. Doch anstatt ein Taxi zu rufen, öffnete sie sein E-Mail-Konto. Seine Antworten hatten neue Fragen aufgeworfen.

29

Die Zielgerade. Jetzt dauert es nicht mehr lange. Und danach? Leugnen ist eine unterschätzte Überlebensstrategie. Eve sucht verzweifelt nach Ablenkung, blickt sich wie ein Reiseführer um und erklärt sich selbst die Stadt und ihre Geschichte, ihre eigene Geschichte, wie einer Busgruppe von neugierigen Reisenden. Sie nähert sich dem Olympiapark, der an der Stelle eines anderen stillgelegten Industriegebiets errichtet wurde. Stadion und Velodrom, Skatepark und Wassersportzentrum, Kirmes und Laufbahn, eingegrenzt von Blumenwiesen und einem riesigen Einkaufszentrum – alle menschlichen Bedürfnisse, bis auf Kunst und Liebe, werden hier erfüllt. Er wurde anlässlich des Jubiläums der Königin umbenannt, wie auch das neue »Superkrankenhaus« in Glasgow, an dem Kristof als Berater beteiligt gewesen war. Die Glasgower, die im Jahr vor der Eröffnung des futuristischen Queen-Elizabeth-Universitätskrankenhauses für die Abtrennung Schottlands vom Vereinigten Königreich stimmten, hatten das Krankenhaus in »Todesstern« umbenannt. In der Dämmerung eines Wintermorgens erinnert der Queen-Elizabeth-Olympiapark an einen Friedhof, und die unförmige Silhouette des Stadions gibt ein überzeugendes Totenschiff ab.

Mit zitternden Händen scrollte sie durch seine E-Mails und fand den Thread. Er reichte bis April zurück.

Von: BelleAmie@BelAmi.com
An: Luka@LukaM.com
2. April 2018
Ich habe ihr von dir erzählt und ihr ein paar Fotos gezeigt. Sie ist dabei. Du musst dich nur noch in ELS Werk vertiefen (ha!) (siehe Anhang) und dann im Atelier auftauchen. £ 200 000. Halbe-halbe. So leicht hast du dir noch nie Geld verdient.

Von: Luka@LukaM.com
An: BelleAmie@BelAmi.com
3. April 2018
Und wenn E nicht anbeißt?

Von: BelleAmie@BelAmi.com
An: Luka@LukaM.com
3. April 2018
Wanda kennt sie. Sie sagt, du wirst unwiderstehlich für sie sein.

Eve scrollt weiter.

Von: Luka@LukaM.com
An: BelleAmie@BelAmi.com
11. Mai 2018
Sie ist völlig meschugge. Ist tatsächlich überzeugt, dass ihre perfekten Blumen die Welt retten werden.

Unersättlich im Bett. Absurd. Lange halte ich das nicht mehr aus.

Von: Luka@LukaM.com
An: BelleAmie@BelAmi.com
3. Juli 2018
Das ist das einzige Filmmaterial, an das ich bislang rankommen konnte. Josette blockt mich.

Von: BelleAmie@BelAmi.com
An: Luka@LukaM.com
3. Juli 2018
Dann sorg dafür, dass auch sie verschwindet, sagt Wanda. Übernimm die Kontrolle!

Von: Luka@LukaM.com
An: BelleAmie@BelAmi.com
28. Juli 2018
Erledigt! Jetzt gibt es nur noch sie und mich! Gruselige Vorstellung …

Von: Luka@LukaM.com
An: BelleAmie@BelAmi.com
14. August 2018
Im Anhang neuestes Filmmaterial. Hält sich in puncto New York immer noch bedeckt.

Von: BelleAmie@BelAmi.com
An: Luka@LukaM.com
15. August 2018
Lass mich bloß nicht im Stich. Geh aufs Ganze.
Vermassel es nicht. Schlafzimmeraufnahmen?

Von: Luka@LukaM.com
An: BelleAmie@BelAmi.com
17. August 2018
Aufnahmen aus dem Schlafzimmer sind meine persönliche rote Linie. Was ist mit Privatsphäre? Gibt es da nicht Gesetze?

Von: BelleAmie@BelAmi.com
An: Luka@LukaM.com
18. August 2018
Wandas Leute werden sich darum kümmern.

📎 *Von: Luka@LukaM.com*
An: BelleAmie@BelAmi.com
3. September 2018
Neuestes Filmmaterial. Höhepunkt bei 13:50, als sie wegen Kritikern ausflippt.

Eve blickte zu ihm hinüber. Er wimmerte – ihr Ariel, der sich schließlich als Caliban entpuppt hatte.

📎 *Von: Luka@LukaM.com*
An: BelleAmie@BelAmi.com
12. Oktober 2018
Aufnahmen mit Tochter. ww wird entzückt sein.
E hat mich rauskomplimentiert, aber ich habe die
Kamera laufen lassen.

Dann blitzte Kristofs Name auf, und ihr Daumen erstarrte …

Von: BelleAmie@BelAmi.com
An: Luka@LukaM.com
13. November 2018
Ja. Kristof stand nicht im Drehbuch. Aber vielleicht
habe ich ein bisschen Spaß dabei.

Und noch einmal.

Von: BelleAmie@BelAmi.com
An: Luka@LukaM.com
15. November 2018
Wanda war wegen der Sache mit Kristof zunächst
unsicher. Aber inzwischen ist sie Feuer und Flamme.

Bei Lukas schrillem Aufschrei fuhr sie zusammen. »Wo bleibt das verdammte Taxi?«
»Ist unterwegs«, log sie.

📎 *Von: Luka@LukaM.com*
An: BelleAmie@BelAmi.com
18. Dezember 2018
Filmmaterial – Showdown mit Kunsthändler. Sie ist erledigt. Fortsetzung folgt.

Von: BelleAmie@BelAmi.com
An: Luka@LukaM.com
18. Dezenber 2018
[eine Reihe von Emoticons, die Tränen lachen]

Da war noch ein anderer vertrauter Name. Fast am Ende des Threads.

Von: BelleAmie@BelAmi.com
An: Luka@LukaM.com
20. Dezember 2018
Wanda ist begeistert. Theo N ein »unerwartetes Geschenk des Himmels«, sagt sie. Noch ein Schub Filmmaterial, und wir sind fertig.

Die letzte Nachricht stammte vom frühen Morgen dieses Tages.

📎 *Von: Luka@LukaM.com*
An: BelleAmie@BelAmi.com
21. Dezember 2018
Neues Filmmaterial. Kernschmelze. Noch ein Tag, noch eine Runde Film, und ich bin hier weg …

Es müssen an die dreißig E-Mails gewesen sein. Bei allen lautete der Betreff *Artist on the Edge / The Death of Mimesis*.

Wanda hatte sich also ebenfalls auf ein langes Spiel eingestellt gehabt. Eves Hände zitterten. Sie konnte ihre Gelassenheit nur wiedergewinnen, wenn sie sich der Arbeit zuwendete. Sie war das Einzige, was ihr blieb. Sie stand da und starrte auf das unbefriedigende, auf der Anreibeplatte erstarrte rote Pigment, als trüge es den Schlüssel zu ihrem gegenwärtigen Aufruhr in sich. Dann maß sie sorgfältig eine neue Dosis Naphtholrot ab und streute sie über die Mischung. Die Farbe stimmte trotzdem nicht. Vielleicht würde eine Prise Kadmiumrot eine plasmatische Tiefe hinzufügen.

Sie blendete Lukas' Stöhnen aus. Sie musste arbeiten. Sie griff nach einer weiteren Pigmentdose.

Jetzt schrie er.

»Wo bleibt das Taxi?«

Er wrang den Lappen in den Fäusten. Seine Augen sahen gar nicht so schlimm aus.

»Siehst du nicht, dass ich arbeite?«, entgegnete sie und maß einen halben Löffel rosa Pulver ab.

»Ich muss hier raus. Und zwar jetzt!«

»Sobald ich mit der Arbeit fertig bin.«

»Du und deine verdammte dämliche Arbeit! Gib mir mein Handy, ich rufe mir selber ein Taxi.«

Sie griff nach seinem Handy und warf es in das offene Herbarium. Er stand mit offenem Mund da, als es in einer anmutigen Pirouette auf den Boden des Beckens sank.

»Du Miststück!«

Er schnappte sich das Skalpell vom Seziertisch und stürzte sich auf sie.

Was konnte sie anderes tun, um sich zu verteidigen, als ihm das pulverisierte Pigment ins Gesicht zu schleudern?

Er brüllte los und hielt sich die linke Hand vor die Augen. Trotzdem kam er irgendwie immer noch auf sie zu, und das Skalpell blitzte in seiner rechten Faust. Sie wich zurück, und er drängte sie gegen die Leinwand – die letzte, rote Leinwand – und schlug in blinder Wut wild auf sie ein. Sie versuchte, sich mit den Armen zu wehren. Die Klinge traf sie an der Schulter, das Blut sickerte durch ihren Ärmel, aber sie fühlte keinen Schmerz. Sie duckte sich an ihm vorbei, und er fing an, wütend das Gemälde aufzuschlitzen. Sie stürzte sich erneut auf ihn und packte mit beiden Händen sein rechtes Handgelenk, in dem verzweifelten Versuch, es zu verdrehen, damit er das Skalpell fallen ließ. Einen Moment lang hatte sie ihn, ihre Hände zitterten, als sie darum kämpfte, ihn zurückzuhalten. Doch er war zu stark für sie, sie musste loslassen und zur Seite springen. Innerhalb von Sekunden war alles vorbei.

Sie konnte sich bis jetzt nicht erklären, wie es passiert war, wie ihr Kampf, eine verbissene Reprise ihrer früheren Leidenschaft, bei der die Begierde in Hass umgeschlagen war, so hatte enden können. Seine plötzlich frei gewordene rechte Hand war mit der vollen, für sie bestimmten Wucht nach vorn geschnellt und tief in seinen linken Unterarm gestoßen. Sein Schrei war ein einziger schriller Ton des Entsetzens, als sich der heiße Blutstrahl mit schockierender Kraft über ihren Hals und die Schultern ergoss, sein Blut sich mit dem ihren vermischte und auf die Leinwand spritzte. Einen Moment lang war sie wie erstarrt, eine ohnmächtige Zeugin des sich entfaltenden Grauens. Was sollte sie tun? Wen sollte sie anrufen? Verstand und Gefühl kehrten in Gestalt von zitternder Panik zurück. Für Anrufe war keine Zeit. Hilflos sah sie sich um und nahm dann die weggeworfene Augenbinde, um sie als Druckverband zu verwenden. Mit zittrigen Händen versuchte sie, seinen Arm abzubinden, doch er schlug um sich und wich vor ihr zurück. Dann war es zu spät. Die Blutfontäne wurde zu einem Rinnsal. Er sackte gegen die Leinwand und glitt zu Boden.

So blieb er liegen, ausgestreckt unter dem Bild, und in der Stille kniete sie neben ihm und suchte seinen Puls. Sie berührte seine Lippen, um seinen Atem zu spüren. Dann legte sie sich hin und drückte das Ohr an sein Herz. Stille. Minuten verstrichen – zwei Liebende, die sich ausruhen, ihr Kopf auf seiner reglosen Brust. Nach einer Weile rappelte sie sich mühsam auf, und ihr fassungsloser Blick wanderte von Lukas Leiche mit dem schwachen, schönen Kadmiumstaub auf den Augenlidern zu ihrer Arbeit.

Sie griff nach ihrem feinen Verwaschpinsel und ging erneut in die Knie, um ihn in die Blutlache zu tauchen, ein sattes Zinnober mit hämatitischer Tiefe.

Sie stellte sich vor die Leinwand und fing an zu malen. Hier war er: der aussagekräftige Farbton, den sie die ganze Zeit über gebraucht hatte, die Farbe, die dem Bild eine dritte Dimension verlieh und den Pflanzen Leben einflößte: Man konnte sich die Finger an den stacheligen Samenkapseln zerstechen.

Da wusste sie, dass dies ihre beste Arbeit war. Vielleicht würde sie nicht den Allgemeingültigkeitsanspruch von

Munchs *Schrei* erreichen, der selbst Kunstbanausen vertraut war. Aber das *Poison Florilegium* erzählte die schöne, schmerzliche Wahrheit über Macht und Zerbrechlichkeit des Lebens. Allein die Farbe dieser letzten Leinwand wäre ihr Vermächtnis – ein exzessives Eve-Laing-Rot.

In der überirdischen Stille des Ateliers arbeitete sie, bis sie fertig war. Sie versöhnte sich mit den klaffenden Schnittwunden, die ihre Künstlersignatur unterstrichen. Sie waren Teil der Geschichte des Gemäldes und verliehen dem Werk eine wilde Authentizität. Der Junge unter der Leinwand war in seiner mageren Blässe wieder schön. Sie würde das Handy im Rizinus-Herbarium liegen lassen; auch das war ein Teil der Geschichte.

Als sie die Vitrine versiegelte, bemerkte sie, dass die Kamera eingeschaltet war. Sie war die ganze Zeit gelaufen, um die letzte Sequenz für Wandas Sommerausstellung festzuhalten. Beweis für Eves Unschuld. Lukas Tod war ein Unfall gewesen. Aber der Film würde auch Zeugnis für ihre Leistung als Künstlerin ablegen. Geschick, Phantasie und – jetzt konnte man es aussprechen – Genie würden ihre letzte Kritik an Wanda Wilsons kraftlosem Gehabe sein. Nicht der *Tod der Mimesis*, sondern der *Tod der Dekonstruktion*. Wandas Ausstellung wäre Eves Triumph.

Sie nahm die Kamera vom Stativ, ging im Schein der untergehenden Sonne durch das Atelier und filmte das fertige Werk: von den zarten Aquarellen, die neben den Schwarzweißfotos auf dem Tisch lagen, bis zu den schwebenden Herbarien mit ihren schimmernden Samen, Blüten und Blättern, die wie flüssige Glasmalereien in ihrem wässrigen Element tanzten. Sie blieb an der Tür stehen, um eine Weitwinkelaufnahme des Ateliers zu machen, einer mächtigen Farb-Kathedrale, deren Backsteinwände von den leuchtenden Leinwänden durchbrochen wurden. Dann konzentrierte sie sich auf jedes Bild einzeln – von der Wiese mit dem violetten Eisenhut über das gesamte Prisma bis zum feuerroten Finale, unter dem Luka lag, ein schöner Märtyrer der Kunst.

Sie schaltete die Kamera aus und stellte sich unter die Dusche. Anschließend musste sie das Atelier aufräumen, nach der Fertigstellung eines großen Werkes immer ein besonders angenehmes Ritual. Später würde sie einige Anrufe machen. Aber bevor sie unwiderruflich in ihr neues Leben eintrat, musste sie ein letztes Mal das alte aufsuchen.

Und so fand sie sich in der U-Bahn Richtung Westen wieder, der Geist ihres alten Ichs, der durch ihr altes Zuhause spukte, nun bewohnt von Kristof und seiner neuen Geliebten: der Rothaarigen, zusammengerollt und selbstgefällig wie eine orange Katze, völlig entspannt. Ihre Hand mit dem kleinen, doch unverkennbaren Totenschädel greift nach dem Weinglas. Die ehrgeizige Belle in ihrer besten Rolle inszeniert ihr immersives Kunstwerk in den rauchenden Trümmern von Eves Leben.

30

Jetzt ist sie auf dem Rückweg in den Osten, ins Atelier, zu dem kalten Körper des Jungen, der unter ihrem wunderbaren neuen Werk ausgebreitet ist. Sie weiß, dass sie alles erreicht hat, wofür sie ihr Leben lang gearbeitet hat. Ihr *Poison Florilegium* ist nicht Kunst, die das Leben imitiert, sondern das Leben selbst. Sie hat sich zweifellos in jene Region begeben, in der wahre Künstler nur selten zu Hause sind: Gewissheit.

Sie befindet sich auf vertrautem Gelände – auf heimischem Terrain – und geht an der schäbigen Reihe von Geschäften vorbei. Der Feinkostladen ist mit Brettern vernagelt. Dino und Thierry sind nach Deutschland gezogen, ein Land, das europäische Immigranten, die Artischockenherzen und gefüllte Weinblätter verkaufen, freundlicher aufnimmt als England.

Die High Street ist menschenleer – alles Leben scheint aus ihr herausgefegt und im Pub deponiert worden zu sein. Obwohl er längst geschlossen ist, glüht und surrt es da drin wie in einer Atomanlage. Durch das Fenster erhascht sie einen Blick auf ein wüstes Trinkgelage, das aus dem *Jüngsten Gericht* von Hieronymus Bosch hätte stammen können. Sie geht weiter, sieht sich dann noch einmal um und entdeckt an der Giebelseite des Lokals zum ersten Mal ein altes

Geisterzeichen, ein säkulares Turiner Leichentuch, die verblassten Überreste einer gemalten Reklame für eine längst verschwundene Brauerei: »Nur Mut!«

Als sie den Streifen Buschland – *terra incognita* – am Fluss erreicht, zwischen High Street und Autobahnbrücke, fängt es leicht an zu schneien. Niemandsland. Für Frauen nicht geeignet. Paris, jene Woche vor so langer Zeit, *À mon seul désir,* war auch ein Niemandsland gewesen – ein kaum wahrnehmbarer Hyperraum ohne die Grenzen von Raum und Zeit, ein Reich reiner Verbindungen, in dem alle Zerstreuungen der Stadt um sie herum zu einer geräuschlosen, zweidimensionalen Kulisse zusammenschrumpften. Aber dieses Niemandsland war auch *terra vetita,* verbotener Boden. Theo war ein Junge. Ein schöner, zärtlicher Junge, der sie geliebt hatte. Und sie hatte ihn geliebt. Vor so langer Zeit.

Ihre Füße knirschen auf Glasscherben, und im schwefelhaltigen Halblicht rascheln die Sträucher bedrohlich. Als sie an den Fliederbüschen vorbeikommt, zittern sie unter ihren grotesken, nun mit Schnee bestäubten Bündeln. Sie hört vor dem Hintergrund des Autobahnrauschens ein anderes Geräusch – einen menschlichen Husten oder ein Räuspern – und erkennt eine gebeugte Gestalt, die auf der Bank sitzt und auf den Fluss blickt.

»Alles in Ordnung, *love*?«, ruft die Gestalt.

Es ist die alte Säuferin, die damals vor dem Pub gestanden hatte. War das wirklich vier Monate her? Noch jemand auf der Suche nach Einsamkeit.

»Ja«, antwortet Eve. »Und bei dir?«

»Nicht schlecht.« Die Frau starrt auf den Fluss und führt eine Flasche zum Mund.

Eve setzt sich zu ihr auf die Bank, und sie schauen in stummer Kameradschaft auf das Wasser.

»Frohe Weihnachten«, sagt die Frau und reicht Eve die Flasche.

Eve schüttelt lächelnd den Kopf. »Was hat dich hierher geführt?«

»Was? Hier? Jetzt?«

Eve nickt und sieht zum ersten Mal, dass die alte Frau wahrscheinlich jünger ist als sie selbst, obwohl Armut und Alkohol sie wie eine abstruse Brueghel-Phantasie vor die Hunde haben gehen lassen.

»Natur. Frieden und Ruhe. Genau wie dich«, sagt die Trinkerin.

»Genau wie mich.«

»Schön, was?«

Eve starrt in das blinde, hell schimmernde Auge des Vollmonds. »Schön«, stimmt sie ihr zu.

»Was für eine Verschwendung. Ich könnte einen neuen gebrauchen.«

Eve erkennt verblüfft, dass ihre Begleiterin gar nicht den Nachthimmel betrachtet, sondern auf einen umgefallenen, halb im Fluss versunkenen Supermarktwagen starrt, der wie ein silbernes Spinnennetz im Mondschein glitzert.

»Mein alter Streitwagen verrostet allmählich«, sagt die Trinkerin. Sie streichelt ihren Wagen. Vorn hängt ein Weihnachtsmann aus Plastik.

Der Schnee wird heftiger. Bald wird er liegen bleiben und alles unter seinem farblosen Mantel vergraben, das Schöne ebenso wie das Hässliche. Eve steht auf, um zu gehen, und die beiden Frauen verabschieden sich.

»Pass auf dich auf, *love*«, ruft die heisere Stimme, als Eve die Treppe hinaufgeht.

Auf halber Strecke über die Autobahnbrücke bleibt sie stehen und schaut auf den rasenden Verkehr hinab. Gibt es einen einsameren, schöneren Anblick? Scheinwerfer, die durch den wirbelnden Schnee auf Fixpunkte zurasen, Freunde, Familie, Arbeit – strömende Galaxien, Hitze und Licht in einem schwarzen, gleichgültigen Universum.

Und ihr Fixpunkt? Ein toter Junge und eine Abrechnung.

Aber es gibt ihre Arbeit. Sie wird es immer geben. Ein perfektes Werk. Farbe und Leidenschaft. Mehr braucht man nicht. Und wenn es gut geht, verlässt man auch selbst das Atelier und schließt die Tür hinter sich.

Ihre Hände verkrampfen sich am Geländer. Sie kann nur noch dem Sog der Schwerkraft nachgeben und sich in die Zukunft fallen lassen. Ein Schritt, eine köstliche, taumelnde Kapitulation, und das alte Leben ist Vergangenheit, rauscht an ihr vorbei, als sie fällt. Wie einfach es ist loszulassen.

Standbild. Dann Rücklauf.

Danksagung

Folgende Bücher waren mir eine wertvolle Hilfe bei meiner Recherche:

Erika Langmuir: *A Closer Look: Still Life*. National Gallery Company / Yale University Press, New Haven 2011

Wilfrid Blunt: *The Art of Botanical Illustration*. Collins, London 1955

Germaine Greer: *Das unterdrückte Talent. Die Rolle der Frauen in der bildenden Kunst*. Aus dem Englischen von Rainer Redies und Ingrid Krüger. Ullstein, Berlin, Frankfurt a. M., Wien 1980

Victoria Finlay: *Das Geheimnis der Farben. Eine Kulturgeschichte*. Aus dem Englischen von Charlotte Breuer und Norbert Möllemann. Ullstein, Berlin 2019

Sarah Simblet: *Botanik für Künstler. Pflanzen zeichnen und malen*. Aus dem Englischen von Eva Sixt. Dorling Kindersley, München 2010

Ich bedanke mich bei Jennie Erdal und Polly Clark für ihre kameradschaftliche Unterstützung und den Hinweis auf die einmalige Cove-Park-Künstlerresidenz in Schottland.

Zu guter Letzt und in erster Linie danke ich meinem Mann und ersten Leser Ian McEwan für seinen weisen Rat und Ansporn.

Annalena McAfee
Zeilenkrieg

Roman. Aus dem Englischen
von pociao

Honor Tait, Reporterin der alten Schule, hat sie alle persönlich gekannt: Hitler und Franco ebenso wie Cocteau, Sinatra und Picasso. Nun bereitet sie einen letzten Sammelband ihrer Arbeiten vor, ihr Vermächtnis für die Nachwelt gewissermaßen. Doch was ist ein Vermächtnis ohne Publicity?
Tamara Sim, die sich bislang eher als Klatschkolumnistin profiliert hat, soll die alte Frau porträtieren – und hält ihr gleichzeitig den Spiegel vor. Die Zeiten haben sich gründlich geändert. Vor allem aber träumt die junge Journalistin, die bis anhin nur prekäre Jobs hatte, von einem großen Coup…
So einfühlsam die beiden Frauen geschildert sind, so gnadenlos entlarvt Annalena McAfee die Zustände. *Very british!*

»Messerscharf, hochamüsant: über die britische Zeitungskultur, verkörpert von zwei Frauen, die gegensätzlicher nicht sein können. Eine höchst menschliche Geschichte, die neuere Entwicklungen großartig unter die Lupe nimmt.« *The Times, London*

»Zeitungssterben, Pressedämmerung – so ein Untergang muss ja nicht traurig sein. Der Roman der Londoner Journalistin macht eine flotte Farce daraus.« *Benedikt Erenz / Die Zeit, Hamburg*

Annalena McAfee
Zurück nach Fascaray

Roman. Aus dem Englischen
von Christiane Bergfeld

Fascaray – eine abgelegene schottische Insel, deren Natur grandios und deren Einwohner rauhbeinig, humorvoll und liebenswert sind. Annalena McAfees fiktive Insel verkörpert alles, was Schottland ausmacht: seine dramatische Landschaft und ebenso dramatische Geschichte, seine Eigenständigkeit und Eigenwilligkeit.

Hier strandet, nachdem ihre langjährige Beziehung in New York Schiffbruch erlitten hat, die Literaturwissenschaftlerin Mhairi McPhail. Nicht nur liegen ihre eigenen Wurzeln in Fascaray, sie schreibt an einer Biographie über den Inseldichter Grigor McWatt, einen Exzentriker, Eigenbrötler und stolzen schottischen Patrioten, der mit dem Text zum Song *Zurück nach Fascaray* weltberühmt geworden ist.

Doch während Mhairi und ihre neunjährige Tochter Agnes sich an die Rhythmen des Inseblebens gewöhnen, stößt sie bei ihren Nachforschungen auf immer widersprüchlichere Informationen zum »Barden von Fascaray« – und auf ein Geheimnis, das mit einer großen, tragischen Liebe verquickt ist.

»Ein eindringlicher und sprachmächtiger Roman, der um Identität, Liebe und Heimat kreist.«
Hephzibah Anderson / The Mail on Sunday, London

*Patricia Highsmith
im Diogenes Verlag*

Im Frühling 2002 hat der Diogenes Verlag eine Werkausgabe von Patricia Highsmith mit weltweit unveröffentlichten Stories aus dem Nachlass und mit Neuübersetzungen ihres zu Lebzeiten erschienenen Werks gestartet (u.a. von Nikolaus Stingl, Melanie Walz, Irene Rumler, Christa E. Seibicke, Dirk van Gunsteren, Werner Richter und Matthias Jendis). Alle Bände in neuer Ausstattung, kritisch durchgesehen nach den Originaltexten und mit einem Nachwort zu Lebens- und Werkgeschichte. Die Edition macht sich erstmals die Aufzeichnungen der Autorin zur Entstehungsgeschichte einzelner Werke, zu Plänen und Inspirationsquellen zunutze und informiert über den schöpferischen Prozess und über die Lebenszusammenhänge, wie sie sich aus den Notiz- und Tagebüchern der Autorin rekonstruieren lassen.

»Der Diogenes Verlag, lang möge er leben, hat eine Patricia-Highsmith-Werkausgabe gestartet, alle Bände mit hervorragenden Nachworten von Paul Ingendaay. Ein beklemmender Sog, ein Genuss, ein Fest.«
Alex Rühle/Süddeutsche Zeitung, München

»Die Werkausgabe von Patricia Highsmith ist eine verlegerische Großtat.«
Heinrich Detering/Frankfurter Allgemeine Zeitung

»Mit der erstmals vollständig und höchst nuanciert neu übersetzten Werkausgabe kommen auf Highsmith-Leser glänzende Tage zu. Der wahre Genuss. Wir warten schon.«
Tobias Gohlis/Die Zeit, Hamburg

»Obwohl heute eine der weltweit meistgelesenen Schriftstellerinnen der Gegenwart, bleibt das Werk von Patricia Highsmith noch zu entdecken.«
Le Monde, Paris

Werkausgabe in 32 Bänden. Herausgegeben von Paul Ingendaay und Anna von Planta in Zusammenarbeit mit Ina Lannert, Barbara Rohrer und Kate Kingsley Skattebol. Jeder Band mit einem Nachwort von Paul Ingendaay.

Bisher erschienen:

Zwei Fremde im Zug
Roman. Aus dem Amerikanischen von Melanie Walz

Der Schrei der Eule
Roman. Deutsch von Irene Rumler

Das Zittern des Fälschers
Roman. Deutsch von Dirk van Gunsteren

Die stille Mitte der Welt
Stories. Deutsch von Melanie Walz

Lösegeld für einen Hund
Roman. Deutsch von Christa E. Seibicke

Der talentierte Mr. Ripley
Roman. Deutsch von Melanie Walz
Auch als Diogenes Hörbuch erschienen,
gelesen von Gert Heidenreich

Ripley Under Ground
Roman. Deutsch von Melanie Walz

Die Augen der Mrs. Blynn
Stories. Deutsch von Christa E. Seibicke

Der Schneckenforscher
Stories. Deutsch von Dirk van Gunsteren
Daraus die Story *Als die Flotte im Hafen lag*
auch als Diogenes Hörbuch erschienen,
gelesen von Evelyn Hamann

Ripley's Game oder Der amerikanische Freund
Roman. Deutsch von Matthias Jendis

Ediths Tagebuch
Roman. Deutsch von Irene Rumler

Tiefe Wasser
Roman. Deutsch von Nikolaus Stingl

Die zwei Gesichter des Januars
Roman. Deutsch von Werner Richter
Auch als Diogenes Hörbuch erschienen,
gelesen von Charles Brauer

Der süße Wahn
Roman. Deutsch von Christa E. Seibicke

Die gläserne Zelle
Roman. Deutsch von Werner Richter

Leise, leise im Wind
Stories. Deutsch von Werner Richter

Zwei Stories (›Der Mann, der seine Bücher im Kopf schrieb‹
und ›Leise, leise im Wind‹) auch als Diogenes Hörbuch erschienen:
Der Mann, der seine Bücher im Kopf schrieb,
gelesen von Jochen Striebeck

Der Junge, der Ripley folgte
Roman. Deutsch von Matthias Jendis

Venedig kann sehr kalt sein
Roman. Deutsch von Matthias Jendis

Kleine Mordgeschichten für Tierfreunde
Kleine Geschichten für Weiberfeinde
Stories. Deutsch von Melanie Walz

Ausgewählte Stories auch
als Diogenes Hörbuch erschienen:
Kleine Mordgeschichten für Tierfreunde,
gelesen von Alice Schwarzer

Elsies Lebenslust
Roman. Deutsch von Dirk van Gunsteren

Ripley Under Water
Roman. Deutsch von Matthias Jendis

Carol oder Salz und sein Preis
Roman. Deutsch von Melanie Walz

Keiner von uns
Stories. Deutsch von Matthias Jendis

Der Stümper
Roman. Deutsch von Melanie Walz

Ein Spiel für die Lebenden
Roman. Deutsch von Bernhard Robben

Nixen auf dem Golfplatz
Stories. Deutsch von Matthias Jendis

›Small g‹ – Eine Sommeridylle
Roman. Deutsch von Matthias Jendis

Der Geschichtenerzähler
Roman. Deutsch von Matthias Jendis

Leute, die an die Tür klopfen
Roman. Deutsch von Manfred Allié

*Geschichten von natürlichen und
unnatürlichen Katastrophen*
Stories. Deutsch von Matthias Jendis

*Suspense oder
Wie man einen Thriller schreibt*
Deutsch von Anne Uhde

In Vorbereitung:
Diaries / Notebooks

Außerhalb der Werkausgabe lieferbar:
Marijane Meaker
Meine Jahre mit Pat
Erinnerungen an Patricia Highsmith
Aus dem Amerikanischen von
Manfred Allié

Joan Schenkar
Die talentierte Miss Highsmith
Leben und Werk von Mary Patricia Highsmith
Aus dem Amerikanischen von
Renate Orth-Guttmann,
Anna-Nina Kroll und Karin Betz
Mit einem Bildteil

Zeichnungen
Ausgewählt und herausgegeben von Daniel Keel
Mit einem Vorwort der Autorin und
einer biographischen Skizze von Anna von Planta

Katzen
Drei Stories, drei Gedichte,
ein Essay und sieben Zeichnungen
Außerdem unter dem Titel *Katzengeschichten*
als Diogenes Deluxe lieferbar

Ladies
Frühe Stories
Aus dem Amerikanischen von pociao,
Dirk van Gunsteren und Melanie Walz

Ian McEwan
im Diogenes Verlag

»McEwan ist unbestritten der bedeutendste Autor Englands.« *The Independent, London*

Der Zementgarten
Roman. Aus dem Englischen von Christian Enzensberger

Der Trost von Fremden
Roman. Deutsch von Michael Walter

Ein Kind zur Zeit
Roman. Deutsch von Otto Bayer

Unschuldige
Eine Berliner Liebesgeschichte. Roman. Deutsch von Hans-Christian Oeser

Schwarze Hunde
Roman. Deutsch von Hans-Christian Oeser

Liebeswahn
Roman. Deutsch von Hans-Christian Oeser

Amsterdam
Roman. Deutsch von Hans-Christian Oeser

Abbitte
Roman. Deutsch von Bernhard Robben
Auch als Diogenes Hörbuch erschienen, gelesen von Barbara Auer

Saturday
Roman. Deutsch von Bernhard Robben
Auch als Diogenes Hörbuch erschienen, gelesen von Jan Josef Liefers

Am Strand
Roman. Deutsch von Bernhard Robben
Auch als Diogenes Hörbuch erschienen, gelesen von Jan Josef Liefers

Solar
Roman. Deutsch von Werner Schmitz
Auch als Diogenes Hörbuch erschienen, gelesen von Burghart Klaußner

Honig
Roman. Deutsch von Werner Schmitz
Auch als Diogenes Hörbuch erschienen, gelesen von Eva Mattes

Kindeswohl
Roman. Deutsch von Werner Schmitz
Auch als Diogenes Hörbuch erschienen, gelesen von Eva Mattes

Nussschale
Roman. Deutsch von Bernhard Robben
Auch als Diogenes Hörbuch erschienen

Maschinen wie ich
und Menschen wie ihr. Roman. Deutsch von Bernhard Robben

Die Kakerlake
Roman. Deutsch von Bernhard Robben
Auch als Diogenes Hörbuch erschienen

Erkenntnis und Schönheit
Über Wissenschaft, Literatur und Religion. Deutsch von Hainer Kober und Bernhard Robben
Auch als Diogenes Hörbuch erschienen